J. +

ULLSTEIN

Im Lie…

Deine Inge.

Weihnachten 2005.

Das Buch

Farrell Slater, Fernsehjournalistin in New York, hätte nie gedacht, daß die Versteigerung bei Churchill's eine so heiße Sache werden würde. Ganze sechs Millionen Dollar hat der rätselhafte anonyme Käufer für das letzte Fabergé-Ei geboten, das der letzte russische Zar Nikolaus II. einst bei dem weltberühmten Hofjuwelier in Auftrag gab. Doch als Farrell ihrem Boß den Beitrag präsentiert, winkt dieser ab – wie so oft in letzter Zeit. Farrell weiß, daß ihr Vertrag beim Sender nicht verlängert werden soll. Doch ein unglaublicher Zufall kommt ihr zu Hilfe: Sie erfährt, daß das Fabergé-Ei eine Fälschung ist – eine Story, die ihre Karriere retten könnte. Aber Farrell weiß nichts von dem Toten, der sein Leben für das Ei lassen mußte, und sie weiß ebenso nicht, daß weitere Personen in Gefahr schweben. Unter den Menschen in ihrer unmittelbaren Umgebung scheint sich ein brutaler Mörder zu befinden ...

Die Autorin

Mary Jane Clark ist Produzentin bei CBS News. Mit ihrem Roman *Ich sehe was, was du nicht siehst* avancierte sie zur Bestsellerautorin. Mary Jane Clark hat zwei Kinder und lebt in New Jersey.

Von Mary Jane Clark sind in unserem Hause bereits erschienen:
Du weißt zu viel
Ich sehe was, was du nicht siehst

Mary Jane Clark

Ich weiß nichts von dir

Roman

Aus dem Englischen
von Annika Tschöpe

Ullstein

Ullstein Taschenbuchverlag 2002
Der Ullstein Taschenbuchverlag ist ein Unternehmen der Econ Ullstein List Verlag GmbH & Co. KG, München

Titel der amerikanischen Originalausgabe: *Do You Promise Not to Tell* (St. Martin's Press, New York)
Übersetzung: Annika Tschöpe
Umschlaggestaltung: Thomas Jarzina, Köln
Titelabbildung: Mauritius, Mittenwald
Gesetzt aus der Sabon
Satz: KompetenzCenter, Düsseldorf
Druck und Bindearbeiten: Ebner & Spiegel, Ulm
Printed in Germany
ISBN 3-548-25454-3

Nur für Elizabeth.
Meinen strahlenden, rätselhaften,
wunderbaren Schatz.

Prolog *Faschingsdienstag*

Warum sich die Mühe machen, eine Pistole zu kaufen, wenn man einfach die Gänge eines Baumarktes entlangschlendern kann? Hier gibt es alles.

Ein Päckchen robuste schwarze Plastikmüllsäcke landete im Einkaufswagen. »Industriequalität« stand prahlerisch auf der Verpackung.

Niemand würde Misha vermissen – zumindest niemand, für den sich die Polizei besonders anstrengen würde.

Langsam die überfüllten Gänge auf und ab. Heckenscheren. Große. In den Korb mit ihnen.

Entweder machst du mit, Misha, oder nicht.

So viele Äxte, so wenig Zeit. Ein Verkäufer mit orangefarbener Schürze tauchte zwischen den Äxten auf.

»Kann ich Ihnen helfen?«

»Ja. Bei mir steht viel Gartenarbeit an. Ich muß ein paar Bäume und Sträucher beseitigen.«

»Wie dick sind die Baumstämme?«

Der Verkäufer wurde taxiert. »Etwas dicker als Ihre Taille.«

Der Verkäufer nahm eine große Axt mit Holzgriff vom Ständer. »Die hier ist ein Prachtstück. Zweischneidig. Wenn die eine Seite stumpf wird, drehen Sie sie einfach um.«

»Okay.«

»Sagten Sie, Sie müßten auch Sträucher beseitigen? Es ist die reinste Energieverschwendung, eine so schwere Axt zu benutzen, wenn es nicht unbedingt sein muß. Sie sollten auch ein kleineres Beil in Ihrer Werkzeugkiste haben.«

Das Beil fand seinen Platz oben auf den Müllsäcken.

»Einen Schleifstein werden Sie auch brauchen. Damit können Sie Ihr Werkzeug scharf halten. Sie werden sich wundern, wie leicht Ihnen die Arbeit von der Hand geht, wenn es rasiermesserscharf ist.«

Ein glänzender neuer Hammer wanderte noch in den Wagen, als Glücksbringer.

Man mußte unbedingt aufhören, solange noch alles glatt lief. Viele Menschen könnten mit ihren Verbrechen davonkommen, wenn sie nur rechtzeitig aufhören würden. Doch ihr Ego kam ihnen in die Quere. Man muß einfach wissen, wann es genug ist.

Der pickelgesichtige Schuljunge an der Kasse musterte die Werkzeuge, die dazu dienen würden, Misha ... nun ... »in seine Bestandteile zu zerlegen«.

Der Junge sah auf, und ihm lief ein Schauer den Rücken hinunter. Er ignorierte es.

»Frühjahrsputz, was?«

1 *Aschermittwoch*

Farrell Slater wußte, daß ihre Tage gezählt waren. Ihr Vertrag lief aus, und Range Bullock, ihr Chef bei den *KEY Abendnachrichten*, konnte sie nicht leiden. Eine fatale Kombination. Farrell wußte, wenn es ihr nicht gelang, wieder positiv ins Gespräch zu kommen, würde ihr Vertrag nicht verlängert werden, und ihre Zeit als Producerin bei der quotenträchtigen abendlichen Nachrichtensendung des Senders wäre vorüber. Es sei denn, sie könnte in journalistischer Hinsicht ein Kaninchen aus dem Hut zaubern.

Sie ging sogar wieder in die Kirche. Komisch, wie einen die Sorgen wieder auf die Kniebank führten. Heute morgen hatte Farrell auf dem Weg ins Büro die Aschermittwochsmesse in St. Gabriel's besucht. Zum ersten Mal seit vielen Jahren. Vielleicht war es eine gute Idee, die Fastenzeit richtig anzugehen. Es konnte nichts schaden, Gott in dieser Situation auf ihrer Seite zu haben.

Wie tief sie die Karriereleiter hinabgestürzt war. Vor acht Jahren, mit gerade mal dreißig Jahren, war Farrell der Star von *KEY News* gewesen und hatte drei Emmys in einer Saison gewonnen – prestigeträchtige Auszeichnungen für ihre außergewöhnlichen Leistungen auf dem Gebiet des Fernsehjournalismus. Damals hatten sie alle geliebt, hatte jeder ihr Freund sein wollen. Sie war heißbegehrt gewesen, von ihren Kollegen bewundert und geschätzt. Was war geschehen?

Zum Teil, das mußte sie zugeben, hatte sie den Schwung und den Enthusiasmus für ihren Job nicht beibehalten können. Sie hatte nachgelassen – zunächst nur ein wenig, dann ein bißchen mehr. Somit war es in gewissem Maße ihre eigene Schuld, daß alles so gekommen war. In gewissem Maße, aber nicht ausschließlich. Farrell hatte keinen Zweifel daran, daß ihr Chef sie nicht ausstehen konnte.

Gab es irgendeine Möglichkeit, sich zu retten? Wollte sie das überhaupt? Bullock hatte sie offensichtlich abgeschrieben. Die Stories, die er ihr zuteilte, waren jetzt immer zweitrangig, nur mäßig interessante Themen, die ganz unten auf der morgendlichen Übersicht standen, fernab von den Beiträgen, die in der Sendung am Abend mit Sicherheit ausgestrahlt werden würden.

Gelegentlich wurde eine von Farrells Stories zu mehr, als Bullock erwartet hatte. Der Chefproducer sah sich dann gezwungen, sie widerwillig in das Programm der *Abendnachrichten* aufzunehmen. Wenn der Beitrag gut lief, schrieb Bullock den Tiefgang, die Kreativität und die Wirkung dem Korrespondenten zu. Wenn der Beitrag den Erwartungen nicht entsprach, wurde das Producerin Farrell, dem ständigen Sündenbock, vorgeworfen.

Farrell, die einen schlichten Rollkragenpullover und schwarze Wollhosen trug, hängte ihren violetten Wollmantel hinter die Tür und eilte in das Büro, das sie sich mit Bullocks Lieblingsproducer, Dean Cohen, teilte. Farrell nahm einen Becher Kaffee aus der braunen Papiertüte von Strokos Deli, und während sie ihren Zimmerkollegen musterte, versuchte sie sich daran zu erinnern, wie es war, die Nummer eins zu sein.

Dean war eindeutig nicht schlauer oder aggressiver als Farrell. Seine Beiträge waren solide, aber niemals überragend. Doch Dean beherrschte das Ränkespiel von *KEY* bestens. Er wußte, wann er den Mund halten mußte. Farrell wußte es nicht. Seine Speichelleckerei bei Range Bullock fand Farrell zum Kotzen.

»Fröhlichen Aschermittwoch«, nickte Dean, der den schwarzen Fleck auf Farrells Stirn bemerkt hatte.

»Das ist ein Widerspruch in sich«, korrigierte Farrell.

»O ja, stimmt. Asche zu Asche, Staub zu Staub und so weiter.« Dean wandte sich wieder seiner *New York Times* zu.

Warum hatte sie das schon wieder getan? Sie hätte einfach lächeln und kurz danke sagen können. Wie es die meisten anderen Menschen getan hätten. Aber nein, sie mußte Dean zurechtweisen. Zwischen ihnen ging es ständig darum, dem anderen eins auszuwischen, und das wußte sie. Ein ungutes Spiel.

Wahrscheinlich würde man ihr das alles eher verzeihen, wenn sie hübscher wäre. Aber Farrell war keine schöne Frau im üblichen Sinn. Ungewöhnlich vielleicht, exotisch, wenn sie einen guten Tag hatte. Schon als kleines Mädchen hatte sie gewußt, daß sie sich mit ihrem stärksten Pluspunkt, ihrem Verstand, durchs Leben würde schlagen müssen. Ein wirres Knäuel schwarzen, lockigen Haars thronte auf ihrer hohen Stirn. Große, fast zu große braune Augen ließen sie erstaunt wirken, was im Nachrichtengeschäft nicht gerade von Vorteil war. Den Eindruck zu machen, alles unter Kontrolle zu haben, konnte wichtiger sein, als die Lage tatsächlich zu beherrschen.

Farrell fuhr ihren Computer hoch und stöhnte innerlich auf, als sie ihr Pensum für den Tag sah. Wie konnte sie Bullock denn umstimmen, wenn er ihr immer nur den letzten Dreck zuteilte? Die Fabergé-Auktion drüben bei Churchill's! Absolut zweitrangig!

2

Pat bemühte sich, sitzen zu bleiben. *Bitte, lieber Gott, laß das Gebot noch steigen.*

Der Hammer schlug kurz auf.

»Und zum dritten! Nummer Vierhundertundzehn. Fünfzehntausend Dollar für die Fabergé-Brosche.«

Patricia Devereaux reckte den Hals, denn sie wollte unbedingt sehen, wer Olgas geliebte halbmondförmige Anstecknadel ergattert hatte. Sie suchte die Menge ab und sah, daß sich zwei Reihen vor ihr etwas rührte. Eine zerbrechliche alte Frau, ganz in Schwarz gekleidet, saß auf einem der Klappstühle des ehrwürdigen Auktionshauses Churchill's und legte die grüne Bieterkarte sanft wieder in ihren Schoß. Als die Frau sich zum Gehen erhob, konnte Pat sie besser sehen. Strahlende schwarze Augen blickten aus dem zarten Gesicht. Das nachtschwarze Haar der Frau mußte einfach gefärbt sein, doch Pat vermutete, daß das glänzende Schwarz vor Jahren die natürliche Farbe gewesen war. Zu ihrer Zeit mußte sie eine richtige Schönheit gewesen sein, entschied Pat.

Doch jetzt würde diese frühere Schönheit Olgas Brosche tragen. Pat war ein wenig traurig. Die gute Olga. Wie oft hatte sich die winzige Russin diese Anstecknadel liebevoll an den Kragen ihrer sorgfältig gestärkten Leinenblusen gesteckt. Olga hatte den Halbmond aus weißer Emaille, der mit winzigen Saphiren übersät war, sehr geliebt. Er war ein Geschenk ihres Vaters gewesen, der einst in der Werkstatt des berühmten Juweliers Carl Fabergé gearbeitet hatte. Wenn eine alte Frau diese einzigartige Brosche tragen sollte, dann Olga, fand Pat.

Fabergé. Der Hofjuwelier der letzten Romanow-Zaren.

Pat und ihr neunzehnjähriger Sohn Peter beobachteten den vornehm wirkenden Auktionator, der an der erhöhten Plattform aus Walnußholz stand, die sich im vorderen Teil des großen Saales befand. Gutgekleidete Männer und Frauen sprachen leise in die Telefone an den Tischen, die das Podium des Auktionators zu beiden Seiten säumten. Sie hatten die Aufgabe, die Gebote von potentiellen Käufern, die sich nicht im Verkaufsraum befanden, zu verkünden.

Routiniert ging der Auktionator die numerierten Objekte aus Churchill's Katalog durch. Ein kleiner kupferner Aschenbecher, auf den der russische Reichsadler aufgedruckt war, erzielte vierzehnhundert Dollar. Eine silberne Fabergé-Spargelzange brachte mehr als die veranschlagten zweitausend. Ein silbernes Tischfeuerzeug in Gestalt eines zusammengekauerten Affen wurde für fünfundzwanzigtausend verkauft. Das ausdrucksstarke Gesicht des Affen und seine gerunzelte Stirn hatten es dem neuen Besitzer offenkundig angetan.

»Was wird für das goldene Zigarettenetui geboten?«

Pat studierte das Bild des Zigarettenetuis in ihrem Programmheft. Die Hülle aus vierzehnkarätigem Gold trug ein Monogramm und einen aus Diamanten geformten Reichsadler. Wenn man auf das saphirne Daumenstück drückte, öffnete sich der elegante Behälter. Wunderschön.

»Viertausend zum ersten.«

»Viertausend zum zweiten.«

»Verkauft! Viertausend Dollar an Nummer einhundertsechsundneunzig.«

Pat erkannte den Käufer wieder. Es war der gleiche Mann, der bei der Auktion im letzten Jahr Olgas silbernes Zigarettenetui gekauft hatte. Der große, sympathisch wirkende Mann trug ein sportliches Tweedjackett. Sie schätzte ihn auf etwa fünfundvierzig, vielleicht auch älter. Während sie ihn musterte, blickte er in ihre Richtung und lächelte.

Erinnerte er sich vom letzten Jahr her an sie?

»Das ist Professor Kavanagh! Mein Professor für russische Geschichte.« Peter erhob sich und eilte auf den Käufer des Zigarettenetuis zu. Die Männer gaben sich die Hand. Pat beobachtete, wie Peter auf sie deutete und konnte sehen, daß seine Lippen die Worte ›*Das ist meine Mutter*‹ formten. Pat fand, der Professor wirke über diese Information verwundert, vielleicht sogar erfreut.

Das kannte Pat schon. Sie bekam oft zu hören, daß sie unmöglich die Mutter eines Neunzehnjährigen sein könne. Doch sie war in Peters Alter gewesen, als ihr einziges Kind geboren wurde.

Pat sah wieder hinüber und wunderte sich ein wenig. Die Seton-Hall-Universität mußte ordentliche Gehälter zahlen. Zigarettenetuis von Fabergé waren nicht gerade billig. Die Männer gaben einander noch einmal die Hand, und Peter kehrte mit vor Freude gerötetem Gesicht zu seiner Mutter zurück.

»Super, Mom«, flüsterte er. »Meinen Lieblingsprofessor auf einer Auktion bei Churchill's zu treffen – ich glaube, er war überrascht, hier einen seiner Studenten zu sehen.«

Pat genoß die Begeisterung ihres Sohnes. Peter war so ein ernster Junge. Sie ertappte sich oft dabei, zu hoffen, daß niemand ihn verletzen würde.

»Ich habe ihm von deinem Geschäft erzählt, Mom. Er hat gesagt, er würde mal vorbeikommen.«

»Wunderbar, mein Schatz«, flüsterte sie zurück, doch sie interessierte sich vor allem für das, was vorne im Saal passierte. Die numerierten Schätze erzielten weiterhin kleine Vermögen, und Pat spürte, wie die Spannung im Zuschauerraum stieg, während die größte Attraktion immer näher auf den Auktionstisch zu rückte. Dann kam sie in Sichtweite. Das Publikum richtete sich in den Stühlen auf, und ein leises, ehrfürchtiges Murmeln ging durch den spannungsgeladenen Raum. Die Kameras der Nachrichtenteams, die überall in der Galerie positioniert waren, liefen an.

Die Ankündigung des Auktionators ließ Pat erschauern.

»Meine Damen und Herren, das Mondei.«

3

In der VIP-Lounge von Churchill's war man vor den neugierigen Blicken unten aus dem Auktionshaus geschützt. Man konnte aus der VIP-Lounge hinaussehen, aber niemand konnte hineinblicken.

Für das Mondei wurde erregt geboten. Im Parkett und an den Telefonen stieg der Preis höher und höher.

Der Auktionator verkündete die Gebote, sobald er sie erhielt, und der Preis stieg immer noch.

Was es auch kosten mochte, die Person in der VIP-Lounge war fest entschlossen, das Ei zu bekommen. Es mußte sein.

4

»Was sollen wir noch filmen, Boß?«

Der große, schlaksige B. J. D'Elia hatte seine Kamera parat und wartete nur auf Farrells Anweisung.

»Einen Moment, Beej. Ich denke nach.«

Farrell stand an der Seite des überfüllten Auktionssaales

und überlegte hin und her. Diese Story war besser, als sie ursprünglich erwartet hatte. Sollte sie sich Clifford Montgomery, den Präsidenten von Churchill's, für ein Interview schnappen? Aber wozu wäre das gut? Range würde niemals einen ganzen Beitrag über den Verkauf des Mondeis nehmen. Er würde dieser Story nicht eine Minute dreißig Sekunden seiner kostbaren Sendezeit opfern. Das war Farrell schon klargewesen, als der Beitrag ihr zugeteilt worden war.

Ein Kommentar aus dem Off, wenn es hochkam. Moderatorin Eliza Blake würde fünfzehn oder zwanzig Sekunden zu dem Video über das Fabergé-Ei und die Auktion erzählen und den Zuschauern berichten, daß das Ei für die Rekordsumme von sechs Millionen Dollar verkauft worden war.

Aber die Story war viel fesselnder, als Farrell zunächst angenommen hatte. Es war frustrierend zu wissen, daß sie einen viel interessanteren Beitrag zusammenstellen könnte. Sie könnte sich ein Archivvideo besorgen. Sie wußte noch, daß *KEY News* einige alte Wochenschauaufnahmen in Schwarzweiß bekommen hatte, von den Romanows auf ihrer königlichen Jacht, der *Standarte*. Kurz darauf waren Zar Nikolaus II. und seine Familie aus dem Alexanderpalast vertrieben und in die Verbannung geschickt worden, wo sie dann einige Monate später von den gnadenlosen Bolschewisten ermordet wurden, die ihre königlichen Leichname mit Säure besprühten und in einer Grube in der Finsternis der russischen Wälder verscharrten.

Sie könnte Robbie bitten, es ihr rauszusuchen.

Die Geschichte des Mondeis, eines Ostergeschenks für Zarin Alexandra von ihrem treu ergebenen Gatten, jahrzehntelang verschollen gewesen und nun wiederentdeckt worden, war der Traum eines jeden Producers. Da fehlte wirklich nichts: Romantik, Reichtum, Betrug, Tragik. *Mit dieser Story kann ich nicht schiefliegen,* dachte Farrell. *Das ist großartiges Fernsehen.*

Farrell zog ihr Mobiltelefon hervor und drückte die Nummer, die sie mit dem Goldfischglas, der Kommandozentrale der *Abendnachrichten*, verbinden würde. Dean Cohen hob ab.

»Cohen«, sagte er knapp.

Na klasse. Der Liebling, eifrig dabei, sich bei Meister Bullock einzuschleimen. Dean trieb sich ständig in der Nähe des Goldfischglases herum. Er blühte förmlich auf, wenn er sich in dem rundum verglasten Büro des Chefproducers aufhielt.

»Dean, hier ist Farrell.«

»Wie ist die Auktion gelaufen?«

»Super. Kann ich mit Range sprechen?«

»Er ist gerade am anderen Apparat.«

»Ich warte solange.«

Farrell wartete, während ihr Blick durch den Auktionsraum schweifte. Sie sah eine groß gewachsene, attraktive Frau, die ihre Sachen zusammensuchte und sich von ihrem Sitz erhob. Ein noch größerer Jugendlicher stand mit ihr auf. Irgendwie kam sie Farrell bekannt vor...

Pat! Sie sah noch beinahe genauso aus wie damals, als Farrell sie zum letzten Mal gesehen hatte. Wie lange war das her? Farrell überlegte fieberhaft. Konnte es sein, daß es fast zwanzig Jahre her war? Und das mußte Peter sein – er war ein Baby gewesen, als sie ihn zum letzten Mal gesehen hatte. *Mein Gott.*

»Bullock hier«, bellte die Stimme aus dem Hörer. Bullocks abrupte, barsche Art brachte Farrell immer aus der Fassung.

»Range, hier ist Farrell.«

»Das weiß ich.«

Natürlich wußte er, wer sprach. Wie dumm von ihr, noch einmal ihren Namen zu sagen. Wann würde sie endlich kapieren, daß sie bei Bullock auf Höflichkeiten verzichten konnte? Er wollte einfach, daß sie auf den Punkt kam.

Farrell haßte sich selbst, als sie hörte, wie sie stammelte.

»Na, ja, das Mondei ist gerade für sechs Millionen verkauft worden.«

»Und?«

»Äh, ich glaube, wir könnten das groß aufziehen.«

»Wieso?«

»Die ganze Geschichte dieses Dings ist faszinierend.«

»Wer hat es gekauft?«

»Ein telefonischer Bieter, der anonym bleiben will.«

Am anderen Ende herrschte kurz Schweigen. Farrell sah vor sich, wie Bullock sich den Bildschirm anschaute.

»Wir sind heute abend voll. Wir können dem höchstens zwanzig Sekunden mit Off-Kommentar widmen.«

Dann wurde aufgelegt.

5

»Der Goldfisch will nicht«, verkündete Farrell mit einem Schulterzucken. »Beej, macht es dir etwas aus, wenn ich mir schnell ein Taxi zurück zum Sendezentrum nehme?«

»Verdammt. Ich habe vorne eine tolle Aufnahme von dem Portier in dem russischen Kosakenkostüm gemacht. Cooles Outfit. Ja, in Ordnung, Farrell, fahr nur. Wir sehen uns dann im Studio.«

B. J. D'Elia packte weiter seine Videoausrüstung ein, während er beobachtete, wie Farrell mit hängenden Schultern davonging. Es würde höchstens zehn Minuten dauern, alles abzubauen und das Stativ, die Scheinwerfer und die Kabel zu verstauen und in den Teamwagen zu packen, der draußen vor Churchill's auf der Madison Avenue parkte, das wußte Farrell. Und da sie für die Sendung heute abend keine Story produzieren mußte, hatte sie es eigentlich auch nicht eilig, zurück zu *KEY* zu kommen. Wahrscheinlich wollte sie einfach allein sein und war nicht in Stimmung, sich zu unterhalten. Konnte man ihr das verdenken? Farrell bekam bei den *Abendnachrichten* kein Bein mehr auf den Boden.

Der achtundzwanzigjährige Bartolomeo Joseph D'Elia liebte seine Arbeit beim Fernsehen. Er wurde vierzig Stunden pro Woche für seine große Leidenschaft bezahlt, hinzu kamen alle Überstunden, die er kriegen konnte. Wenn er loszog und jeden Auftrag filmte, der ihm über den Weg lief, lebte B. J. von seiner Cleverness, seinem Geschick und seinem Sitzfleisch.

Was hatte er für ein Glück! Das dachte er unablässig. Die meisten armen Willis haßten es, morgens aufzustehen, schleppten sich lustlos zu ihren langweiligen Jobs, zählten die Stunden, bis es Zeit war, wieder nach Hause zu gehen. Dann aßen sie noch irgend etwas, sahen viel fern und gingen ins Bett, nur um wieder aufzustehen, und dann ging es von vorne los. Wenn er darüber nachdachte, was für ein Leben das sein mußte, erschauerte er. B. J. wußte, daß er zu den wenigen Glücklichen gehörte, die sich jeden Morgen richtig auf die Arbeit freuten.

Farrell dagegen hatte zu kämpfen, und jeder bei *KEY* wußte das. Klatsch war dort zu einer Kunstform avanciert. Wer einen Stein im Brett hatte, wer es nicht packte, wer aufstieg, wer schon bessere Tage gesehen hatte. Karriereknicks und schwere Zeiten schürten den unersättlichen Appetit der Nachrichtenmeute. Sie waren wie die Schaulustigen auf der Autobahn, die abbremsen, um zu sehen, ob die Insassen in einem Autowrack überlebt haben – fasziniert und dankbar (vielleicht wäre »glücklich« das richtigere Wort), selbst in Sicherheit zu sein, zumindest für den Augenblick.

KEY News war nicht mehr die Von-der-Wiege-bis-zur-Bahre-Arbeitsstätte, die es in früherer Zeit einmal mit Stolz gewesen war. In der Vergangenheit hatte die Nachrichtenabteilung einen Angestellten, der dem Unternehmen gute Dienste geleistet hatte, auch dann noch behalten, wenn seine beste Zeit bereits hinter ihm lag. *Sie haben viel für uns getan, jetzt tun wir etwas für Sie.* Die Zeiten waren vorbei.

Loyalität funktioniert in beide Richtungen – oder eben in beide Richtungen nicht. Die Angestellten spürten, daß das Unternehmen sich ihnen nicht mehr so widmete wie früher. Viele gaben sich daher auch keine besondere Mühe mehr bei der Arbeit. Warum sollte man sich für ein Unternehmen krummlegen, das einen früher oder später im Stich lassen würde?

Deswegen war B. J. eine Ausnahme. Er scheute keinen Umweg und behandelte jede Story, an der er arbeitete, so, als hätte sie Aussichten auf einen Emmy. Er achtete auf jedes Detail und drehte jede Aufnahme sorgfältig und schwungvoll ab. Die Producer waren ganz wild darauf, mit ihm zu arbeiten. Wenn B. J. vor Ort an der Kamera gewesen war, dann wußten sie, daß ihnen im Schneideraum großartiges Material zur Verfügung stehen würde. Deshalb versuchten alle immer, ihn zugeteilt zu bekommen.

Außerdem war B. J. äußerst amüsant. Mit seinem scharfen Verstand, seiner Belesenheit und seiner Cleverness konnte er Situationen richtig einschätzen, und, wenn es eng wurde, mit seinem Humor die Lage retten. In einer Welt, in der sich alle sehr wichtig nahmen, konnte man sich darauf verlassen, daß B. J. die Dinge mit einer komischen Leichtigkeit wieder zurechtrückte. Doch heute hatten seine witzigen Bemerkungen bei Farrell versagt. Sie hatte über seine Kommentare nicht einmal gelächelt.

Er wickelte das letzte der schwarzen Kabel auf und verstaute es in dem Ausrüstungskoffer. Er vergaß Farrell, als er noch einmal nach vorne in den Auktionssaal blickte.

Die junge Asiatin, die an den Telefonen saß, war wirklich scharf. Er überlegte etwa fünf Sekunden lang, ob er es wagen sollte.

6

Als die Auktion vorüber war, gingen Pat und Peter in die Garderobe von Churchill's hinunter, um ihre Mäntel abzuholen. Professor Kavanagh stellte sich hinter ihnen an. Er streckte Pat die Hand entgegen.

»Darf ich mich Ihnen vorstellen, Mrs. Devereaux. Ich bin Tim Kavanagh, Peters Professor für russische Geschichte.«

Pat gab ihm die Hand und lächelte herzlich. Er hatte einen guten, festen Händedruck. Das gefiel ihr.

»Ich freue mich sehr, Sie kennenzulernen. Peter erzählt immer von Ihrem Unterricht. Es sind seine Lieblingsstunden.«

»Ihr Sohn begeistert sich sehr für russische Geschichte. Das ist in seinem Alter ungewöhnlich, besonders, weil ich vermute, daß er nicht viel russisches Blut in den Adern hat.«

»Da vermuten Sie richtig. Peter entstammt einer langen Linie vor allem irischer Männer und Frauen. Aber für diesen Teil seines Erbes hat er sich nie besonders interessiert.«

Peter widersprach seiner Mutter. »Mom, ich bin Amerikaner. In amerikanischer Geschichte kenne ich mich aus.«

Pat nickte. »Natürlich, Peter. Aber manchmal glaube ich, es könnte nicht schaden, sich mehr mit dem, was unsere Vorfahren durchgemacht haben, zu beschäftigen.«

Sie kamen an die Reihe, nahmen ihre Mäntel entgegen, und während Pat sich die Kamelhaarjacke zuknöpfte, wandte sie sich an Professor Kavanagh, um sich von ihm zu verabschieden. »Es hat mich sehr gefreut, Sie kennenzulernen.«

»Ganz meinerseits. Wissen Sie, es ist Mittagszeit, und der Anblick dieses ganzen wunderbaren Fabergé hat mir richtig Appetit gemacht. Wie wäre es, wenn ich Sie beide zu einem ganz amerikanischen Hamburger einladen würde?«

Bevor Pat ablehnen konnte, stimmte Peter begeistert zu: »Super!«

Pat lachte. *Warum nicht?* fragte sie sich. Sie schob oft ihr Geschäft oder mütterliche Verpflichtungen vor, wenn ein Mann sie einlud. Sie hatte sich schließlich eingestanden, daß sie sich einfach nicht wieder verlieben wollte, sich nicht auf jemanden einlassen wollte, der ihr Leben verkomplizieren könnte. Aber das hier war ganz harmlos. Peter und sein Lehrer. Ein Hamburger. Alles würde ganz zwanglos sein. Professor Kavanagh sah sie erwartungsvoll an. »Klingt gut. Ein Cheeseburger wäre jetzt genau das Richtige.«

Als sie durch die schwere Glastür auf die Straße traten, spürte Pat, daß ihr jemand auf die Schulter tippte. Erstaunt drehte sie sich um.

»Mein Gott, Farrell! Farrell Slater!« Pat umarmte die Frau. »Wir haben uns ja ewig nicht mehr gesehen!«

7

Tony machte es gar nichts aus, das Kosakenkostüm zu tragen. Es hatte wirklich eine magische Wirkung auf die kleinen alten Damen, die so großzügig Trinkgeld gaben. Er war nur dankbar dafür, daß Clifford Montgomery beschlossen hatte, die Russische Saison bei Churchill's im Februar und März abzuhalten, nicht im Juli und August.

Er stand in einem langen, marineblauen Wollmantel mit rotem Kragen und roten Aufschlägen sowie schwarzen Stulpenstiefeln aus Leder vor dem eindrucksvollen Eingang des Auktionshauses. An seiner Taille hing ein Schwert, und Gewehrriemen spannten sich quer über seine Brust. In dem Halfter auf seiner Hüfte steckte die Imitation einer Pistole. Er hatte sich im Hinblick auf diesen Zeitraum sogar einen Bart wachsen lassen. Tony wollte so echt wie möglich aussehen.

Wie viele Leute dieses Fabergé-Zeug anlockte! Montgomery und der Aufsichtsrat waren bestimmt richtig glücklich. Gut fürs Geschäft. Und was für Churchill's gut war, war für Tony großartig.

Je mehr Kunden das Auktionshaus besuchten, desto mehr Trinkgeld für Tony. Mit ungefähr dreißigtausend Dollar war sein Gehalt für New Yorker Verhältnisse recht mager. Doch in einem guten Jahr konnte er sein Einkommen verdreifachen, indem er die wohlhabende Kundschaft bezauberte und umsorgte.

Er winkte Taxis herbei und holte ihnen die Mäntel und Päckchen, schmeichelte sich bei den Kunden ein, die erwarteten, daß man sie zuvorkommend behandelte, und die bereit waren, dafür zu zahlen. Er begleitete alte Männer und Frauen und blinde Menschen über die betriebsame Madison Avenue, nicht, weil er dafür Geld bekam, sondern weil er ihnen gerne half. Oft lohnte es sich jedoch auch – nicht, weil diese verletzlichen Geschöpfe reiche Kunden von Churchill's waren, sondern weil die regelmäßigen Klienten des Auktionshauses sich seine guten Taten merkten und ihm dafür etwas zusteckten. Zehn- und Zwanzigdollarscheine summierten sich rasch, und es war kein Problem, Bargeld an der Steuer vorbeizuschmuggeln.

Weihnachten war die beste Zeit. Dann waren die Leute am großzügigsten. Und wenn es bei Churchill's besondere Themenmonate gab und in einer Reihe von Auktionen immer die gleichen Kunden zu jeder Sitzung kamen, dann war ihnen der nette Portier bald vertraut. Tony verwöhnte sie, und sie erfüllten ihren Teil des stillschweigenden Abkommens, indem sie Geldscheine in seine behandschuhte Hand schoben.

»Guten Morgen, Mrs. Busby.« Er öffnete die Tür für eine der vielen attraktiven, gut gekleideten Besucherinnen.

Tony genoß seine günstige Position draußen vor Churchill's. Er sah alle, die ankamen und gingen. Er gab sich stets Mühe, sich die Namen zu merken. Die Kunden mochten das.

8 *Donnerstag*

Das Leben war hart in »Little Odessa«, oder Brighton Beach, wie es auf der Karte des Stadtteils Brooklyn hieß. Brighton Beach Avenue, die wichtigste Durchgangsstraße, wimmelte vor angespannten, entschlossenen Gesichtern, die ihrem Ziel entgegeneilten. Nur die Alten und die ganz Jungen bewegten sich mit ruhigerem Tempo.

Die Avenue war gesäumt von offenen Obstständen. Die russischen Immigranten wählten ihre Äpfel, Bananen und

Birnen mit einem gewissen Maß an Konzentration und Verwunderung aus. So etwas kannten sie aus ihrer alten Heimat nicht. Dieser Überfluß an frischen Früchten, die auch noch reif und unversehrt waren, wäre dort undenkbar gewesen.

In den Zeitungskiosken an den Straßenecken lagen die *New York Post*, die *Daily News* und das Magazin *People* neben russischen Zeitungen aus. Entlang der Bürgersteige hatten die Leute ihre eigenen kleinen Stände errichtet, um Bücher in kyrillischer Schrift zu verkaufen.

Auch die Straßenschilder waren auf Kyrillisch. Ebenso die Schilder in den Drogerien, den Billigläden und Juweliergeschäften. Auf den Märkten gab es die traditionellen russischen Lebensmittel: Schwarzbrot, Fisch und Kuchen. Jede Menge Kuchen. Nach jahrzehntelanger Entbehrung liebten die russischen Einwanderer es, ihrer Naschlust zu frönen.

Auf der Strandpromenade, die parallel zur Brighton Beach Avenue den kalten, grauen Atlantik entlang verlief, verschafften sich ältere Männer und Frauen ihre tägliche Bewegung in der spätwinterlichen Sonne. Die Gespräche fanden alle auf Russisch statt. Die Diskussionen drehten sich oft um die Verbrechen in »Little Odessa«.

Manches würde sich wohl nie ändern. In der alten Heimat waren die Regierungsbeamten immer auf Beutezug gewesen. In Amerika verlangte die russische Mafia ihren Anteil. Zu oft ging es in den Gesprächen auf der Promenade um einen armen Ladenbesitzer, der Widerstand geleistet hatte und erschossen worden war, weil er das Schutzgeld nicht gezahlt hatte. Die Verbrecher wollten von allem ihren Anteil.

In einem gemieteten Raum über dem Primorski-Restaurant beugte sich Misha Grinkov über seine Werkbank. Er war vor vielen Jahren in die Vereinigten Staaten gekommen und hatte sich direkt nach Brighton Beach begeben. Da er kein Wort

Englisch sprach, hatte er den einzigen Ort in Amerika aufgesucht, von dem er wußte, daß die Sprache dort kein Problem darstellen würde.

Und als er in seiner neuen Heimat Arbeit gesucht hatte, hatte er sich wieder dem Gewerbe zugewandt, das er am besten beherrschte. Er nahm die U-Bahn nach Manhattan, in die elegante Welt der Upper East Side, und begab sich direkt zu *La Russie Imperiale*, dem renommierten Antiquitätengeschäft an der Fifth Avenue. *La Russie Imperiale* war auf den Verkauf russischer Antiquitäten, Kunstgegenstände und Schmuck aus der Zeit spezialisiert, als die Kommunisten das größte Land der Welt noch nicht beherrscht hatten.

Der Inhaber, Konstantin Kaledin, hatte Russisch mit ihm gesprochen. Misha hatte seine Arbeit in St. Petersburg beschrieben und vorsichtig ein schwarzes, in Filz gehülltes Bündel ausgewickelt, das er auf der langen Reise in seine neue Heimat sorgfältig bei sich getragen und behütet hatte. Nachdem Kaledin Mishas fachmännische Arbeit geprüft hatte, hatte er den Immigranten auf der Stelle eingestellt.

Sofort am nächsten Tag gab Kaledin Misha einen Auftrag in seiner Spezialität – Emaillearbeiten. Unaufhörlich wurden Zigarettenetuis, Brieföffner, Teeglashalter, Zierlöffel, Rahmen und Kerzenhalter gebracht, die repariert werden mußten. Misha mischte die Masse aus Glas und Metalloxid zusammen und erhitzte sie, bis sie zu schmelzen begann. Dann wurde sie sorgfältig auf eine vorbereitete Metalloberfläche, die bereits graviert worden war, aufgetragen und mit ihr verschmolzen. Das Geschick der meisten Emailleexperten wurde durch die außerordentlich hohen Temperaturen, die erforderlich waren, um die Emaille zu schmelzen, auf eine harte Probe gestellt, doch Misha hatte diese Herausforderung immer genossen. Während seiner langen Lehrzeit in Rußland hatte er immer, wenn es möglich war, damit experimentiert, Emaille in Schichten aufzutragen, Blattgoldmuster zwischen die Schichten einzufügen und Dekorationen in die Metalloberfläche zu gravieren, bevor die Emaille aufgetragen wurde. Liebevoll polierte Misha die Emaille viele, viele Stunden lang mit Gamsleder. Er tat das gern, denn er wußte, daß dieser zusätzliche Aufwand das Ergebnis weiter verbesserte.

Eines Tages kam Mr. Kaledin zu Misha an die Werkbank, sein Gesicht noch ernster als üblich.

»Ich habe einen sehr unglücklichen Kunden. Die Emaille an einem sehr kostbaren Stück ist gesprungen. Aber ich traue Ihnen zu, es zu reparieren.«

So hatte Misha Grinkov sein erstes Fabergé-Ei in Amerika zu Gesicht bekommen.

Während der nächsten zehn Jahre arbeitete Misha für *La Russie Imperiale*, reparierte die Emaille an den schönen Stükken, die in den Laden kamen, und lernte von den anderen Arbeitern und dem alten Konstantin Kaledin Englisch. Eine Stelle bei *La Russie* hatte in der Antiquitätenwelt Prestige. Dort als Verkäufer zu arbeiten bot die Gelegenheit, mehr über russische Kunstgegenstände zu erfahren, als man in irgendeiner Schule oder Bibliothek lernen konnte.

In jenen frühen Jahren gab es einen gewissen Lehrling, einen Verkäufer, der schließlich Kaledins rechte Hand geworden war. Ein hochgewachsener, redegewandter Schwarzer namens Clifford Montgomery. Misha wußte noch, wie tief es Kaledin getroffen hatte, daß Montgomery sich eines Tages entschlossen hatte, das Geschäft zu verlassen und im Auktionshaus Churchill's zu arbeiten.

9

Jack McCord haßte den Russischunterricht. Er fand die Sprache schwierig und hatte nur wenig Begabung dafür. Aber er liebte seinen Job, blühte bei den Ermittlungen und der Lösung schwieriger Fälle auf und war jedesmal äußerst befriedigt, wenn es ihm gelang, die Bösewichter zu schnappen. Es war der Eintrittspreis für seinen Beruf, diese verfluchte russische Sprache zu lernen.

Der Kalte Krieg war vorbei, doch das FBI hatte noch immer allen Grund, ausgewählte Agenten in den Russischunterricht zu schicken. Obwohl die Absolventen der Bundespolizei seit Jahrzehnten in der Spionage gearbeitet und sich auf die sowjetischen Spione in den Vereinigten Staaten konzentriert hatten, war McCord der Abteilung für Kunstfälschung des New Yorker Büros zugeteilt. Gefälschte russische Kunstgegenstände waren weit verbreitet.

Als er in den frühen Morgenstunden hinaus nach Brighton Beach fuhr, verfluchte er die Budgetkürzungen beim FBI. Es gab nie genug Agenten, um all das zu tun, was getan werden mußte. Es hatte einer lächerlich heftigen Auseinandersetzung mit seinem Vorgesetzten bedurft, damit seinem Fall ein Überwachungsteam zugeteilt wurde. Trotz Jacks Flehen hielt sein Boß Misha Grinkov nicht für wichtig genug, um ihn rund um die Uhr bewachen zu lassen.

»Sie werden Ihr Bestes geben müssen«, hatte Abteilungsleiter Roger Quick gemeint.

Das war leicht gesagt, wenn man wie Quick faul im Sessel saß und das Büro nie verlassen mußte. Es war lange her, daß Quick mal vor Ort gewesen war, und das merkte man. Jack konnte Quick nicht ausstehen, und es ärgerte ihn, daß dieser Idiot ihm Befehle erteilen konnte.

Aber er riß sich zusammen. Er wußte, daß Quick ihn provozierte und er ihm keinen größeren Gefallen tun könnte, als die Beherrschung zu verlieren. Wie schon so oft.

An jenem nebeligen grauen Morgen fand Jack einen Parkplatz ganz in der Nähe des *Primorski*-Restaurants. Er parkte sein Auto, schloß es ab und ging auf das Café auf der gegenüberliegenden Straßenseite zu.

Nichts wäre diesem Mistkerl eine größere Freude, überlegte Jack, als er die Brighton Beach Avenue überquerte. Quick wollte, daß Jack explodierte, denn er wußte, daß ein weiterer unkontrollierter Wutausbruch Jacks Karriere beenden würde. Das FBI mochte keine Hitzköpfe.

Diese Genugtuung würde er Quick um keinen Preis verschaffen. Jack setzte sich an den Tisch, der auf die Straße hinaus blickte, bestellte sich eine Tasse Kaffee und wartete auf Misha.

10

Am Morgen nach der Auktion schlürfte Farrell an ihrem Schreibtisch bei *KEY News* ihren Kaffee und las den Bericht auf der Titelseite der *Times*.

»Das Mondei, das letzte der Ostereier, die von Zar Nikolaus II. für seine Frau Alexandra in Auftrag gegeben worden waren und das im Chaos nach der russischen Revolution im Jahre 1917 für mehrere Jahrzehnte verloren gegangen war, wurde gestern im Auktionshaus Churchill's in New York von einem unbekannten Käufer für sechs Millionen Dollar ersteigert. Die Kreation dieses

Eis wurde von Carl Fabergé, dem berühmtesten Kunstjuwelier aller Zeiten, geleitet.
Das Mondei, das aus milchiger, durchsichtiger Emaille auf graviertem Gold besteht, ruht auf drehbaren dunkelblauen Wolken aus gemeißeltem Lapislazuli auf einem goldenen Sockel. Nach dem Entwurf für das Ei, der vor kurzem in einem alten Katalog von Fabergé-Entwürfen entdeckt wurde, sollte das Ei beim Öffnen die für Fabergé typische ›Überraschung‹ enthüllen – in diesem Fall einen Diamantregen, der beim Auslösen des Mechanismus schimmert und an einen Kometen aus Sternschnuppen erinnert. Im Laufe der Zeit ist diese diamantene Überraschung jedoch aus dem Mondei verschwunden.
Das Ei wurde dem Zaren niemals ausgeliefert, da Nikolaus, seine Frau Alexandra Fjodorowna und ihre fünf Kinder von den bolschewistischen Revolutionären gefangengenommen wurden. Die gesamte Familie wurde im folgenden Jahr hingerichtet.
In den Tumulten, die auf den Sturz der Zarenfamilie folgten, gingen viele Schätze verloren, wurden gestohlen oder von der in Geldnot befindlichen neuen Regierung verkauft. In Carl Fabergés Schmuckentwürfen aus den Archiven in St. Petersburg finden sich Skizzen für das geplante Ei, doch man hatte nicht gewußt, wo sich das Mondei tatsächlich befand oder ob es überhaupt existierte, bis Churchill's den Verkauf ankündigte.
Im Laufe der Jahre sind verschiedene phantastische Objekte und Gebrauchsgegenstände, die im Hause Fabergé geschaffen wurden, an unwahrscheinlichen Orten wiederaufgetaucht. Churchill's berichtet, der Eigentümer habe das Mondei Ende des letzten Jahres auf dem Flohmarkt an der Twenty-Sixth Street in New York gekauft.
Die Entdeckung hat die gesamte Kunstwelt in Aufregung versetzt. Man hatte erwartet, daß das Mondei für die Sammlung des Forbes-Magazins gekauft werden würde, die zwölf von Fabergé ge-

fertigte Ostereier des Zaren besitzt. Der tatsächliche Käufer, der telefonisch mitgeboten hat, wollte nach Angaben von Clifford Montgomery, dem Präsidenten und Fachmann für russische Kunstgegenstände von Churchill's, anonym bleiben.«

Farrell nahm noch einen Schluck Kaffee und machte sich dabei einen Fleck auf ihre gestärkte weiße Bluse. Sauerei! Sie hatte im Augenblick wirklich eine Glückssträhne. Sie starrte auf das Farbfoto von dem Mondei, das zu dem Artikel in der *Times* gehörte. Wenn Range sich bei seiner Entscheidung doch nur nicht von seiner Abneigung ihr gegenüber hätte leiten lassen. Die *Abendnachrichten* hätten einen ausführlichen Beitrag über das Mondei bringen sollen. Es war einfach lächerlich, wenn persönliche Differenzen diktierten, was die amerikanische Öffentlichkeit in den Nachrichten zu sehen bekam. Doch Farrell war klar, daß genau das geschehen war.

Sogar der Chefredakteurin von *KEY News*, Yelena Gregory, war es aufgefallen. Yelena, die selbst russisches Blut in den Adern hatte, hatte angerufen, um Range mitzuteilen, daß sie diesen Beitrag schmerzlich vermißt habe. Range wird sich wohl in den Hintern beißen, überlegte Farrell schadenfroh. Die *New York Times* war die Bibel für *KEY* – und alle anderen Sender hatten in ihren Abendsendungen ausführliche Beiträge gebracht.

Aber Range war nicht der Typ, der die Schuld bei sich selbst suchte. Er würde sie *ihr* in die Schuhe schieben.

11

Misha öffnete auf das Klopfen hin die Tür seiner kleinen, verborgenen Werkstatt in Brighton Beach und ließ das halbgegessene Wurstsandwich auf dem Werktisch liegen.

»Hast du vergessen, daß du fragen solltest, wer da ist, bevor du die Tür öffnest? Es hätte jeder sein können ... die Polizei ... die russische Mafia ... jeder.«

Misha lächelte schief. »Ja, aber ich wußte, daß du es bist. Niemand kommt sonst her.«

Glück für mich, Pech für dich, dachte der Besucher.

Misha wandte sich um und deutete auf die Werkbank, auf der nichts außer dem Sandwich lag. Das Juwelierwerkzeug war ordentlich an das Wandregal gehängt. »Du siehst, es fällt mir schwer, mit Neuem anzufangen.«

»Was glaubst du, woran das liegt?«

»Ich schon gesagt. Ich will größeren Anteil an Profit. Du machst Vermögen, Misha macht ganze Arbeit«, sagte Misha vorwurfsvoll und starrte das Juwelierwerkzeug an. »Ich nur will, was fair ist.«

»Das weiß ich. Deine Arbeit am Mondei war perfekt. So perfekt, daß keiner von uns mehr an irgend etwas anderem arbeiten muß. Sechs Millionen Dollar sind viel Geld.«

Misha wandte sich um und sah seinen Besucher an, ein erleichtertes Lächeln auf den Lippen. »Also du teilst mit mir?«

Der Hammer landete direkt auf Mishas Stirn. Er merkte gar nicht, was ihn traf. Systematisch wurde ein Körperteil nach dem anderen abgehackt, jede Fingerkuppe entfernt und der Kopf mit der zweischneidigen Axt abgetrennt.

12

Wenn sie mein wäre, ich würde sie nie wieder gehen lassen, dachte Charlie Ferrino, während er ein Rosinenbagel mit Frischkäse bestrich. Laut sagte er dagegen: »Ich habe nie kapiert, wie Sie davon leben können, daß Sie den alten Kram anderer Leute verkaufen.«

Pat lächelte und zog eine neue *New York Times* unter der Theke von *Choo-Choo Charlie's Coffee Shop* hervor. Interessiert stellte sie fest, daß die Story über die Auktion auf der Titelseite stand.

»Charlie, Charlie«, sagte Pat lachend. Aber ihre grünen Augen funkelten vergnügt, als sie und ihr Freund das übliche Morgengeplänkel begannen. »Es ist kein alter Kram! Sie kennen den Slogan doch: ›Das Kommissionsdepot ... Alles, was Qualität und Charakter hat.‹«

»Warum nennen Sie es dann nicht einfach Antiquitätenladen?«

»Weil die Ware nicht unbedingt alt ist. Ich habe es Ihnen doch schon erklärt. Die Möbel, das Kristall, das Silber und was wir sonst noch verkaufen, gehört mir nicht. Ich verkaufe es für die Besitzer. Sie bringen mir ihre Sachen, ich stelle sie im Laden aus, und wenn irgend etwas verkauft wird, teilen der Besitzer und ich uns den Verkaufspreis ... fifty-fifty.«

Charlie füllte einen Pappbecher mit dampfendem, frischgebrühtem Kaffee, schüttete den Inhalt eines rosafarbenen Süßstoffpäckchens hinein und gab etwas Milch dazu. Er trug eine blaue Baseballmütze, um seinen kahler werdenden Kopf zu bedecken, den er jetzt schüttelte. »Ich weiß nicht, Pat. Ich habe gehört, daß Ihre Preise zum Teil ganz schön gesalzen sind. Warum sollte man gutes Geld für gebrauchtes Zeug ausgeben, wenn man es sich leisten kann, alles neu zu kaufen?«

Pat grinste. Sie wußten beide, daß Charlie den Reiz schöner Dinge und von Antiquitäten sehr wohl kannte. Es machte ihm einfach Spaß, sie zu necken. Sie simulierte Verzweiflung und raufte sich das kastanienbraune Haar.

»Charlie, es ist ein Glück, daß ich Sie so mag, denn manchmal würde ich Sie am liebsten an den Schultern packen und schütteln.«

Charlie packte den eingewickelten Bagel, den Kaffee und eine Serviette sorgfältig in eine kleine braune Papiertüte. *Wenn Sie das doch nur täten*, dachte er, während er ihr bewundernd nachsah.

13

Peter wußte nicht, was er tun sollte.

Er lag auf seinem Einzelbett in Boland Hall, dem großen Schlafsaal für Studienanfänger an der Seton-Hall-Universität, und starrte mit hinter dem Kopf verschränkten Armen an die Decke. Der graue, regnerische Tag draußen vor dem metallgefaßten Fenster paßte zu der Stimmung des Erstsemesters. Er war äußerst besorgt.

Seit der Auktion gestern machte ihm etwas zu schaffen. Das Mondei.

Es war wirklich wunderschön. Die Emaillearbeit und all die ganzen Edelsteine waren sehr eindrucksvoll. Und als es für sechs Millionen Dollar verkauft worden war, hatte Peter gehört, wie der Mann, der in der Reihe hinter ihm saß, kommentierte: »Das ist es auch wert.«

Das wäre es. Nur war es eine Fälschung.

Peter war sich ganz sicher.

Er drehte sich um, schloß die Augen und vergrub den Kopf im Kissen. Gott, was sollte er nur tun?

Er wollte es Olga nicht erzählen. Sie war so alt, und sie hatte schon so viel durchgemacht. Peter wollte nicht, daß die alte Dame in den Tagen, die ihr noch blieben, weitere Probleme hatte.

Und sie hatte ihn schwören lassen, daß er nichts erzählen würde.

Er konnte sich noch deutlich an den Nachmittag erinnern. Olga hatte Tee und ihren selbstgemachten »Kaviar«, wie sie ihr Auberginenmus nannte, serviert, wie immer, wenn er zu Besuch kam. Doch sobald Peter ihre kleine Wohnung betreten hatte, hatte er gespürt, daß etwas anders war.

Olgas Augen hatten hell gefunkelt, als sie beide in ihrem kleinen Wohnzimmer gesessen hatten und Olga in Erinnerungen an frühere Zeiten geschwelgt hatte. Sie erzählte ihm von ihrer Familie, die schon lange tot war, und davon, wie es gewesen war, als junges Mädchen in St. Petersburg aufzuwachsen, nachdem die Kommunisten an die Macht gekommen waren. Sie berichtete, wie ihr Vater sich resigniert damit abgefunden hatte, daß ihr angenehmes Leben für immer vorüber war.

Vorbei war es mit ihrer geräumigen Wohnung in St. Petersburg und ihrer bezaubernden *Datscha* auf dem Land. Vorbei mit der gut ausgestatteten Küche mit dem reichhaltigen Vorrat an gutem Wein und Wodka in der Speisekammer. Vorbei mit den schönen Kleidern und gut geschnittenen Anzügen und vielen Pelzmänteln aus dem Schrank in der Halle.

Dann war in der Härte eines gnadenlosen, russischen Winters ihre Mutter gestorben.

Eine Träne war in Olgas Augenwinkel erschienen, als sie von ihrem Vater sprach. Sie hatte miterlebt, wie ihr Vater mehr darunter gelitten hatte, daß er sein Talent nicht mehr einsetzen konnte, als unter dem Verlust des materiellen Wohlstands. Im Rußland der Kommunisten hatte es keinen Platz für das »frivole« Erschaffen schöner Dinge gegeben.

Dann hatte sie sich aus ihrem Sessel gehievt und sich langsam in ihr Schlafzimmer begeben.

»Komm mit.«

Peter folgte der alten Dame, die auf den Schrank zuging. Sie öffnete die Tür und machte eine Handbewegung.

Peter kniete sich hin und griff tief in den Schrank. Unter einer Wolldecke spürte er etwas Weiches, Plüschiges. Er zog die Schachtel hervor, erhob sich und gab Olga den gelben Samtbehälter.

»Versprichst du, nicht zu erzählen, was ich dir zeige? Mein Vater hat es gemacht, aber er hat es auch aus Werkstatt mitgenommen, als Kommunisten kamen.«

Peter nickte ernst. »Ich verspreche es.«

Olgas Hände zitterten, als sie die goldene Schachtel öffnete und Peter atemlos den Inhalt bewunderte.

»Fabergé-Osterei. Zar hat machen lassen als Geschenk für Zarin Alexandra.«

Olga streckte Peter die Schachtel entgegen. Vorsichtig hob Peter das blauweiße Ei aus seinem gelben Nest.

Langsam drehte er das Ei in den Händen. Die kühle Schönheit raubte ihm den Atem.

»Öffne es.«

Peter musterte das Ei, versuchte herauszufinden, wie es geöffnet wurde. Mit fragendem Gesichtsausdruck sah er Olga an.

»Warte, ich mache für dich.«

Olga nahm ihm das Ei ab. Sie drückte eine goldene Perle, die ein Teil der Verzierung war, und das Ei sprang auf.

Ein Regen fein miteinander verbundener Diamanten zitterte im Inneren.

»Ist gemacht wie Halleyscher Komet. Komet erschien über Europa, bevor Zar gestürzt wurde. War Zeichen. Telegramm von Gott.«

14

Das »Kommissionsdepot« öffnete um zehn, aber Pat war gerne eine gute Stunde vorher dort, um Ordnung zu schaffen. Hatte sie einmal die Tür für die Kundschaft geöffnet, hatte sie oftmals keine Minute mehr für sich, bis sie um sechs Uhr abends wieder abschloß. Trotzdem gelang es ihr kaum, jeden Monat die Rechnungen zu bezahlen. Sie hatte nie richtig den Durchbruch geschafft.

Pat stand mit ihrem Frühstück und der *New York Times* in der Hand auf der hölzernen Veranda, die das bezaubernde viktorianische Holzhaus umgab, in dem sich ihr Laden befand. Vor fünfzehn Jahren war sie ein immenses finanzielles Risiko eingegangen, als sie das alte, heruntergekommene Haus im provinziellen Westwood in New Jersey gekauft hatte. Aber immer, wenn sie es wie jetzt, nachdem es so liebevoll restauriert worden war, betrachtete, war sie froh, daß sie die Gelegenheit ergriffen hatte.

Nach Allans Tod hatte Pat ihn so sehr vermißt, daß sie manchmal geglaubt hatte, es nicht ertragen zu können. Doch sie hatte all ihre Energie und den Erlös aus einer kleinen Versicherungspolice in die Instandsetzung des alten Hauses und in die Gründung ihres Geschäftes gesteckt, und zu ihrer Verwunderung hatte sie die schlimmste Zeit irgendwie überstanden. Sie hatte dieses alte Gebäude immer geliebt. Es hatte sie gerettet. Ganz knapp.

Das Haus, das Geschäft, und, was noch viel wichtiger war, Peter hatten Pat über Wasser gehalten. Jetzt war er seit kurzem auf dem College; aber damals war er gerade vier Jahre alt gewesen ... ein kleiner Junge, dem eine Kindheit und das schwierige Heranwachsen zu einem Mann bevorstand, ohne daß ein Vater ihm beistehen konnte. Das war einfach ungerecht.

Beklommen inspizierte Pat den Anstrich. Der Korpus des Hauses war in blassem Apfelgrün gehalten, mit kunstvollen Verzierungen in überraschendem Himbeerrosa. Pat hatte vor dem Anstrich sorgfältig recherchiert, denn sie wollte den Farben gerecht werden, die zu der Zeit benutzt worden waren, in der das Haus gebaut worden war. Mit Erstaunen hatte sie erfahren, daß die Menschen gegen Ende des 19. Jahrhunderts ihre Häuser in wunderlichen Farben gestrichen hatten. Sie seufzte. Das Haus mußte schon wieder neu gestrichen werden. Und das würde teuer werden. All die Schneckenverzierungen und die winzigen, gemusterten Schindeln mußten sorgfältig per Hand bemalt werden. Was war es doch für ein Elend, ständig Geldsorgen zu haben.

Pat schloß die facettierte, gläserne Vordertür auf und wußte schon, wer sie auf der anderen Seite erwarten würde. »Emily!« rief sie aus, fiel auf die Knie und drückte die Stirn in das lange, honigfarbene Fell des Collies. »Braves Mädchen! Braves Mädchen! Ich sehe schon, daß du alles gut für mich bewacht hast. Ich weiß, daß ich mich auf dich verlassen kann. Komm, Em. Ich laß dich raus.«

Die Colliehündin folgte ihrer Herrin in die winzige Küche hinten im Haus und zwängt sich ungeduldig durch die Tür, die hinaus in den Hinterhof führte. Die Versicherungsbestimmungen verlangten, daß der Laden mit einer elektrischen Alarmanlage ausgestattet war, doch Pat hatte mit dem verdammten Ding nichts als Ärger. Emily war ihre Sicherheitsgarantie, und Pat hatte das Gefühl, daß die Hündin ihre Arbeit mochte.

Pat ging zurück ins Wohnzimmer und ließ den Blick stolz durch ihr Geschäft schweifen. Die pflaumenfarbenen Wände waren ein guter Hintergrund für beinahe alles, was sie daran aufhängte ... Gemälde, Radierungen, Spiegel, Leuchter, und manchmal auch nur leere Rahmen, wenn sie für sich interessant genug waren. *Spiegel. Mit Spiegeln sind wir knapp, und sie verkaufen sich immer gut.* Sie hoffte, daß jemand heute einen bringen würde.

Sie schaltete alle Lampen an, sowohl in der oberen Etage als auch unten, ließ ein Spitzenkissen auf ein quastenverziertes Sofa plumpsen, das neben dem Kamin stand, und rückte eine Vanillekerze zurecht, die schief in dem silbernen Kandelaber auf dem Kaminsims stand. Nachdem sie die Ecke eines wunderschön gewebten Kelims geglättet hatte, die Emily versehentlich umgeschlagen hatte, stellte Pat zufrieden fest, daß der Laden ordentlich aussah.

In der Küche packte sie ihr Frühstück aus und schlug die Zeitung auf. Sie genoß die Schlagzeile und dachte zurück an die Aufregung im Verkaufsraum von Churchill's.

»Mondei bringt sechs Millionen Dollar.«

Während sie den Artikel las, wanderten Pats Gedanken zu Farrell Slater. Wie seltsam, sich nach all den Jahren in einem Auktionshaus wiederzutreffen.

Als Kinder waren sie Schulfreundinnen gewesen, und eine Zeitlang unzertrennlich. Doch Farrell war dann auf die kirchliche Highschool gewechselt, während Pat zur Westwood

High ging. Während Farrell weggezogen war, um das College zu besuchen, hatte Pat direkt nach dem Abschluß Allan geheiratet.

Zu jung, viel zu jung zum Heiraten, hatten alle geunkt. Sie überlegte, daß Peter heute älter war als sie bei ihrer Hochzeit mit seinem Vater. Natürlich waren sie jung gewesen. Aber sie bereute ihre Entscheidung nicht. Keinen einzigen Tag der viel zu kurzen Zeit, die sie miteinander verbracht hatten.

Ihre Freundin Farrell hatte eine steile Karriere gemacht. Producerin bei *KEY News*! Was für ein aufregendes Leben Farrell führen mußte.

Und trotzdem hatte Farrell gestern bei Churchill's nicht besonders glücklich gewirkt. Sie war nett und freundlich gewesen, als sie Tim Kavanagh vorgestellt wurde, und schien sich wirklich zu freuen, Pat und Peter zu sehen; sie hatte kaum glauben können, daß aus dem kleinen Baby, das sie von früher kannte, ein so hübscher junger Mann geworden war. Aber Pat hatte gespürt, daß sie etwas bedrückte.

Als Pat vorgeschlagen hatte, Farrell solle sie doch mal im »Kommissionsdepot« besuchen, war sie überrascht gewesen, wie begeistert Farrell auf ihre Einladung reagiert hatte. Bei ihrem Job, der sie um die ganze Welt führte, der ihr alle Türen für Interviews mit den faszinierendsten Menschen unserer Zeit öffnete, konnte Pat sich nicht vorstellen, wieso um alles in der Welt ihrer alten Freundin so viel daran lag, hier hinaus zu kommen und sich einen Trödelladen anzusehen.

15

Nach der Vorlesung über russische Geschichte blieb Peter noch in Fahy Hall. Er wollte mit Professor Kavanagh sprechen. Er hatte sich seine Entscheidung nicht leicht gemacht. Er wollte seine Mutter nicht in seine Befürchtungen wegen des Mondeis einweihen.

Er hatte sich oft an sie gewandt, wenn ihm etwas zu schaffen machte, und sie hatte immer Zeit gehabt, ihm zuzuhören. Gemeinsam war es ihnen immer gelungen, alles zu regeln. Aber das hier war etwas anderes. Hier ging es nicht um eine Spanischnote oder darum, im fünften Schuljahr mit seinen Freunden beim Rauchen erwischt zu werden. Wie belanglos diese Sachen, die damals eine große Rolle gespielt hatten, jetzt wirkten.

Eine Kunstfälschung im Wert von sechs Millionen Dollar – das war ein ganz anderes Kaliber. Und Peter wußte, daß er und seine Mutter dem nicht gewachsen waren.

Und außerdem hatte sie genug andere Sorgen. Er wußte, daß es nicht leicht für sie gewesen war, ihn allein aufzuziehen und dabei ständig Geldsorgen zu haben. Obwohl sie versucht hatte, es vor ihm zu verbergen, war Peter oft nachts aufgestanden, wenn sie glaubte, er würde schlafen, und hatte gesehen, wie sie am Küchentisch über den Rechnungen saß oder die Buchhaltung des Ladens führte. Sie hatte nicht gemerkt, daß er beobachtete, wie sie tief seufzte und sich mit Sorgenfalten auf der Stirn durch die Haare fuhr.

Doch immer, wenn er auf die finanzielle Situation der Familie zu sprechen kam, lächelte sie und sagte: »Mach dir keine Sorgen, Schatz. Alles in Ordnung.«

Er wußte, daß ihr häufiges Fitneßtraining dazu diente, Ängste abzubauen.

Nein. Er wollte sie nicht damit belasten. Er war jetzt ein Mann. Es war an der Zeit, daß er mehr Verantwortung übernahm, ihr das Leben leichter machte. Er würde selbst entscheiden, was zu tun war.

Professor Kavanagh packte sein Vorlesungsmaterial zusammen, als Peter an den Tisch des Lehrers trat. Kavanagh lächelte, als er den jungen Mann sah.

»Wie fandest du die Vorlesung heute, Peter? Diese Romanow-Zaren haben ganz schön schreckliche Dinger gedreht, was?«

»Ja, war sehr interessant, Dr. Kavanagh. Aber ich habe mich gefragt, ob ich mit Ihnen über etwas anderes sprechen könnte.«

Kavanagh blickte seinen Studenten besorgt an. »Deiner Mutter geht es doch gut, oder?«

»O ja. Ihr geht es prima. Aber ich habe ein großes Problem, und ich, äh, hatte gehofft, Sie könnten mir vielleicht weiterhelfen.«

16

»Komm heute abend nach der Sendung zu mir.«

Farrell schnürte es die Brust zusammen, und ihre Gedanken rasten, als sie die E-Mail von Range Bullock las.

Wahrscheinlich könnte sie einen Job bei *Dateline* kriegen. Farrell hatte gehört, daß *NBC* zweihundert Producer hatte, um die Nachrichtenmagazine an fünf Abenden pro Woche ausstrahlen zu können. Aber sie wollte nicht zu *NBC* oder zu irgend einem anderen Sender. Sie mochte *KEY News*. Es war ihr Zuhause. Trotz der Probleme mit Range wollte sie nach so langer Zeit nicht lernen müssen, wie das Nachrichtenwesen bei anderen Sendern funktionierte. Sicher, die Mechanismen waren die gleichen, und ihr Wissen konnte sie leicht transferieren. Eine Satellitenübertragung war eine Satellitenübertragung, ob bei *KEY, CBS* oder *ABC*. Videobänder wurden immer auf die gleiche Weise bearbeitet, ganz gleich, wo man war. Farrell hatte ein ganzes Adreßbuch mit Kontaktpersonen und Quellen, die in jeder anderen Nachrichtenredaktion genauso für sie arbeiten würden.

Aber es schreckte Farrell ab, eine ganz neue Mannschaft kennenlernen zu müssen. Wenn sie bei *KEY News* den Hörer in die Hand nahm, wußte sie genau, wen sie anrufen mußte, damit das getan wurde, was sie wollte. Sie kannte den persönlichen Hintergrund, wußte, wer gut war, wer mittelmäßig. Sie wollte nicht zu einem anderen Sender wechseln und sich die Namen und die Funktionen von unzähligen neuen Leuten merken müssen. Im Labyrinth des Sendezentrums von *KEY News* fand sie sich mit verbundenen Augen zurecht. Sie wollte nicht woanders ganz von vorne anfangen.

Aber wenn kein Wunder passierte, würde Farrell genau das tun müssen. Sie wußte, daß Range sie loswerden wollte.

17

»Bunnys« Hinterzimmer war zur Mittagszeit überfüllt mit Studenten von Seton Hall, den Geschäftsinhabern und anderen Leuten aus der Gegend. Die Bar mit Restaurant, die mit dem Auto nur wenige Minuten vom Campus entfernt an der South Orange Avenue lag, war bei allen beliebt, die eine gute

New-Jersey-Pizza mit reichlich Käse wollten. Vorne an der alten Holzbar schlürften Männer ihr mittägliches Bier, während im hinteren Teil die Collegestudenten an Tischen saßen.

Peter und Professor Kavanagh saßen in einer Nische in der Ecke.

»Ich glaube, ich muß es deiner Mutter sagen, Peter.«

Peter nahm sich noch ein Stück Pizza von dem erhöhten runden Teller in der Mitte des Tisches. Der Professor sah zu, wie Peter sich Paprika und Knoblauchpulver über die Pizza streute und stellte fest, daß Peters Sorgen ihm offenbar in keiner Weise auf den Magen schlugen.

»Meine Mutter hat schon genug Probleme. Außerdem habe ich Olga versprochen, daß ich niemandem von ihrem Ei erzählen würde.« Peter war offensichtlich unbehaglich zumute. »Ich habe mein Versprechen schon gebrochen, indem ich Ihnen davon erzählt habe.«

Professor Kavanagh dachte über Peters Aussage nach, während er einen Schluck von seinem kalten Budweiser nahm. Über kurz oder lang würden viele Menschen Olgas Geheimnis erfahren müssen.

»Peter, es geht hier um Kunstfälschung und mehrere Millionen Dollar.«

»Ich weiß. Ich weiß.« Peter schloß die Augen und lehnte den Kopf gegen die Rückwand der Nische. Aus der Nische hinter ihm hörte er eine laute Unterhaltung über die Seton Hall Pirates und ihre Aussichten für die Playoffs. Nichts würde er jetzt lieber tun als sich auf so einfache Dinge wie Basketball zu konzentrieren. Aber er wußte, daß der Professor recht hatte. Er sollte seiner Mutter davon erzählen. Dann könnte sie entscheiden, was zu tun war und wie man es Olga beibringen sollte.

Tim Kavanagh zog mehrere Eindollarscheine aus seiner

Brieftasche und steckte sie für die Kellnerin unter den Pizzateller.

»Hör mal. Wenn du willst, begleite ich dich, und wir können es deiner Mutter gemeinsam erzählen. Wäre es dann leichter für dich?«

Peter dachte über das Angebot des Professors nach. Es wäre gut, jemanden an seiner Seite zu haben, der dabei helfen würde, eine Lösung zu finden, jemanden, auf den man sich ein wenig verlassen konnte. Das wäre vielleicht gut für seine Mutter ... und für ihn. »Wenn ich mich dazu entschließe, es ihr zu erzählen, dann sage ich Ihnen Bescheid.«

18

Es war ein guter Tag gewesen, aber Pat konnte es kaum erwarten, Schluß zu machen und zum Training in den Fitneßclub *The American Woman* zu kommen. Mit Emily zu Füßen, die sich gemütlich zusammengerollt hatte, trug Pat die Einnahmen des Tages in das Verkaufsbuch des Ladens ein, als sie hörte, wie sich die Vordertür quietschend öffnete. Sie erhob sich von ihrem Schreibtisch, der unauffällig hinten im Laden stand, und als sie sah, wer gekommen war, lächelte Pat erfreut. »Olga! Ich habe gehofft, daß Sie heute kommen würden.«

Die runzelige alte Frau wirkte zerbrechlich und mitgenommen, als sie auf Pat zuschlich, doch ihr Lächeln zeigte deutlich, daß sie sich über Pats herzliche Begrüßung freute.

»Hier, Olga. Probieren Sie diesen großen Ohrensessel aus, den wir gerade hereinbekommen haben.«

Als Pat Olga auf den gepolsterten Sitz half, bemerkte sie, daß die alte Dame noch dünner und kleiner wirkte als vor ein paar Wochen, als sie ihre Brosche abgeholt und zu Churchill's gebracht hatte.

Churchill's galt zu Recht als erstklassiges Auktionshaus. Während der letzten Jahre, in denen sie für Olga Fabergé-Stücke verkauft hatten, war Pat von dem Personal bei Churchill's und dessen Aufmerksamkeit für Details immer wieder beeindruckt gewesen. Jedes Objekt, das versteigert werden sollte, wurde von Churchill's Experten auf seine Echtheit geprüft und mit einer Expertise versehen. Das Auktionshaus stützte seinen beträchtlichen Ruhm auf die Tatsache, daß Churchill's alles weitergab, was über die Kunstwerke, Möbel und Ziergegenstände, die auf den Auktionsblock kamen, bekannt war.

Deswegen hatte Pat die Anstecknadel vor einigen Wochen zu Churchill's gebracht. Clifford Montgomery bestand darauf, alle Fabergé-Stücke selbst zu prüfen, bevor sie in den Auktionskatalog von Churchill's aufgenommen werden konnten.

»Wie wäre es mit einem Tee?« Olga nickte dankbar, und Pat ging in die kleine Küche und stellte den Kessel auf den Elektroofen. Sie nahm ein paar Mürbeteigplätzchen aus einer Blechdose und arrangierte sie auf einem alten, rosa-weißen Meißener Teller. Als der Kessel pfiff, machte sie den Tee für sie beide und servierte das dunkelbraune Getränk nicht in einer Tasse, sondern in einem Glas, wie Olga es mochte.

»Ja, das tut gut.« Anerkennend schlürfte Olga den heißen Tee und wärmte sich die alten, kalten Hände an dem Glas. Pat sah erfreut, daß sie etliche Plätzchen nahm. »Der Scheck wird bald dasein.«

Olga nickte. »Deswegen komme ich.« Langsam öffnete sie ihre alte, abgegriffene Brieftasche, griff mit zitternden Fingern hinein und zog ein kleines blaues Büchlein hervor. Sie gab es Pat und sagte: »Zahlen Sie für mich ein.«

Das machte Pat ein wenig traurig. Es war schwer, wenn man alt wurde. Olga mußte es ziemlich schlechtgehen, wenn sie ihr ihr Sparbuch übergab. Die alte Russin kümmerte sich unerbittlich selbst um ihre Finanzen. Obwohl Pat oft angeboten hatte, für sie zur Bank in Westwood zu gehen, hatte Olga immer abgelehnt. Das Leben hatte Olga gelehrt, ihr Geld gut zu hüten, und sie hatte alle Einzahlungen immer selbst kontrollieren wollen.

»Natürlich, Olga. Das mache ich doch gerne. Ich werde den Scheck einzahlen, sobald er gekommen ist, und dann bringe ich Ihnen das Sparbuch zurück.«

»Gut. Mein Papa sorgt wieder einmal für mich.« Olga knabberte geziert an einem Plätzchen. »Wie geht es meinem Peter?« fragte sie, um das Thema zu wechseln.

Pat lächelte breit. »Wunderbar. Er liebt das College, und Ihnen ist es zu verdanken, daß er sich so sehr für den Rußlandkurs begeistert, den er in diesem Semester belegt hat.«

»Ein guter Junge.«

»Ja, Olga, das ist er.«

Von allen Dingen in ihrem Leben erfüllte Peter Pat mit dem größten Stolz. Ihr Sohn, ihr einziges Kind. Es kam ihr vor, als sei es erst gestern gewesen, daß er in der Auffahrt Dreirad gefahren war und sie sich gefragt hatte, wie er es ohne seinen Vater schaffen sollte. Doch im Laufe der Jahre hatten die beiden sich aufeinander verlassen können. Sie hatte schwer gearbeitet, um ihn alleine großzuziehen und gleichzeitig ihr Geschäft zu gründen. Er hatte sich in der Schule sehr angestrengt und versucht, seiner Mutter zu helfen, indem er ihr nicht viele Sorgen machte. Pat war dankbar dafür, daß Peter in diesen Zeiten voller Horrorgeschichten über Drogen und

Alkoholmißbrauch, soweit sie wußte, nichts Schlimmeres gemacht hatte, als auf der Jungentoilette der Westwood High zu rauchen. Er hatte sich in Grund und Boden geschämt, als man ihn erwischt hatte, und sie war zu einem Gespräch mit dem Rektor in die Schule bestellt worden. Danach hatte Peter Pat reumütig und sehr aufgewühlt versprochen, es nie wieder zu tun. Seine Mutter glaubte ihm.

Seit seinem ersten Schultag war Peter nach der Schule immer in den Laden gekommen. Sie sah den kleinen rothaarigen Jungen noch heute vor sich, wie er seine Schultasche schwang, während er den Bürgersteig hinaufhüpfte. An manchen Tagen hatte sie das Gefühl gehabt, die Liebe für ihr Kind würde ihr buchstäblich das Herz überquellen lassen. Er hatte sich immer so gefreut, seine Mutter zu sehen, und hatte sie fest umarmt. Dann war er zu seinem nachmittäglichen Imbiß in die Küche geeilt und hatte ihr in allen Einzelheiten von seinem Tag erzählt, was sein Lehrer gesagt hatte, mit wem geschimpft worden war, wer sich auf dem Schulhof geprügelt hatte. Für Pat war es vielleicht das Beste an ihrer Selbständigkeit, daß sie jeden Tag für ihren Sohn dasein konnte, wenn er aus der Schule kam.

Peter war im Laden gewesen, als Olga vor vielen Jahren ihr erstes Fabergé-Stück gebracht hatte, einen silbernen Brieföffner. Olga hatte das System des Kommissionsgeschäfts nicht begriffen und gewollt, daß Pat den Brieföffner kaufte. Geduldig hatte Pat ihr erklärt, daß sie keine Dinge kaufte, sondern sie nur ausstellte und für andere Leute verkaufte. Nachdem sie das silberne Stück eingehend geprüft hatte, hatte Pat sich ein Buch aus der Leihbücherei besorgt und herausgefunden, daß die kyrillischen Zeichen tatsächlich »Fabergé« lauteten. Pat hatte Olga gesagt, daß das Stück wahrscheinlich zu wertvoll war, um in ihrem Laden den richtigen Kunden zu finden.

Sie hatte Olga gedrängt, es nach New York zu bringen. Irgendwie war es der alten Dame mit ihrer zurückhaltenden und dennoch überzeugenden Art dann gelungen, Pat zu überreden, für sie nach New York zu fahren.

Pat hatte ihrem Sohn den Brieföffner mit dem berühmten Zeichen gezeigt. Sie hatte ihm die Geschichte des wundersamen Hauses Fabergé und seiner Verbindung zu der unglücklichen Romanow-Dynastie erzählt. Peter war fasziniert gewesen und hatte später beschlossen, ein Referat über die russische Revolution zu halten. Er hatte sich im Rahmen seiner Nachforschungen an die alte Russin gewandt, damit sie ihm aus erster Hand von diesen historischen Ereignissen berichten konnte.

Olga schloß Peter in ihr Herz. Zunächst zögerlich, dann immer bereitwilliger erzählte sie dem jungen Mann aus den frühen Tagen ihres Lebens und von den Sitten der alten Heimat. Auch nachdem sein Referat fertig war, besuchte Peter die alte Dame weiterhin einmal pro Woche. Sie hatte ihm ein Kompliment wegen seines Namens gemacht. »Peter der Große war Vater von ganz Rußland. Dein Name ist stark. Du wirst auch starker Mann.« Peters Liebe zur russischen Geschichte war geweckt.

Doch als sie das blaue Sparbuch in den Händen hielt, wanderten Pats Gedanken von ihrem Sohn wieder zu der Russin hin.

»Olga, was werden Sie tun, wenn dieses Geld verbraucht ist?« fragte sie sanft.

»Keine Sorge«, antwortete die mit überraschender Entschiedenheit. »Eine Sache habe ich noch.«

19

»Es funktioniert nicht, stimmt's?«

Farrell saß Range Bullock gegenüber, und obwohl die Tür zum Büro geschlossen war – ein Zeichen dafür, daß der Chefproducer nicht gestört werden wollte –, wußte Farrell, daß alle im Nachrichtenraum sie beobachten konnten. Die gläserne Wand wirkte wie eine Aufforderung, die Akteure im Goldfischglas anzugaffen. Sie bemühte sich, ihre Miene unter Kontrolle zu bekommen. *Paß auf, daß weder Bullock noch jemand von den unersättlichen Wichtigtuern, die im Nachrichtenraum Stellung bezogen haben, deine Panik bemerkt. Du mußt selbstbewußt wirken, sonst riechen sie Blut.*

Sie war auf der Damentoilette verschwunden, um ein letztes Mal zu versuchen, den Kaffeefleck aus ihrem Hemd zu waschen, aber das Herumreiben hatte alles nur noch schlimmer gemacht. Sie bemerkte, wie Range den braunen Fleck auf dem schneeweißen Untergrund ihrer Bluse erblickte, und sie vermutete, daß ihre Schlampigkeit ihn in seiner schlechten Meinung über sie noch bestärkte. Sie schlug die Beine übereinander.

Wie üblich hatte Farrell es für nötig gehalten, als erste zu sprechen. Warum nur? Die alte Redewendung fiel ihr ein: *»Wer zuerst spricht, der verliert.«* Aber es lag in ihrer Wesensart, Dinge direkt anzupacken. Meistens mochte sie diese Eigenschaft. Aber diesmal hätte sie Range den Vortritt lassen sollen. Es ihm überlassen sollen, das heikle Thema anzusprechen, den Ball ins Spiel zu bringen. Statt dessen hatte sie ihm eine Vorlage geboten, und sie spürte seine Erleichterung.

»Gestern abend ist uns eine gute Story entgangen«, entgegnete Range fast reumütig.

»Sie ist uns nicht *entgangen*. Es wurde die Entscheidung

getroffen, sie nicht zu bringen.« Farrell sagte nicht: »*Du hast sie getroffen, Range.*«

Einen Augenblick lang starrte Range sie an, doch als er weitersprach, klang er eher resigniert als verärgert.

»Du hast recht, Farrell. Ich habe entschieden, sie nicht zu bringen, und jetzt tut es mir leid. Ich habe mich geirrt. Dafür übernehme ich die volle Verantwortung.«

Farrell saß ruhig da und wartete darauf, daß er fortfuhr.

Range erhob sich, ging um seinen Schreibtisch herum und setzte sich neben Farrell in die andere Ecke der grauen Tweedcouch. Er lehnte sich zu ihr hinüber und beugte sich vor, um auf seine Hände zu starren.

»Hör mal, ich will ehrlich zu dir sein.«

»Ich bitte darum.«

»In den dreißig Jahren, die ich im Geschäft bin, habe ich gelernt, meinem Instinkt zu vertrauen. Mein Instinkt sagt mir, daß ich deinen Vertrag nicht verlängern sollte.«

Farrell war darauf gefaßt gewesen. Warum nur, fragte sie sich, war sie wie vor den Kopf geschlagen, als es tatsächlich ausgesprochen wurde? Ein Hieb in die Magengegend. Sie holte tief Luft, doch sie würde um keinen Preis Tränen vergießen. Sie grub sich die Nägel in die Oberschenkel. »Meinst du nicht, daß eine so wichtige Entscheidung eher aufgrund von Tatsachen getroffen werden sollte als nach deinem Instinkt?«

Farrell meinte, in Bullocks Blick eine Spur von Bewunderung zu entdecken. Er schien über ihre Frage nachzudenken.

»Du hast recht. Sicher, deine Arbeit ist im Grunde genommen solide. Es gibt keine Story, die ich herausgreifen und sagen könnte: ›Seht mal, Farrell hat es verbockt. Sie hat Fehler gemacht, sie hat etwas Wichtiges übersehen.‹ Aber du bist auch nicht besonders aggressiv. Ich habe nicht den Eindruck, daß du Stories jagst, daß du sie energisch verfolgst. Du scheinst dich für deine Arbeit nicht zu begeistern. Wie zum Beispiel für diese Fabergé-Auktion.«

»Moment, ich hatte doch gesagt, wir sollten die Story bringen«, protestierte Farrell.

»Ja, aber mehr auch nicht. Du hast keinen Enthusiasmus, keine Begeisterung spüren lassen, keine Gier. Du hättest es mir schmackhaft machen können, aber das hast du nicht getan. Manchmal habe ich sogar das Gefühl, daß du beinahe erleichtert bist, wenn du einen Beitrag nicht machen mußt.«

Farrell fuhr auf. »Wenn das so ist, dann nur, weil ich weiß, daß du nichts nimmst, woran ich gearbeitet habe. Meine Chance ist doch von vornherein gleich null.«

Range öffnete den Mund, um etwas zu sagen, doch er schluckte es hinunter. Er erhob sich und ging wieder hinter seinen Schreibtisch.

»Nun, dann sollten wir wohl davon ausgehen, daß die Chemie einfach nicht stimmt«, sagte er kühl. »Und das ist für mich Grund genug. Die Producer der *Abendnachrichten* sind Teil einer sehr gut ausgebildeten, auserwählten Truppe. Wir müssen aufeinander eingespielt sein, uns gegenseitig einschätzen und verstehen können.«

»Also ...« Sie verstummte. Sie wollte, daß er es sagte.

»Dein Vertrag läuft in sechs Wochen aus. Er wird nicht verlängert. Du solltest dich nach einem neuen Job umsehen.«

Farrell schlich zurück in ihr Büro. Ranges Entscheidung hämmerte in ihrem Kopf. Seltsamerweise war sie irgendwie erleichtert. Zumindest war es heraus.

Was sollte sie jetzt machen? Am besten sofort ein paar Telefonate führen, sich umhören, welche Möglichkeiten es gab. Sie hatte Kontakte bei anderen Sendern.

Was sollte sie sagen, wenn man sie fragte, wieso sie *KEY*

News verließ? Daß sie nach fünfzehn Jahren beim gleichen Sender etwas anderes ausprobieren, einen neuen Anfang machen, sich nicht abnutzen wollte? Vielleicht würde man ihr das abnehmen.

Oder sie konnte einfach die Wahrheit sagen. Sie war mit ihrem Chef nicht zurechtgekommen. Beinahe jeder im Geschäft hatte von Zeit zu Zeit einen Vorgesetzten, mit dem er Schwierigkeiten bekam. Persönliche Konflikte waren bei den Fernsehnachrichten unvermeidlich.

Sie war der Ansicht, daß sie mit der Wahrheit genauso gut fahren würde. Jeder, der sie für die neue Stelle befragen würde, konnte ohne weiteres zum Hörer greifen und Range anrufen. Lügen war sinnlos, wenn die Wahrheit sowieso herauskommen würde.

Hilfe! Einen neuen Job suchen. Das Schlimmste. Wenn man bedachte, daß manche Leute das richtig gerne taten, Freude an der Suche hatten, an der Herausforderung, eine bessere Stelle zu ergattern. Sie fand es entsetzlich.

Aber war das vielleicht ein Hinweis auf das eigentliche Problem? Sie gestand sich nur ungern ein, daß Range vielleicht recht hatte. Vielleicht war sie wirklich nicht ehrgeizig genug. Warum hatte sie nicht hartnäckiger auf der Fabergé-Story bestanden?

Der Korridor, der zu ihrem Büro führte, war menschenleer. Sie betete, daß auch in ihrem Büro niemand sein würde. Der letzte, den sie jetzt sehen wollte, war Dean Cohen.

Pech gehabt.

Dean zog sich gerade den Mantel an.

Wenn sie nur eine Minute später gekommen wäre, hätte sie ihn verpaßt.

Bloß nicht niedergeschlagen wirken, befahl sie sich.

»Alles in Ordnung?« Dean sah besorgt aus.

Meinte er es ehrlich? Vielleicht. Aber sie wollte sich ihm nicht anvertrauen.

»Ja. Alles bestens. Einfach bestens.«

20

Klebrig. So viel Blut war klebrig. Trotz der Gummihandschuhe, trotz des Regenmantels und der Überschuhe, trotz der Schutzbrille und der Mütze fand Mishas Blut einen Weg, durch das Plastik zu sickern, wie Plasma, zäh und dickflüssig.

Wie wurde es in den Schlachthöfen gemacht? Vielleicht wurde es einfacher, wenn man es oft genug tat, vielleicht gewöhnte man sich dann daran. Durch Haut und Muskeln, Sehnen und Knochen zu hacken und zu sägen.

Und die Geräusche. Die waren das schlimmste. Gelenke schnappten und krachten. Knochen brachen mit einem widerlichen Knacken. Und die Säge dröhnte unaufhörlich, vor und zurück, vor und zurück.

Stück für Stück, Teil für Teil wanderte Misha in die festen, schwarzen Plastikmüllsäcke. Der Körper landete auf einer Mülldeponie in der Nähe. Der Kopf wurde ebenso wie die Fingerspitzen in den Hudson River geworfen, Futter für die Fische. Alles verlief nach Plan.

Es war eine schmutzige Arbeit, und anstrengend. Komisch, daß man nach einer so entsetzlichen Erfahrung so gut schlafen konnte. Es war der Schlaf der Toten ... und der Verzweifelten. Wie dumm! In der Eile, Misha zu beseitigen, war eine Spur zurückgeblieben. Die Entwürfe – sie befanden sich noch immer in »Little Odessa«.

21

Die knochigen Finger von Nadine Paradise rieben über den milchigen Emaillehalbmond, den sie bei Churchill's ersteigert hatte. Ihre Augen, Augen, die seit beinahe achtzig Jahren aufmerksam alles beobachteten, verschlangen anerkennend jedes Detail dieses ansteckbaren Kunstwerks.

Das Leben war seltsam. Nach acht Jahrzehnten auf dieser Welt wußte sie das. Daß sie jetzt beide Hälften der Brosche besaß, war der Beweis dafür.

Es gab einige Dinge, auf die sie verzichten konnte, aber der Erwerb dieser Anstecknadel war eine Notwendigkeit gewesen, kein Luxus.

Nadine seufzte, lehnte sich in dem bequemen alten Sessel aus grünem Samt zurück und richtete ihre alten Augen auf das silbergerahmte Schwarzweißfoto, das auf dem Mahagonitisch neben ihr stand. Es zeigte eine junge Ballerina mit federgeschmücktem Kopfputz inmitten einer Serie von Sprüngen aus *Schwanensee*. Nadine erinnerte sich gerne daran, daß der berühmteste Ballettkritiker jener Zeit ihren Tanz als gleichzeitig »erstaunlich« und »furchteinflößend« bezeichnet hatte.

Die ehemalige Primaballerina schloß die Augen und dachte daran, wie sie mit ihrer Mutter die Bühne sorgfältig inspiziert hatte, um genau den Punkt auszuwählen, an dem sie diese berüchtigten, schwierigen Drehungen vollführen sollte, die als Pirouetten bekannt sind. Sie hatten an dieser Stelle gebetet. Nadines Pirouetten waren immer perfekt gewesen.

Mutter. Nadines unermüdliche Förderin und strengste Kritikerin. Was für ein Leben sie gelebt hatte. Ein Kind nach der Revolution allein in Paris großgezogen, verzweifelt bemüht, einen Weg zu finden, um ihre dunkelhaarige Nadine Tanz studieren zu lassen.

All die Jahre hatte die Mutter die Tochter bei den Reisen rund um die Welt begleitet. Sie fungierte als Garderobenfrau, Wäscherin, Köchin und Anstandsdame. Mutter hatte Poker geliebt, an Wahrsagerei, Gesundbeten und, vor allem, an Nadine geglaubt.

»Ich habe dich nicht enttäuscht, Mutter.« Nadine murmelte die Worte halblaut vor sich hin. Ihre Karriere war außergewöhnlich gewesen. Zuerst hatte sie mit dem *Ballet Russe* getanzt, dann mit dem *American Ballet Theatre* für Balanchine, dann hatte sie in mehreren Kinofilmen getanzt und gespielt und dann, als ironische Wendung der Ereignisse, einen Mann geheiratet, der sie als Diplomatenfrau zurück nach Rußland geführt hatte.

Sie hatte selbst keine Kinder haben können. Doch sie hatten ein schönes russisches Kind adoptiert. Victor. Wenn ihr erwachsener Sohn doch nur ebenso intelligent wie gutaussehend wäre.

Nadine hatte ein interessantes Leben geführt, und obwohl sie sich darüber im klaren war, daß sie sich im letzten Akt befand, war sie aufgeregt wie schon lange nicht mehr, als sie die beiden Hälften der Brosche in den Händen hielt.

Selbst jetzt hielt das Leben noch Überraschungen für sie bereit. Die Gewißheit, daß Dinge sich letzten Endes fügten, wenn man nur lange genug wartete, stimmte sie zufrieden. Nadine wußte, wem die juwelenbesetzte Anstecknadel gehört hatte und glaubte, daß der Besitzer schon lange tot war. Aber vielleicht auch nicht. Vielleicht lebte ihr Vater noch! Nein, das war unmöglich. Ihr Vater wäre dann über hundert Jahre alt.

Sie stand auf und ging zu dem antiken Sekretär aus Walnußholz. Sie öffnete die getäfelten Türen an der Oberseite und fühlte unter dem Regal nach dem Knopf. Als sie ihn drückte, glitt eine kleine, verborgene Schublade an der Seite des Sekretärs auf. Nadine tastete den Inhalt ab und hob behutsam ein kleines Bündel Briefe, das vergilbt und mit der Zeit brüchig geworden war, heraus.

Wieder einmal begann sie, die verblaßte kyrillische Schrift zu lesen.

»Meine geliebte Nadjia ...

Die Tage vergehen. Langsam, qualvoll, und ich sehne mich nach dir, meine Liebste.

Warum bist du fortgegangen? Wie konntest du mich nur verlassen?

Und ich kenne doch die Antwort. St. Petersburg ist eine unbarmherzige Hölle auf Erden, und du hast gut daran getan, es zu verlassen, als sich die Gelegenheit dazu bot.

Oh, meine Nadjia, wie sehr wünsche ich mir, wir könnten zusammensein. Und wie bete ich darum, daß wir uns eines Tages wiedersehen.

Bis dahin, mein Liebling, trage diese Nadel ... Ich habe sie selbst entworfen und angefertigt ... Ein großer, runder Mond ... aus Emaille und Saphiren. Blicke jeden Monat bei Vollmond in den riesigen dunklen Himmel und wünsche dir etwas. Hoffe und wünsche und bete, daß wir bald wieder vereint sind.

Nadjia, du mußt wissen, daß ich hier in Rußland sein werde ... und auch hinauf blicke. Ich habe auch eine Nadel, ein Stück, das zu deinem paßt. Auch meine ist der Mond, aber in Sichelform. Und ich werde mir bei Halbmond etwas wünschen.

Uns beiden gehört der Mond, im Zunehmen und im Abnehmen. Und wenn wir wieder zusammen sind, werden wir die Monde zusammenstecken, ein Meisterwerk für den Betrachter.

Ich liebe dich in alle Ewigkeit,

V.«

Nadine nahm die runde Anstecknadel aus Emaille und Saphiren ab, die sie seit dem Tod ihrer Mutter Nadjia beinahe jeden Tag getragen hatte. Auf dem Sterbebett hatte die Mutter der Tochter die runde Brosche gegeben und ihr flüsternd die Geschichte ihrer großen Liebe, Nadines Vater, erzählt. Sie war verstorben, bevor sie ihrer Tochter den Namen des Vaters verraten konnte.

Jetzt zitterte Nadine, als sie den runden Mond auf die neu erworbene Mondsichel steckte und feststellte, daß die beiden Stücke zusammen wirklich ein Meisterwerk bildeten.

Der runde Vollmond formte mit der Sichel ein Oval – eine Miniatur des Mondeis.

22

Vielleicht sollte sie eine ganz neue Laufbahn einschlagen. Im Augenblick erschien es ihr richtig verlockend, bei McDonald's Hamburger zu braten. Man brachte seine Schicht hinter sich und ging nach Hause. Keine Grübeleien.

Farrell stand in der winzigen Küchenzeile ihres Apartments auf der West Side und kämpfte mit dem Dosenöffner.

»Komm, Walter. Hier, Jane.« Sie stellte zwei kleine Keramikschälchen auf den Boden, eine rot und eine blau. Wie echte Moderatoren teilten sich Walter Cronkat und Jane Pawley nichts. Jede der Katzen forderte ihr eigenes Futter und bekam es auch.

Vier Jahre auf dem Sarah-Lawrence-College, Abschluß als Klassenbeste, fünfzehn Jahre bei *KEY News*, dem Gipfel des Fernsehjournalismus, mehrere Emmys, meilenweise Computeraufzeichnungen von faszinierenden Stories, und jetzt *das*.

Was hat mir das alles gebracht? fragte sie sich und warf einen Blick auf die Preise, die in dem überfüllten Bücherschrank vor sich hin staubten.

Ihr Privatleben war öde und leer.

Sie dachte an Rick und fragte sich, was hätte sein können. Wenn sie ihm nach Atlanta gefolgt wäre, als er die Stelle bei *CNN* angenommen hatte? Damals hatten sie gedacht, eine Beziehung auf Entfernung könne funktionieren. Wie naiv sie gewesen waren.

Jetzt war Rick mit einer anderen verheiratet, und ein zweites Baby war unterwegs. Und Farrell glaubte nicht mehr daran, daß sie jemals eigene Kinder haben würde.

Der Donnerstagabend und das Wochenende drohten grau und lang zu werden. Farrells Gedanken drehten sich im Kreis. Die Vorstellung, sich einen neuen Job suchen zu müssen, deprimierte sie. Schöne Aussichten. Noch weniger wollte sie über Ranges Äußerungen nachdenken – oder, noch schlimmer, in Betracht ziehen, daß er recht haben könnte. Vielleicht *war* sie nicht aggressiv genug, hatte sich nicht richtig in ihre Stories reingekniet. Sie mußte zugeben, daß sie sich manchmal dabei erwischte, daß sie bei der Arbeit einfach eine Routine abspulte. Und das war nicht genug.

Die Alternative war, die Dinge aufzuschieben. Sie wollte nicht das ganze Wochenende damit zubringen, sich selbst zu analysieren und über ihre ungewisse Zukunft nachzugrübeln. Sie könnte Robbie anrufen. Aber der Gedanke war wenig tröstlich. In der Beziehung zwischen den Geschwistern war Farrell als die Ältere immer die Trösterin gewesen. Sie glaubte nicht, daß sie sich besser fühlen würde, wenn sie sich mit Robbie traf. Sie würde sich Vorwürfe machen, ihn zu belasten, wo er ihrer Meinung nach doch kaum für sich selbst sorgen konnte.

Farrell wollte weg. Raus aus der Stadt. Ein Ortswechsel, das war es, was sie brauchte. Aber wohin? Irgend etwas in der Nähe, aber eine ganz andere Welt als *KEY News*.

23 *Freitag*

Olga zündete eine neue Kerze unter der Ikone der Jungfrau mit Kind an, die in der *Krasny Ugol*, der »schönen Ecke« ihres winzigen Wohnzimmers hing, die als eine Art Hausaltar diente. Sie schloß die Augen und betete, wie sie es immer tat.

»Heilige Mutter, vergib uns. Heilige Mutter, beschütze uns. Heilige Mutter, bete für uns.«

Die zerbrechliche alte Frau reckte sich, um die Leinenstola zu glätten, die um die goldgefaßte Ikone gelegt war. Es war ein weißes Tuch, das sie vor so vielen Jahren mit winzigen Vögeln, Blumen und Bäumen aus rotem Garn bestickt hatte. Damals war sie ein junges Mädchen mit guten Augen gewesen. Das war vor ihrer Flucht aus Rußland gewesen. Bevor sie nach Amerika gekommen war.

Die Stickerei war eines der wenigen Dinge, die sie hatte mitnehmen können. Sie hatte sie benutzt, um die erlesenen Fabergé-Stücke einzuwickeln.

Die Fabergés. Pat hatte für die Brosche siebentausend Dollar bekommen. Das sollte eine Weile reichen. Das mußte es. Jetzt hatte sie nur noch ein Fabergé-Stück.

Töpfe mit roten Begonien säumten die Fensterbank, und Olga entschied, daß sie gegossen werden mußten. Sie ging zur Küchenspüle, füllte ein Glas mit Wasser und schlurfte langsam auf die Blumen zu. Olga pflegte ihre Pflanzen liebevoll, und gerade diese Begonien bereiteten ihr schon seit Jahren Freude. Besonders im Winter, in den grauen, dunklen Monaten, heiterten die Blumen sie auf.

Olga lebte umsichtig, sparsam, und sie war damit zufrieden. Sie hatte nie etwas anderes kennengelernt. Das Leben war hart, das wußte Olga. Aber sie gehörte zu den Glücklichen. Amerika war ihre Heimat. In Rußland hatte sie sich ständig gefürchtet. In Amerika war sie frei und mußte keine Angst haben.

Nur um das Fabergé.

24

Dank der Muskelkraft, die sie gewonnen hatte, seitdem sie regelmäßig Sport machte, gelang es Pat mit Leichtigkeit, ein Schreibpult aus Walnußholz an eine Stelle im Wohnzimmer des Ladens zu verrücken, an der es besser zur Geltung kam, als plötzlich ein Schwall winterlicher Luft aus der geöffneten Eingangstür ankündigte, daß Stacey Spinner eingetreten war. Stacey, die Inhaberin des Raumausstattungsstudios *Goldgespinst*, kam mindestens einmal pro Woche, stets auf der Jagd nach irgendwelchen frisch eingetroffenen Neuheiten.

Pat wußte, daß Staceys Geschäft mit der Inneneinrichtung blühte. Saddle River war nur wenige Meilen entfernt, doch eine ganz andere Welt als Westwood und das »Kommissionsdepot«.

Stacey Spinners Laden war etwas für Leute, die viel Geld und wenig Zeit hatten. Ihre Kunden hatten oft nicht die Lust oder nicht das Selbstvertrauen, ihre millionenteuren Häuser selbst zu dekorieren. Stacey hatte von beidem mehr als genug. Pat wußte, daß Stacey Dinge bei ihr kaufte und sie dann für ein Vielfaches an ihre wohlhabende Kundschaft weiterverkaufte. Die Kunden stießen angesichts Staceys »wunderbarer Entdeckungen« Ooohs und Aaahs aus. Pat fand, daß Staceys Geschäft ein Paradebeispiel für reinrassigen Kapitalismus war. Aber schließlich muß jeder von irgend etwas leben.

Wie immer sah Stacey umwerfend aus. Obwohl sie eigentlich keine hübsche Frau war, war sie äußerst gut zurechtgemacht. Ihr aschblondes Haar war teuer geschnitten und geföhnt, das Makeup gekonnt aufgetragen, die Nägel frisch manikürt. Pat hatte schon immer den Verdacht gehabt, daß ein Teil all der Schönheit einem Chirurgen zu verdanken war. Die gut sitzende Jeans hatte eine exakte Bügelfalte. Stacey trug Cowboystiefel aus Straußenleder, und ihre Lammfelljacke hatte wie die Stiefel die Farbe von Hafermehl.

Pat strich sich das Haar zurück und steckte sich den dunkelblauen Rollkragenpullover, der beim Verrücken des Schreibpultes herausgerutscht war, wieder in die Khakihosen.

»Hallo, Stacey. Wie geht's?« fragte Pat höflich.

»Kann nicht klagen, Pat, mein Geschäft läuft wunderbar. Wie sieht es bei dir aus?«

»Ach, die Frühlingsgefühle und der Drang, das Haus entweder aufzuräumen oder aufzumöbeln, haben wohl noch nicht eingesetzt, also läuft es etwas schleppend. Aber wir haben diese Woche ein paar interessante Dinge hereinbekommen. Sieh dich doch mal um.«

Pat sah zu, wie Staceys Radar sofort die große Porzellanvase anpeilte, die vor zwei Tagen eingetroffen war. Die Vase, die mit prächtigen Pfingstrosen in abgestuften Schattierungen vom blassesten bis zum strahlendsten Rosa dekoriert war, kam aus China und stammte aus dem späten achtzehnten Jahrhundert.

»Wo ist die her?« fragte Stacey, als hätte sie kein allzu großes Interesse. Doch Pat wußte aus Erfahrung, daß der vorgetäuschte Mangel an Enthusiasmus in Wirklichkeit bedeutete, daß Stacey bald ihr Scheckbuch aus dem Gucci-Etui hervorziehen würde.

»Eine Familie hier aus dem Ort hat das Anwesen einer älteren Tante ausgeräumt.«

Stacey warf einen Blick auf das Preisschild.

»Vierhundert? Ist das nicht etwas happig?«

»Sie ist es wert, Stacey.«

Die Dekorateurin ging weiter durch das Geschäft, ohne sich auf die chinesische Vase festzulegen, doch als sich die Eingangstür wieder öffnete und eine andere Kundin hereinkam, stürzte Stacey schnurstracks auf ihren Schatz zu.

»Ich nehme sie.«

Als Stacey den Scheck ausstellte, sagte sie zu Pat: »Ach, und ruf mich doch an, wenn noch etwas Lohnenswertes von diesem Anwesen hereinkommt.«

25

Die rote BMW-Limousine fuhr die gewundene Auffahrt zu dem imposanten Tudorhaus empor. Als die Fahrerin den Motor abschaltete, wünschte sie das, was sie sich jedes Mal wünschte, wenn sie zu Nadine Paradise kam. *Gott, ich wünschte, das wäre mein Haus.* Doch im Gegensatz zu so vielen Wünschen, die andere Menschen äußerten, wußte Stacey

Spinner, daß ihr Wunsch aller Wahrscheinlichkeit nach in Erfüllung gehen würde.

Nach ihrem Besuch im »Kommissionsdepot« war sie nach Hause gefahren, um sich umzuziehen, und war dann sofort zu dem schönen alten Gebäude aufgebrochen.

Stacey schwang ihre mit einer Reiterhose bekleideten Beine aus dem Auto, wobei sich ihre glänzenden Lederreitstiefel in die kiesbedeckte Auffahrt gruben. Diese Beine waren niemals wirklich mit einem Pferd in Berührung gekommen, aber der Reiterlook sollte auf elegante Weise lässig wirken. Alles, was Stacey tat, war sorgfältig kalkuliert.

Vorsichtig hob sie die große chinesische Porzellanvase vom Rücksitz und hielt sie vor die Brust gedrückt, als sie die breiten Natursteinstufen hinaufging, die zu den schweren Doppeltüren führten. Nadine Paradise öffnete die Tür persönlich.

»Mrs. Paradise! Wie immer ist es eine Freude, Sie zu sehen. Wie gut Sie aussehen!« Stacey betrachtete die Brosche, die an Nadines dunkelgrauem Kaschmirkleid festgesteckt war. »Was für eine schöne Anstecknadel!«

Nadine hob die dünnen Arme und rieb mit den Fingern vorsichtig über die Brosche. Das Schmuckstück aus Emaille und Saphiren machte sich gut auf der weichen, dunklen Wolle.

»Danke, Stacey. Kommen Sie doch herein.«

Stacey betrat die geräumige Eingangshalle, sorgfältig darauf bedacht, in der eleganten Umgebung ungezwungen zu wirken. Ihre Stiefel klapperten auf dem Marmorboden, als sie sich selbst in dem riesigen, kunstvoll vergoldeten Spiegel erblickte, der an der Mahagoniwand hing. Sie malte sich kurz aus, die Hausherrin zu sein, die nach einem Tag im Antiquitätenhandel nach Hause zurückkehrte.

»Ich habe mich schon darauf gefreut, sie zu sehen«, sagte Nadine ungeduldig und griff nach der Porzellanvase in Stacyys Armen. »Obwohl ich eigentlich nichts kaufen sollte«, ergänzte sie.

»Sie ist zu schwer für Sie, Mrs. Paradise. Ich stelle sie auf den Tisch im Wintergarten, dann können Sie sie in Ruhe betrachten. Die Farben passen wunderbar in das Zimmer. Ich dachte, es würde wunderschön aussehen, wenn Ihre Orchideen darin wachsen.«

Als die beiden Frauen über die erlesenen Orientteppiche zum Wintergarten gingen, lobte Nadine ihre Raumausstatterin. »Stacey, ich weiß, wieso Sie so erfolgreich sind. Sie geben Ihren Kunden das Gefühl, daß Sie ihre Häuser genauso lieben und schätzen wie sie selbst.«

Nicht ihre Häuser, Mrs. Paradise. Nur Ihr Haus liebe ich wirklich.

26

Jackie Kennedy hatte Sotheby's angekurbelt, Prinzessin Diana hatte Christie's gefördert, und jetzt half, Gott sei es gedankt, das Bedürfnis der Leute nach Romantik und die Geschichte von Fabergé Churchill's, dachte Clifford Montgomery mit einer Mischung aus Freude und Erleichterung. Er prüfte die Notierungen der New Yorker Börse im *Wall Street Journal*. Churchill's Aktien hatten drei Punkte gewonnen, seit der Verkauf verkündet worden war.

Im Büro des Präsidenten lehnte Clifford sich in seinem roten Ledersessel zurück und genoß einen Augenblick lang das Bewußtsein, daß er über Optionen für mehr als einhunderttausend Aktien des Auktionshauses verfügte. Für ihn bedeutete jeder Viertelpunkt fünfundzwanzigtausend Dollar – jeder Punkt Anstieg hunderttausend Dollar mehr. Wenn die Aktien um zehn Punkte emporschnellten, würde Clifford eine Million Dollar reicher sein. Zumindest auf dem Papier.

Die ganze Publicity, die mit dem Verkauf des Mondeis zusammenhing, hatte das Geschäft phantastisch angekurbelt. Obwohl die Fachleute an der Wall Street die Gewinnquote für zu hoch hielten, schien die Öffentlichkeit diese Bedenken nicht zu teilen. Der Markt war immer empfänglich für Emotionen, und die Geschichte des Mondeis hatte die Phantasie der Investoren in ihren Bann gezogen. Wenn die Aktien weiterhin so stiegen, würde Clifford ein reicher Mann werden.

Clifford erschauerte leicht, wenn er daran zurückdachte, wie verärgert der Aufsichtsrat von Churchill's gewesen war, als Caroline und John Kennedy sich letzten Endes dazu entschlossen hatten, den Besitz ihrer Mutter bei Sotheby's zu versteigern. Doch dieser Ärger hatte sich in Wut gewandelt, als die Versteigerung zum Medienereignis des Jahrzehnts geworden war und zu einem Erlös von mehr als vierunddreißig Millionen Dollar geführt hatte – viel mehr, als Sotheby's je erwartet hatte.

Im nächsten Jahr hatte Prinzessin Diana sich entschlossen, neunundsiebzig ihrer Kleider bei Christie's zu versteigern, weil sie Geld für die Krebs- und AIDS-Forschung einnehmen wollte. Dreieinviertel Millionen Dollar Erlös, und unbezahlbares Prestige und Publicity für Christie's.

Clifford strich sich über den dunklen Bart. Das waren schreckliche Zeiten gewesen. Zu dem Schaden war noch der Spott gekommen, denn Churchill's hatte nach jeder dieser Versteigerungen einen schweren Geschäftseinbruch hinnehmen müssen. Die Leute, die Vermögen zu veräußern oder Schätze zu verkaufen hatten, entschieden sich für Sotheby's oder Christie's, nicht für Churchill's. Ihnen gefiel die Vorstellung, daß ihre Sachen von den gleichen Leuten verkauft wurden, die Englands Prinzessin und Amerikas Königin gut genug gewesen waren. Es war ein Teufelskreis. Ständig wurden die erlesensten Güter der Konkurrenz anvertraut, und diese Güter lockten eine noch bessere Klientel von Bietern an, die noch höhere Preise und mehr Publicity brachte. Churchill's ging unter. Clifford hatte gespürt, daß er nahe dran war, seinen Job zu verlieren. Als einziger Afroamerikaner, der es zum Präsidenten eines führenden Auktionshauses gebracht hatte, wußte er, daß jeder seiner Schritte mikroskopisch genau beobachtet wurde. Er wollte nicht versagen.

Dann die Rettung. Churchill's Chance, das sagenhafte Mondei zu versteigern. Clifford hatte diese Gelegenheit gierig ergriffen und daraus Nutzen geschlagen, indem er die Auktion gleichzeitig mit der lange erwarteten Ausstellung »Reichtümer der russischen Romanows« im Metropolitan Museum of Art ansetzte. Nachdem sie russische Schätze im Kunstmuseum betrachtet hatten, konnten diejenigen, die die Mittel und das Interesse hatten, um die Ecke bei Churchill's selbst ein Souvenir aus der russischen Geschichte und Kultur erstehen. Um noch mehr Aufmerksamkeit zu erregen, würde Churchill's während des ganzen Monats Auktionen zum Thema Rußland veranstalten.

Cliffords Träumereien wurden unterbrochen, als es an der Tür klopfte. Meryl Quan kam herein, ihr unvermeidliches Clipboard unter dem Arm. Meryl war erst vierundzwanzig. Sie hatte an der Vanderbilt-Universität ihren Abschluß in Kunstgeschichte gemacht und war dann nach London gegangen, um sich in einen Kurs bei Sotheby's einzuschreiben. Die folgenden neun Monate hatte sie mit dem intensiven Studium von Gemälden und Ornamentalkunst zugebracht. Wieder in

New York, hatte sie ihre erste bezahlte Stelle als Springer bei Churchill's gefunden.

Meryl ging diesen Einsteigerjob mit viel Enthusiasmus an, arbeitete auf dem Podium, machte Telefondienst, tat alles, was von ihr verlangt wurde. Mit ihrem scharfen Verstand und ihrer positiven Einstellung beeindruckte sie alle, mit denen sie zusammenarbeitete. Als eine neue Assistentin gesucht wurde, war man sich allgemein einig gewesen, daß Meryl Quan trotz ihrer Jugend die Stelle bekommen sollte.

Clifford betrachtete die Frau. Ihr glänzendes schwarzes Haar schimmerte im Sonnenlicht, das durch das Bürofenster mit Blick auf die Madison Avenue hereinströmte. Ihre dunklen Augen blickten aus mandelförmigen Öffnungen hervor. Reine, glatte Haut, gerade Nase, gleichmäßige, weiße Zähne in einem zart geschwungenen Mund. Das alles, und noch dazu Verstand. *Kein Wunder, wenn sie eines Tages meine Nachfolgerin wird.*

»Nadine Paradise hat angerufen. Sie möchte mehr über die Brosche wissen, die sie bei der Fabergé-Auktion ersteigert hat.«

Meryl Quan hatte es eilig, die Einzelheiten zu dem Verkauf mit Clifford Montgomery durchzusprechen. Clifford hörte nur mit halbem Ohr zu, ein zufriedenes Lächeln auf den Lippen, während er weiter im *Journal* las.

»Das war die sichelförmige Anstecknadel aus Emaille und Saphiren, nicht wahr?«

Meryl nickte. Sie bewunderte Cliffords unfehlbares Gedächtnis. Es verblüffte sie, wie gut er sich an die Einlieferer und Käufer von so vielen Stücken erinnern konnte, die bei Churchill's versteigert worden waren. Doch andererseits war Nadine Paradise mehr als nur eine gute Kundin. Sie hatte im Laufe der Jahre nicht nur oft etwas gekauft, die ehemalige Primaballerina war auch eine lebende Legende. Churchill's schätzte es, wenn sich Stars im Verkaufsraum befanden.

»Was will sie wissen?« seufzte er und faltete die Zeitung widerstrebend zusammen.

Meryl hatte Clifford in den letzten Monaten genau beobachtet und fragte sich, ob ihr Boß nicht lieber an der Wall Street arbeiten würde, als eines der großen Auktionshäuser zu leiten. Clifford las ständig den Wirtschaftsteil der *Times, Baron's* und das *Wall Street Journal* und sah auf dem kleinen Fernseher in seinem Büro CNBC. Sie hatte Clifford nie aufgeregt erlebt, außer an dem Tag, an dem ein Reporter von CNBC erschienen war, um ihn für einen Beitrag über die Konkurrenz zwischen Sotheby's, Christie's und Churchill's zu interviewen.

»Sie will wissen, wer die Brosche eingeliefert hat.«

»Pat Devereaux hat uns das Stück gebracht, nicht wahr?«

Schon wieder wunderte sich Meryl über Cliffords scharfes Gedächtnis. Weil sie vorbereitet sein wollte, hatte Meryl vor dem Treffen mit Clifford im Verkaufsbericht über die sichelförmige Nadel nachgesehen.

»Ja«, antwortete sie. »Aber offensichtlich hat Mrs. Devereaux stellvertretend für jemand anders gehandelt, der anonym bleiben will.«

»Haben Sie Mrs. Paradise das gesagt?«

Meryl schüttelte den Kopf. »Ich dachte, Sie würden ihr das lieber selbst erklären, besonders, weil in drei Wochen doch ihre eigene Auktion stattfindet.«

»Da haben Sie absolut recht, Meryl. Mrs. Paradise soll das Gefühl haben, daß sie für uns von äußerster Wichtigkeit ist. Ich werde sie persönlich anrufen.«

27

Misha war fort. Und genau wie in den besseren Krimis war es nicht schön. Blut überzog beinahe alles in der kleinen Wohnung. Special Agent Jack McCord betrachtete das Chaos.

Jetzt war es zu spät. Die Typen von der Spurensicherung konnten so viel bestäuben, wie sie wollten, Jack wußte, daß sie nichts herausfinden würden. Jetzt konnte er diesem Idioten Quick zeigen, wieso er die Überwachung rund um die Uhr hätte genehmigen sollen. Es würde ihm ein Vergnügen sein, ihm das unter die Nase zu reiben.

Jack musterte die Werkbank. Die Juwelierwerkzeuge waren wie chirurgische Instrumente sorgfältig über dem Arbeitstisch aufgereiht. Jack nahm ein Utensil, das wie ein Skalpell aussah, in seine in einem Gummihandschuh steckende Hand. Als er er herumdrehte, glitt ihm das Werkzeug aus der Hand, fiel auf den Linoleumboden und rutschte unter die Werkbank. Jack wollte es aufheben und stieß mit dem Kopf gegen die Unterseite der Bank, als er sich wieder aufrichtete. Das hätte eigentlich mehr weh tun müssen, dachte er.

Er schob die Hand unter der Tischplatte entlang und fand ein in Plastik gewickeltes Päckchen, das darunter festgeklebt war. Vorsichtig machte Jack es los und schob es sich in die Jackentasche.

28

Pat war überrascht, als Farrell anrief, um ihren Besuch anzukündigen. Bis zu dem Tag bei Churchill's hatten sie sich vollkommen aus den Augen verloren gehabt.

Pat legte den Hörer zurück auf die Gabel.

Als sie Farrell zum letzten Mal gesehen hatte, war Peter noch ein Baby gewesen. Es war zu Weihnachten gewesen. Farrell, die damals in ihrem zweiten Jahr auf dem College gewesen war, hatte einen winzigen Weihnachtsmann-Pyjama für Peter mitgebracht, komplett mit einer kleinen roten Zipfelmütze.

Sie hatten ihn Peter angezogen, gelacht und waren sich einig gewesen, daß er wahrscheinlich das süßeste Baby auf der ganzen Welt war.

Doch danach war es schwierig geworden, weil ihr Leben so ganz verschiedene Richtungen genommen hatte. Pat hatte das Gefühl, daß Farrell es für dumm hielt, daß sie so früh geheiratet hatte und Mutter geworden war; Farrells Berichte darüber, was an der Uni vor sich ging, waren Pat genauso fremd gewesen wie ihrer Freundin das Geplauder über Babyzähne. Am Ende dieses Nachmittags waren die beiden jungen Frauen gereizt gewesen und hatten sich unwohl gefühlt.

Keine von beiden hatte daraufhin den Kontakt aufrechterhalten. *Wie dumm wir waren!* dachte Pat. Aber ihr Leben war so hektisch gewesen. Und die Jahre waren einfach vergangen.

Nach Allans Tod hatte Pat gehört, daß Mr. und Mrs. Slater ihr Haus in der O'Toole Street verkauft hatten und in eine Eigentumswohnung in Sarasota, Florida, gezogen waren. Sie war davon ausgegangen, daß es für Farrell keinen Grund mehr gab, noch nach Westwood zu kommen.

Von Zeit zu Zeit hatte Pat an ihre alte Freundin gedacht und sich gefragt, was aus ihr geworden sein mochte.

Was würde Farrell von Pats eintönigem Kleinstadt-Dasein halten, verglichen mit dem aufregenden Leben, das eine *KEY-News*-Produzentin führen mußte?

29 *Samstag*

Farrell konnte sich nicht erinnern, wann sie zum letzten Mal irgendwo mit dem Bus hingefahren war, geschweige denn nach Westwood. Seit ihre Eltern nach Florida gezogen waren, hatte sie keinen Grund mehr gehabt, in ihre Heimatstadt zurückzukehren. Sie hatte ihre alten Schulfreunde seit Ewigkeiten nicht gesehen. Nur gelegentlich traf sie sich noch mit Freunden vom College auf einen Drink in der Stadt. Aber sie hatte das Gefühl, ziemlich einseitig geworden zu sein. In ihrem Leben drehte sich seit langem alles nur noch um den Job. Was für ein Fehler. Denn wenn die Arbeit nicht mehr war, gab es nicht mehr viel, das einem blieb.

Es überraschte sie, wie sehr sie sich auf den Besuch bei Pat freute. Früher einmal waren sie dicke Freundinnen gewesen, waren Tag für Tag zusammen nach Hause gegangen, hatten versucht, die Nonnen der St. Andrew's School hinter sich zu lassen. Sie machten an dem Lebensmittelladen »Dinner Bell« halt, um ein paar Dosen Cola zu kaufen und sich ein Päckchen Yankee Doodles zu teilen. Mit Kuchenscheiben in der Hand waren sie an der staatlichen Junior High vorbeigegangen und hatten sich gegen die unvermeidlichen, vernichtenden Kommentare gewappnet, die die Kinder, die von ihren Eltern nicht auf eine katholische Schule geschickt wurden, über ihre marineblaue, karierte Uniform machten.

Sie waren in der gleichen Pfadfindergruppe gewesen, hatten beieinander übernachtet, waren zusammen ins Kino gegangen und hatten mit dem Bus Fahrten bis zum Einkaufszentrum vor der Stadt unternommen, was damals ein ganz schönes Abenteuer gewesen war. Auch Jahre später kannte Farrell noch immer die Telefonnummer von Pats Eltern auswendig.

Doch die Highschool hatte sie getrennt. Farrells Eltern hatten darauf bestanden, daß sie die Immaculate Heart Academy, die Privatschule für Mädchen in der Nachbarstadt, besuchte. Obwohl auch Pat die strenge Aufnahmeprüfung der Schule bestanden hatte und einen Platz angeboten bekam, hatten ihre Eltern das Geld für die Unterrichtsgebühren nicht aufbringen können. Für Pat mußte es die Westwood High tun.

Eine Weile sahen sie sich noch regelmäßig. Doch im Laufe der Zeit hatten beide Mädchen mehr und mehr Unterschiedliches nach der Schule zu tun und schlossen neue Freundschaften an ihren jeweiligen Schulen. Farrell hatte für die Schulzeitung und *Halcyon*, das Jahrbuch der IHA, gearbeitet. Pat hatte ihre Freizeit vor allem mit Cheerleading und dem gutaussehenden Allan Devereaux verbracht. Farrell konnte sich noch erinnern, wie schockiert sie gewesen war, als sie erfahren hatte, daß Pat nicht aufs College gehen würde.

»Was für eine *Schande*«, hatte sie ihrer Mutter vorgejammert.

»Nicht jeder ist fürs College bestimmt, Farrell.«

»Nun, Pat *schon*. Sie war das klügste Mädchen in unserer Klasse! Zumindest habe ich das immer geglaubt. Ich kann es nicht fassen, daß sie nicht aufs College geht. Ich habe gehört, daß sie statt dessen Allan Devereaux heiratet. Wie kann sie ihr Leben nur so wegwerfen?«

Der rotbraune Bus hielt an der Haltestelle gegenüber der mit einer Flagge geschmückten Laube in dem gepflegten Park – ein typisch amerikanisches Kleinstadt-Idyll.

Vielleicht war Pats Entscheidung so falsch doch nicht gewesen, dachte Farrell.

30

Wenn Nadine Paradise der Typ gewesen wäre, der sich leicht entmutigen ließ, dann hätte sie niemals all das erreicht, was ihr in ihrem langen, ereignisreichen Leben gelungen war. Wenn Clifford Montgomery ihr nicht sagen konnte oder wollte, woher die sichelförmige Brosche stammte, dann würde Nadine es auf anderem Wege versuchen.

»Victor«, rief sie.

Ihr Adoptivsohn erschien in der Tür zum Wintergarten. Er trug ein weißes Polohemd und Shorts und hielt einen Tennisschläger in der Hand. Victor war wieder mal auf dem Weg zu einem Morgen im Club.

»Ja, Mutter?«

»Bitte setz dich einen Augenblick, mein Lieber.«

Victor gehorchte, doch Nadine ahnte, daß er Angst hatte, zu spät zu seinem Tennisspiel zu kommen. Er setzte sich auf die Stuhlkante und fingerte an der Bespannung des Schlägers herum. Sie wußte nicht, daß seine Partnerin, Stacey Spinner, auf ihn wartete. Victor wollte nicht, daß sie es wußte. Sie mußte schließlich nicht alles wissen, oder?

»Victor, du mußt mir bei etwas helfen. Ich will herausfinden, woher die Anstecknadel stammt, die ich bei der Auktion ersteigert habe. Clifford Montgomery von Churchill's sagt, daß er es mir nicht verraten kann, weil der Verkäufer anonym bleiben will.«

»Und was soll ich da machen?«

»Er hat mir den Namen der Agentin des Verkäufers genannt. Offenbar hat sie eine Art Antiquitätenladen in Westwood. Ich möchte, daß du zu ihr fährst und herausfindest, für wen sie die Nadel verkauft hat.«

Nadine merkte, daß ihr Sohn über diesen Auftrag nicht erfreut war. Victor mochte es nicht, wenn er vorgeschickt wurde. Halbherzig redete sie sich ein, daß es nicht daran lag, daß er faul war, sondern daß er nicht genug Selbstvertrauen hatte. Es war für ihn sicherer, wenn er gar nicht erst versuchte, etwas zu leisten. Aber wie schwer konnte das schon sein? Eine Ladenbesitzerin in Westwood sollte eigentlich kein Problem darstellen. Nicht einmal für Victor.

»Wie heißt sie?« fragte er mit einem tiefen Seufzer.

»Patricia Devereaux, und ich möchte, daß du *noch heute* zu ihr fährst und mit ihr sprichst.«

31

Farrell betrat das »Kommissionsdepot« und stellte erfreut fest, wie einladend das Geschäft wirkte. Pat hatte wirklich ein Händchen dafür, ihre Ware vorteilhaft auszustellen. Jeder, der hereinkam, mußte einfach von all den wunderbaren Schätzen in den Bann gezogen werden.

Sie entdeckte Pat hinten im Laden, wo sie sich mit einem Kunden unterhielt. Pat sah Farrell im selben Augenblick und winkte ihr zu. »Farrell! Ich freue mich so, daß du gekommen bist. Ich bin gleich bei dir.«

Farrell knöpfte ihren marineblauen Kolani auf und hängte ihn an eine Wandgarderobe aus Eichenholz, die im vorderen Teil des Geschäfts angebracht war. Sie zog sich den langen grünen Pullover über die braune Cordhose und begann, zwischen den glänzenden Mahagonitischen herumzustöbern, auf denen kunstvoll arrangiertes, funkelndes Sterlingsilber, strahlendes, geschliffenes Glas und feines Kristall standen. Von Hand bestickte Kissen thronten auf einem samtgepolsterten viktorianischen Sofa, zarte Spitzen schmückten einen Kartentisch aus Kirschholz mit Klauenfüßen. Ein »chinesischer« Chippendale-Spiegel mit Blattgold, gekrönt von einer Pagode, hing über dem alten Kaminsims, und in seinem Glas spiegelten sich brennende Kerzen.

Farrell dachte an ihre eigene Wohnung und daran, wie sehr sie sie vernachlässigt hatte. Die meisten ihrer Bücher lagen noch immer in Pappkartons, die an der Wand des Wohnzimmers gestapelt waren, weil der Bücherschrank ihr als Sammelstelle für alles mögliche diente. Ihr Sofa war ein Möbelstück, das ihre Eltern ausrangiert hatten, als sie nach Florida gezogen waren. Es hatte ihr nie besonders gefallen, aber sie hatte es auch nie geschafft, sich ein neues zu kaufen. Gleiches galt für den Tisch und die Stühle in ihrem Eßbereich. Sie hatte kaum etwas an den Wänden aufgehängt, und das Wenige war planlos angeordnet. Das Schwarze Brett, übersät von Andenken, Pressemitteilungen und Zeitungsausschnitten über die Lieblingsstories, an denen sie gearbeitet hatte, gehörte eher in ihr Büro bei *KEY* oder in eine Studentenbude als in das Wohnzimmer einer Wohnung in Manhattan, die einer Frau gehörte, die, nun ja, das gestand sie sich nur ungern ein, auf die Vierzig zuging.

Pat hatte ihr Kundengespräch beendet und kam mit ausgebreiteten Armen auf Farrell zu. »Wie schön, dich zu sehen!« sagte sie herzlich und schloß Farrell fest in die Arme.

»Was für ein unglaublich toller Laden!« Farrell machte eine ausladende Geste. »Ich bin tief beeindruckt. Machst du auch Hausbesuche?«

Pat lachte. »Wie schön, daß es dir gefällt. Ich muß zugeben, daß ich ein wenig nervös war wegen deines Besuchs und unsicher, was du wohl zu meinem kleinen Laden sagen würdest. Es muß dir so unbedeutend vorkommen.«

»Ach Herzchen, du glaubst gar nicht, wie falsch du da liegst.«

32

Peter sah zu, wie Charlie drei dicke Truthahnsandwiches zubereitete. »Viel Mayo auf meins, Charlie.«

»Warum nimmst du denn heute drei Sandwiches, Peter?« fragte Charlie, während er eine blasse Tomate in Scheiben schnitt.

»Mom hat eine alte Freundin zu Besuch.«

»Ach ja? Wen denn?«

»Eine Frau, mit der sie zur Schule gegangen ist. Sie ist bestimmt ziemlich cool. Sie ist nämlich Producerin bei *KEY News*.«

Charlie nickte, während er die Sandwiches durchschnitt und in weißes Papier wickelte. »Chips?«

»Ja. Mit Paprika. Und eine Cola und zwei Kaffee.«

Der Imbißbesitzer packte die Bestellung für das »Kommissionsdepot« in einen braunen Beutel. »Weißt du, Peter, du bist ein guter Junge. Jeden Samstag kommst du her und hilfst deiner Mutter. Die meisten Jugendlichen würden sich nicht damit abgeben.«

Peter dachte kurz darüber nach. »Vielleicht. Aber Mom und ich sind schon so lange aufeinander angewiesen. Und sie ist immer eine tolle Mutter gewesen. Sie hat mir wirklich ihr ganzes Leben gewidmet. Ihr jetzt zu helfen ist das mindeste, was ich tun kann.«

»Da hast du recht. Aber ich hoffe, daß du dich auch ein wenig amüsierst. Das sind jetzt die schönsten Jahre, Peter. College ist die Zeit, in der man selbständig wird. Ich kann mir nicht vorstellen, daß deine Mutter erwartet, daß du deine ganze Freizeit mit ihr verbringst. Was machst du zum Beispiel heute abend?«

Peter wurde rot. »Ich gehe mit Moms Freundin essen.«

Charlie schüttelte den Kopf. »Genau das habe ich eben gemeint.«

»Es wird bestimmt ganz nett. Eigentlich freue ich mich sogar richtig darauf. Farrell scheint echt witzig zu sein, und sie hat einen klasse Job. Sie hat wahrscheinlich viel zu erzählen. Außerdem fahre ich nach dem Essen zurück nach Seton Hall zu einem Besäufnis.«

»Gut. Das klingt schon besser. Das paßt zu deinem Alter. Jetzt, wo du noch keine große Verantwortung hast, mußt du das Leben genießen, Junge! Erzähl das aber nicht deiner Mutter. Sie wäre bestimmt nicht begeistert, wenn sie erfährt, daß ich Alkoholkonsum bei Minderjährigen gutheiße.«

Als Peter die Dollarscheine hervorzog, um zu bezahlen, fragte Charlie: »Wie kommt's, daß du mit der Freundin deiner Mutter essen gehst? Warum gehen die beiden nicht alleine?«

»Oh, Mom hat endlich mal eine Verabredung.«
Charlie spürte, wie ihn seine gute Laune verließ.

33

»Es tut mir wirklich leid, Mr. Paradise, aber ich kann es Ihnen nicht sagen. Die Person, die die Halbmondbrosche verkauft hat, möchte nicht, daß seine oder ihre Identität bekannt wird.« Pat war bemüht, keinen Hinweis auf das Geschlecht des Verkäufers zu geben.

Der Mann, der Pat gegenüberstand, fühlte sich ganz offensichtlich unwohl. Er trat von einem Fuß auf den anderen und hatte schon zweimal seinen Autoschlüssel auf den bestickten Teppich fallen lassen, der im Bürobereich des »Kommissionsdepots« auslag. Stacey Spinner begleitete ihn. Sie hatte ihre Anwesenheit mit dem Umstand erklärt, daß sie auch Nadine Paradises Dekorateurin sei.

»Pat, Sie müssen wissen, daß Nadine Paradise eine der berühmtesten Ballerinas der Welt gewesen ist.«

»Sicher, Stacey, sogar ich, die ich hier im kleinen verschlafenen Westwood begraben bin, habe schon von Nadine Paradise gehört.« *Brich dir bloß keinen ab, Stacey,* dachte Pat bei sich.

»Meine Mutter hat die Brosche schließlich gekauft«, bettelte Victor. »Sie hat eine ganze Menge Geld dafür bezahlt. Sie möchte unbedingt wissen, woher sie stammt.«

»Komm schon, Pat, ich kann für Victor bürgen.« Stacey legte die Hand in seine und himmelte ihn mit ihren strahlend blauen Augen an. *Das ist es also,* dachte Pat. Stacey hatte es auf diesen massigen Kerl abgesehen. Nicht gerade ein Zeichen für guten Geschmack.

Eine Referenz von Stacey beeindruckte Pat nicht gerade. Und es war irgendwie peinlich mit anzusehen, wie die Inneneinrichterin mit diesem Typen spielte. Er genoß es von ganzem Herzen. Was für ein Idiot.

Pat lächelte bedauernd und zuckte die Schultern. »Ich würde Ihnen wirklich gerne weiterhelfen. Aber der Einlieferer besteht auf Anonymität. Das muß ich respektieren.«

Es war klar, was sie damit sagen wollte. *Sie, Mr. Paradise, sollten das auch respektieren.*

Aber der Mann gab nicht so leicht auf.

»Können Sie denn gar nichts machen?« bat er eindringlich. »Meine Mutter wird furchtbar enttäuscht sein.«

Pat blieb hart. »Es tut mir leid.«

Farrell hatte sich damit beschäftigt, einen verzierten schmiedeeisernen Beistelltisch zu betrachten, die ganze Unterhaltung jedoch mit angehört. Als das verärgerte Paar das Geschäft verließ, sah sie Pat erwartungsvoll an.

»Wer war das denn?«

»Ich weiß nicht viel über ihn, nur daß seine Mutter Nadine Paradise ist. So wie er aussieht, ist das das einzig Bemerkenswerte an ihm.«

»Und sie?« fragte Farrell.

Pat schüttelte angewidert den Kopf. »Stacey Spinner. Für meinen Geschmack übertreibt sie ihre Rolle als Inneneinrichterin von Saddle River ein wenig. Sie vergißt, daß ich sie schon seit Jahren kenne – wir haben uns nämlich bei einem Abendseminar im Auktionshaus Churchill's kennengelernt. Damals arbeitete sie als Verkäuferin in einem Warenhaus. War aber so clever und hatte kapiert, daß es auch eine Welt der Reichen gab, von der sie ihren Anteil wollte.«

Pat hielt einen Augenblick inne, um zu überlegen.

»Eines muß man Stacey aber lassen. Sie hat ein solides Unternehmen aufgebaut, und nach dem zu urteilen, was ich so gesehen und gehört habe, hat sie ein gewisses Gespür. Sie wußte genau, was sie wollte, und sie hat es in Angriff genommen. Das bewundere ich.«

34

Olga hatte Mühe, den schweren Karton mit Bittersalz hochzuheben und in den kleinen Einkaufswagen zu legen. Aber später würde es eine Wohltat sein, heißes Wasser in die alte Emaillebadewanne einzulassen, das Salz hineinzugeben und sich in das wohltuende Bad zu setzen. Ihre Arthritis machte ihr heute sehr zu schaffen.

Langsam beendete sie ihren Einkauf in den Gängen von *CVS*. Papiertaschentücher, etwas Seifenpulver, ein Päckchen Butterkekse. Sie begab sich zu der Kasse im vorderen Teil des Geschäfts.

Sie wartete geduldig in der Schlange, bis sie mit Bezahlen an der Reihe war, und beobachtete ein Kind, das nach einem Milky Way schrie. Die Mutter gab nach.

Olga wandte den Blick von dem verzogenen Kind und seiner schwachen Mutter ab.

Und dann sah sie es. Mitten auf der Theke, so daß alle Welt es sehen konnte.

Auf der Titelseite eines amerikanischen Magazins funkelte das Mondei.

Das junge Mädchen an der Kasse sah, wie die alte Dame auf

die Zeitschriften deutete und dann auf den Boden sank. Sofort entstand Unruhe unter den Kunden in der Schlange und im vorderen Teil des Geschäftes. Sie starrten herüber. Ein kräftig wirkender Mann beugte sich über die ohnmächtige Frau, rieb ihr die Hand und redete auf sie ein.

Ein paar Minuten lang lag die weißhaarige Frau reglos auf dem Boden der Drogerie. Dann, als sie langsam wieder zu sich kam, murmelte sie etwas vor sich hin. »*Ma ijtso, ma ijtso.*«

»Was sagt sie?« fragte eine blonde Frau, deren vierjähriger Sohn sie am Ärmel zupfte.

»Hoffentlich hat sie sich nicht die Hüfte gebrochen«, meinte eine andere Frau besorgt.

»*Ma ijtso.*« Olga öffnete die Augen und blickte verängstigt um sich.

»Alles in Ordnung«, sagte der Mann, der sich über sie beugte. »Alles in Ordnung. Sie hatten nur einen Schwächeanfall.«

Olga bemühte sich, wieder auf die Beine zu kommen. Sie klammerte sich an den Arm des Mannes, während sie versuchte, das Gleichgewicht wiederzuerlangen. »Vielen Dank, Mister. Vielen Dank.«

»Kann ich irgend jemanden für Sie anrufen?« fragte er.

»Nein. Niemanden. Wird gleich besser gehen.«

»Haben Sie es weit bis nach Hause?«

»Nur ein paar Blocks.«

»Dann möchte ich Sie bitte nach Hause bringen. Sie sollten nicht alleine nach Hause gehen.«

35

Bevor er für heute zumachte, nahm Charlie den rosigen Schinken aus dem glänzenden gläsernen Schaukasten und säbelte ein großzügiges Stück davon ab. Er füllte cremigen Kartoffelsalat, eingelegte Rote Bete und Reispudding in drei Plastikbehälter. Das alles packte er in eine braune Papiertüte, dazu ein paar Brötchen.

Er schaltete die Lichter im Geschäft aus und schloß ab. Als er auf dem Bürgersteig vor dem Deli stand, hatte Charlie nichts, auf das er sich an diesem Abend freuen konnte. Er könnte sich auf dem Heimweg ein Video ausleihen.

Während er durch die kühle Abendluft auf die Wohnungen in der Parkanlage zuging, wurde ihm klar, wie sehr es ihn wurmte, daß Pat heute abend eine Verabredung hatte ... eine Verabredung, aber nicht mit ihm. Er würde zu Hause sein, vor dem Fernseher sitzen, und sie würde mit jemand anderem ausgehen.

Aber schließlich war es seine eigene Schuld, oder? Er hatte nie den Mut aufgebracht, sie zum Essen und ins Kino einzuladen. Er beobachtete sie schon seit Jahren, bewunderte sie, träumte von ihr. Aber er hatte sich immer völlig passiv verhalten, nichts dafür getan, seinen Traum wahr werden zu lassen.

Ja, ja, er war eben nur der liebe, nette Charlie, der am Samstagabend alten Menschen Essen brachte.

Er klopfte an Olgas Wohnungstür und wartete. Er konnte das leise Geräusch hören, als sie langsam angeschlurft kam. »Wer ist da?«

»Ich bin's, Charlie.«

Er hörte, wie Olga die Tür entriegelte. Das alte Gesicht der winzigen Frau leuchtete freudig auf, als sie Charlie und sein Päckchen sah.

»Ach Charlie. Wußte nicht, daß du heute abend kommst. Bist guter Mann. Immer denkst du an Olga!«

Als Charlie sich vorbeugte, um Olga die Papiertüte zu überreichen, blickte er über ihren Kopf hinweg in die Wohnung. Und bevor Olga die Tür schloß, erhaschte Charlie einen Blick auf etwas, das hinter ihr auf dem Tisch funkelte.

36

Pat stellte fest, daß sie zuviel Zeit darauf verschwendete, sich zu überlegen, was sie anziehen sollte.

Sechs Kleider waren auf der buntgeblümten Tagesdecke über ihrem alten Bett mit dem Eisengestell und den Messingknäufen ausgebreitet, und fünf Paar Schuhe standen auf dem Boden.

Schließlich ist es nur ein Abendessen, um Himmels willen. Wozu so viel Theater machen?

Als Tim Kavanagh angerufen und gefragt hatte, ob sie mit ihm essen gehen würde, hatte sie nur kurz gezögert, bevor sie ja gesagt hatte. Es hatte sie überrascht, wie sehr sie sich die ganze Woche über auf den Abend gefreut hatte. Meistens war es so, daß ihr Verabredungen mit Männern, die sie noch nicht gut kannte, bevorstanden.

Obwohl sie nicht gerade oft welche gehabt hatte. Sie wußte, daß sie keine Signale wie »Bitte ansprechen« und »Zu haben« aussendete. Um ehrlich zu sein, wollte sie eigentlich auch keine Beziehung eingehen. Es war einfacher so, anders ausgedrückt, so ging sie kein Risiko ein.

Aber dieses Mal ging es ihr anders. Pat lachte leise. *Du*

Dummkopf! Wieso bildest du dir eigentlich ein, daß gerade du eine Ausnahme bist und nicht das natürliche, menschliche Verlangen nach einer Partnerschaft mit jemandem vom anderen Geschlecht hast? Gib es zu. Das fehlt dir eigentlich schon lange. Zu lange.

Sie schränkte die Auswahl auf das langärmelige, schwarze Wollkleid oder das Cocktailkleid aus blauem Samt ein. Mit dem schwarzen würde sie nichts falsch machen. Sie könnte es mit Perlenohrringen und ihrer Perlenkette etwas aufpeppen.

Aber das Samtkleid war sinnlicher und, offen gestanden, sexy. Es brachte ihre durchtrainierte gute Figur zur Geltung. Wenn sie es trug, fühlte sie sich entschieden weiblicher.

Na los.

Also das Samtkleid. Sie schlüpfte hinein, steckte sich die Quarzohrringe an, entschied sich jedoch dafür, das Dekolleté ohne Schmuck zu lassen. Dazu zog sie schwarze Wildlederpumps mit hohen Absätzen und eine glatte schwarze Strumpfhose an. Als Pat sich vor dem mannshohen Spiegel drehte, war sie mit ihrem Aussehen sehr zufrieden.

Farrell und Peter applaudierten, als sie aus dem Schlafzimmer kam.

»Mann, hast du eine Figur, Pat! Du siehst phantastisch aus«, rief Farrell. »Wenn ich dich so sehe, macht mir das direkt auch Lust, ins Fitneß-Studio zu gehen.«

»Schon gut, ihr beiden. Es ist nett von euch, einer nervösen Mutter, die zum ersten Mal seit langer Zeit eine Verabredung hat, Mut zu machen. Farrell, macht es dir auch wirklich nichts aus?«

»Natürlich nicht! Du tust schließlich *mir* einen Gefallen, daß du meinen Besuch übers Wochenende erträgst, nachdem ich mich einfach eingeladen habe. Ich hätte ein ganz schlechtes Gewissen, wenn du deine Verabredung abgesagt hättest.

Geh schon, amüsier dich. Peter und ich gehen essen, und dann schicke ich ihn zurück nach Seton Hall, wo er an einem Samstagabend auch sein sollte.«

Pat ging hinaus in die kalte Märznacht und glitt auf den Vordersitz ihres schon acht Jahre alten Volvos. Tim hatte sie abholen wollen, aber sie hatte darauf bestanden, sich mit ihm am Restaurant zu treffen. Sie hatte immer lieber ihr eigenes Auto dabei.

Sie fuhr die dreißig Meilen nach Manhattan und fand – unglaublich, aber wahr – einen Parkplatz auf der West 58th Street, nur einen halben Block von ihrem Ziel entfernt.

Winzige, funkelnde weiße Lichter säumten den Eingang zum *Petrossian*. Sogar im Dunkeln konnte Pat sehen, wie verspielt die Architektur des Gebäudes war, in dem sich das berühmte Restaurant befand. Inmitten der Verzierungen und Schnörkel aus Kalkstein hockten kleine Wasserspeier an den Wänden, die auf die Leute auf dem Bürgersteig herablächelten oder Grimassen schnitten.

Ihr denkt wohl, ich traue mich nicht, hier hineinzugehen, dachte Pat, als sie die Stufen zur Tür hinaufging, an der sie ein eindrucksvoller Portier empfing. Sie holte tief Luft, bevor sie eintrat.

Im Inneren bot ein kleines Geschäft die Delikatessen an, für die *Petrossian* bekannt war. Gläser und Dosen mit Kaviar, *Foie Gras* und Pasteten waren auf Glasregalen aufgereiht, während Päckchen mit Räucherlachs, Stör und Aal in funkelnden Schaukästen lagen. Trüffel, russischer Karamel und mit Wodka und Cognac gefüllte Pralinen lockten verführerisch.

Pat warf einen Blick in das Restaurant und entdeckte dort Tim Kavanagh, der an der Bar im Art-Deco-Stil wartete. Sie merkte, wie er sie von Kopf bis Fuß musterte, und während sie auf ihn zuging, konnte sie ihm ansehen, daß er sehr angetan war. Gut, daß sie sich für das mitternachtsblaue Samtkleid entschieden hatte.

Tim erhob sich, um sie zu begrüßen.

»Sie sehen wunderbar aus«, flüsterte er.

»Vielen Dank.« Pat spürte dieses gewisse Kribbeln, etwas, das sie seit langer Zeit nicht verspürt hatte.

Ein Herr in marineblauem Blazer führte sie an einen Tisch für zwei. Als Pat sich setzte, stellte sie fest, daß auch die meisten anderen Tische nur für zwei Personen waren. Das Restaurant war kleiner und intimer, als sie erwartet hatte.

»Pat, wie wäre es mit etwas Champagner?«

»Oh, ja. Wunderbar.«

Der Kellner, der ebenfalls einen marineblauen Blazer trug, die Insignien des *Petrossian* auf der Brusttasche, holte den 1985er Charles Heidsieck. Währenddessen genoß Pat die hübsche Umgebung und den Charme ihres Begleiters. Wie herrlich, hier mit einem Mann zu sitzen, zu dem sie sich hingezogen fühlte. Wie sehr hatte ihr das gefehlt, dieses Knistern, die Versuchung.

»Woher kommt Ihre Liebe zu allem, was russisch ist?« fragte sie.

Tim überlegte einen Augenblick, bevor er antwortete. »Ich glaube, der Auslöser war, daß ich in der Highschool *Nikolaus und Alexandra* gelesen habe. Die ganze Geschichte der Zarenfamilie, mit der Bluterkrankheit des Zarewitsch, mit Rasputin, mit dem Sturz und der Ermordung der Romanows, hat mich fasziniert. Außerdem habe ich etwa zur gleichen Zeit *Anastasia* gesehen, den alten Film mit Ingrid Bergman und Yul Brynner über die Frau, die behauptete, die jüngste Tochter des Zaren zu sein, die den Mördern entkommen war. Danach war es um mich geschehen.«

Pat lächelte. »Das klingt ähnlich wie bei Peter. Nachdem er einmal angefangen hatte, die Geschichten von Olga anzuhören, einer alten Russin, die ihm eine Ersatzgroßmutter geworden ist, konnte er nicht mehr genug davon kriegen.«

Die beiden probierten Sevruga-, Ossetra- und Beluga-Kaviar, während Tim ihr den Unterschied zwischen den Stör-Arten aus dem Kaspischen Meer erklärte, die die winzigen Eier hervorbrachten. Pat wählte Lachs mit Hummersauce als Hauptgericht, während Tim sich für ein Muschelsoufflé entschied, das mit einer Sauce aus Trüffeln und zerdrücktem Kaviar serviert wurde. Beide probierten auch vom Teller des anderen und waren sich einig, daß das Essen phantastisch war.

Beim Kaffee ergriff Tim Pats Hand.

»Es war wirklich ein schöner Abend, Pat.«

»Für mich auch. Das Essen, die Umgebung ...« Sie machte eine Pause. »Die Begleitung.«

Tim lächelte. »Ich hoffe, wir werden das wiederholen.«

»Das hoffe ich auch.«

37

Farrell und Peter bestellten sich beide die saftigen Cheeseburger, für die das *Iron Horse* bekannt war, und lehnten sich mit ihren Getränken in der Hand entspannt zurück.

»Ich habe dich und deine Mutter heute beobachtet, Peter, und ich habe euch bewundert. Ehrlich gesagt, beneide ich euch.«

»Du ... beneidest *uns*?« Peter lachte ungläubig. »Unmöglich.«

»Doch, es stimmt. Ihr beide macht es richtig. Deine Mom lebt von etwas, das sie gerne tut, und sie macht es gut. Sie hat einen prima Sohn großgezogen, und noch dazu ganz allein. Auf all das kann sie stolz sein.«

Peter nahm einen Schluck von seiner Cola. »Und du, Farrell? Du hast doch viel erreicht – du bist Fernsehproducerin.«

Farrell betrachtete die Drucke von Eisenbahnen, die über der Wand an ihrem Tisch hingen, und versuchte, sich darüber klarzuwerden, ob sie sich einem so jungen Menschen wirklich anvertrauen wollte. Es schadete dem Jungen bestimmt nicht, wenn er hörte, wie es im Leben zuging.

»Peter, ich glaube, es klingt beeindruckender, als es wirklich ist. Es ist einfach ein Job, oder zumindest ist es dazu geworden. Ich bringe irgendwie nicht mehr den Enthusiasmus auf, den ich früher mal hatte. Außerdem sieht es nicht so aus, als hätte ich die Stelle bei *KEY News* noch lange.«

Peter hörte aufmerksam zu, als Farrell ihm davon erzählte, wie ihre Karriere bergab gegangen war.

»Diese Fabergé-Story war nur der Auslöser. Es hat sich schon lange angebahnt. Schrecklich ist nur, daß ich so auf der ganzen Linie geschlagen abtreten muß.« Farrell trank ihren Wein aus und wurde dann philosophisch. »Vielleicht muß man diese Angelegenheit positiv sehen. Zumindest habe ich bei der Auktion dich und deine Mutter wiedergesehen. Dafür hat es sich schon gelohnt.«

Die Burger kamen. Als Peter Ketchup über seine Pommes Frites goß, beschloß er, Farrell von Olgas Mondei zu erzählen. Ihm war klar, daß er mit seinem Wissen etwas unternehmen mußte. Vielleicht sollte es ja so sein, daß er Farrell die Story anvertraute. *KEY News* konnte genausogut ermitteln wie die Polizei. Auf diese Weise mußte er seine Mutter nicht mit hineinziehen.

Farrell hörte sich Peters Bericht an. War es möglich, daß dieser Schuljunge ihr da eine faszinierende Story lieferte? Sie wußte, daß Hinweise oft aus unverhofften Quellen kamen, aber die Geschichte, die Peter ihr gerade auftischte, war so phantastisch, daß Farrell äußerste Bedenken hatte. Sie war skeptisch, was ihren Wahrheitsgehalt betraf, und um so pessimistischer, als sie sich nicht vorstellen konnte, daß ausgerechnet sie das Glück haben sollte, daß sie ihr so direkt in den Schoß fiel. »Peter, glaubst du, du könntest Olga dazu bringen, daß sie uns Videoaufnahmen von dem Mondei machen läßt?«

Peter riß die Augen auf, und Farrell sah, wie sein Adamsapfel hüpfte, als er schluckte. »Machst du Witze? Nie im Leben würde Olga jemandem erlauben, das Mondei zu sehen, schon gar nicht einem Fernsehteam.«

»Sieh mal, Peter, es würde keine große Sache werden. Nur ich und mein Kameramann, B.J. Er ist ein prima Typ. Es wird ganz ruhig ablaufen, und wir würden so wenig stören wie möglich. Wir könnten die ganze Angelegenheit in einer halben Stunde erledigen.«

»Sie wird es nicht machen.«

»Ich brauche das, Peter«, drängte Farrell. »Ich brauche einen Beweis dafür, daß das zweite, das *echte* Modell existiert. Außer, natürlich, du könntest Olga dazu bringen, daß sie uns das Ei aushändigt.«

»Absolut aussichtslos.«

Farrell grinste schüchtern. »Schon gut, schon gut. Aber wenn irgend jemand sie dazu überreden kann, daß sie uns wenigstens einen Blick auf das Mondei werfen läßt, dann bist du das, Peter.«

Peter machte ein besorgtes Gesicht.

»Was ist denn los?«

»Ich will Olga auf keinen Fall in Gefahr bringen.«

Farrells Miene wurde ernst. »Das weiß ich. Aber am Ende kommt die Wahrheit immer irgendwie heraus. Und Olga wird keine Schwierigkeiten bekommen, sie hat nichts Unrechtes getan.«

»Was ist damit, daß sie das Ei aus der Fabergé-Werkstatt in St. Petersburg hat?«

»Das war ihr Vater. Und es ist über achtzig Jahre her. Schon mal was von Verjährung gehört? Wer sollte sie überhaupt anklagen?«

»Die Russen vielleicht?« fragte Peter.

»Ich bezweifle, daß die Regierung der Vereinigten Staaten eine kleine alte Dame an Moskau ausliefern würde.«

Peter trank seine Cola aus, und sein Gesicht hellte sich auf. »Also muß Olga nicht befürchten, daß sie ins Gefängnis kommt?«

»Da bin ich mir sicher.«

»Sie wird sicher erleichtert sein, wenn sie das hört.«

38

B. J. machte gleich die Feuerprobe. Das *Hogs and Heifers*.

Wenn eine Frau einen Abend in der Biker-Bar mitten im Schlachthofviertel von New York City überstehen konnte, dann bestand Hoffnung, daß sie sein Typ war. Inzwischen ließ er die Essenseinladungen, Kino- und Konzertbesuche einfach weg, die zur üblichen Verabredungs-Routine gehörten und die er früher durchexerziert hatte, um seine Partnerinnen auf den großen Test vorzubereiten.

Jetzt brachte er es gleich hinter sich. Was brachte es, um den heißen Brei herumzuschleichen? Wenn eine Frau mit dem *Hogs and Heifers* nicht klarkam, würde sie letzten Endes auch mit ihm nicht klarkommen. Dies war *sein* Laden, wild und vollkommen hemmungslos.

Er studierte Meryls Gesicht. Es war unergründlich. Was dachte sie, als sie sich an den Transvestiten vorbeischlängelte, die die Straßen auf dem Weg zur Bar auf und ab stolzierten? War ihr klar, daß die stark geschminkten, langbeinigen Geschöpfe in Stiefeln und Miniröcken in Wirklichkeit Männer waren? Eine große, schlanke Blondine kam auf sie zu und hob die dunkel nachgezogenen Augenbrauen. »Willst du, Süßer?« fragte der tiefe Bariton.

Meryl sah zu B. J. auf. »Du hast es raus, wie man Eindruck auf Mädchen macht, was?«

Draußen vor dem *Hogs and Heifers* standen dutzendweise Harleys, deren Besitzer sich auf offener Straße Bier hinter die Binde kippten. Als sie an den schwarzen Motorrädern und den finster aussehenden Bikern in den schwarzen Lederjakken vorbeigingen, klammerte Meryl sich an B. J.s Arm.

Es funktioniert schon, dachte er.

Die beiden gingen in die verräucherte Bar, wo sie von den Allman Brothers aus der dröhnenden Musikanlage empfangen wurden. An der Wand hingen Fahnen der Südstaaten. An der linken Seite des Raumes befand sich eine lange Bar, und von der Decke baumelten unzählige Büstenhalter.

B. J. war gespannt auf Meryls Reaktion.

»Bezaubernd«, sagte sie sarkastisch, doch ihre dunklen Augen funkelten.

Die weiblichen Barkeeper trugen Bikinioberteile und superkurze abgeschnittene Jeans zu Cowboystiefeln und Hüten. Kunden, die nicht genug Trinkgeld gaben, wurden von ihnen per Megaphon beschimpft.

»Fünfundzwanzig Cents? Das kriegt deine Mutter wohl, wenn sie es am Hafen mit Matrosen treibt.«

Es gab keine Sitzplätze, und B. J. mußte an eine überfüllte U-Bahn denken, in der es nach abgestandenem Bier, Zigaretten und billigen Zigarren roch.

»Zwei PBRs«, rief er der Barkeeperin über den Lärm hinweg zu.

»Wow, du bist wirklich ein Feinschmecker, B. J.«, bemerkte Meryl. »Pabst Blue Ribbon ... einfach köstlich.«

»Komm schon, Meryl«, lachte B. J. »Das gehört zum Programm.«

Die Barkeeperin zog den Verschluß der beiden kalten Bierdosen ab und knallte sie auf die Theke. »Dazu mußt du drei Pinnchen nehmen, Kumpel.« Sie goß Tequila in drei Schnapsgläser und kippte ihren sofort. B. J. tat das gleiche und grinste Meryl erwartungsvoll an.

Ohne mit der Wimper zu zucken, schüttete Meryl ihr Glas hinunter. »Ich dachte, es wäre illegal, wenn Barkeeper bei der Arbeit trinken«, sagte sie todernst.

B. J. quittierte das mit einem schelmischen Schulterzucken, als wolle er sagen: *Wen kümmert's?*

»Was ist das da drüben?« Sie deutete auf einen Pfahl mit Stacheldraht an der Spitze, der neben der Bar stand.

»Wenn man zur Spitze raufklettert, bekommt man einen Tequila umsonst«, erläuterte B. J.

»Clever.« Meryl nahm einen tiefen Schluck PBR.

»Komm, Alte«, rief das Megaphon. »Komm auf die Bar und laß den BH fallen.«

Sie hatte schon von dem Laden gehört, in der Zeitung über ihn gelesen. Viele junge Filmstars kamen her, um hemmungslos zu feiern. Über der Bar im *Hogs and Heifers* hingen die BHs einiger der berühmtesten Hollywood-Schauspielerinnen.

»Komm schon, los! Ja, du, *China girl*. Kletter' auf den Tresen und zeig, was Mami dir geschenkt hat.«

B. J. wartete gespannt auf ihre Reaktion, aber Meryls Gesicht blieb ungerührt, und sie gab sich Mühe, die Forderung des Megaphons zu ignorieren.

Die Barkeeperin gab nicht auf.

»Komm schon, Baby, hier sind alle gute Freunde. Teil deinen Reichtum mit deinen Freunden.«

Meryl kippte ihr restliches Bier hinunter und stellte die leere Dose resolut auf der Bar ab. Sie stemmte sich auf die Theke, und vor B. J.s bewundernden Blicken begann sie, sich im Rhythmus der Country-Rock-Musik zu bewegen. Das Kreisen von Meryls Hüften beschleunigte sich im Einklang mit der Musik, und das Johlen der Menge nahm zu. Unter ihrem schwarzen Wollpullover befreite sie sich von ihrem BH und schwang ihn zur Freude des Publikums über ihrem Kopf.

Als sie das *Hogs and Heifers* eine Stunde später verließen, stand der Gestank von totem Fleisch in der Nachtluft, und Pakete mit vergammeltem Schinken lagen über den Bürgersteig verstreut. Meryl schien das nicht zu bemerken, und B. J. sagte sich, daß dieses Mädchen den Test eindeutig bestanden hatte.

39 *Erster Sonntag der Fastenzeit*

Es war lange her, daß Farrell in der blauen St. Andrew's Church in der Messe gewesen war, aber an diesem Sonntagmorgen fand sie es tröstlich. Im Augenblick mochte ihr Leben vielleicht ein wenig durcheinandergeraten sein, jedoch die

Kirche, die sie als Mädchen besucht hatte, war unverändert wie eh und je.
Farrell bekreuzigte sich mit Weihwasser aus dem Becken am Eingang, sprach stumm ein Gebet und setzte sich in eine der hinteren Bankreihen. Während sie sich die eisigen Finger rieb und anhauchte, die auf dem mehrere Blocks weiten Fußmarsch von Pats Haus eingefroren waren, sah sie sich um. Nein. Das alte Gebäude hatte sich nicht verändert.

Farrell sah all die »Tage des Herrn« wieder vor sich, an denen sie und Robbie in ihrem unbequemen Sonntagsstaat von ihren Eltern hergebracht worden waren. Sie hatten nebeneinander gesessen und waren auf den Bänken herumgerutscht, weil sie es kaum erwarten konnten, daß die Messe endlich vorbei war und sie sich ihre Belohnung im *Purity Bakeshop* abholen konnten. Farrell nahm immer den dicken Streuselkuchen, Robbie die mit Schokoladencreme gefüllten Doughnuts.

Schon damals war Schokolade Robbies Leidenschaft gewesen. Dreißig Jahre später bestand sein Lieblingsfrühstück noch immer aus Schokopops oder Schoko-Krispies, die ihm auch als Mittag- oder Abendessen gefallen würden.

Robbie. Es schien ihm besser zu gehen, dachte Farrell erleichtert. Vielleicht lag das Schlimmste hinter ihm. Vielleicht war es nur eine Phase gewesen. Sie hoffte es inständig.

Das purpurverhüllte Kruzifix über dem Altar würde bis Ostersonntag so bleiben. Dann würde das Kreuz enthüllt werden, als Symbol für Christi Auferstehung von den Toten. Sechs Wochen. Wo würde sie in sechs Wochen sein?

Sie mußte unbedingt Pläne schmieden. Ein paar Vorstellungsgespräche organisieren. Sechs Wochen gingen schrecklich schnell vorbei. Sie wollte nicht darüber nachdenken. *Mädchen, streng dein Hirn an! Dein Bankkonto ist nicht allzu voll.*

Warum hatte sie nicht mehr gespart? Sie verdiente gut. Wo war alles geblieben? Was konnte sie dafür vorweisen? Farrell wußte die Antwort. Sie lebte in New York City. Das war nicht umsonst.

Vielleicht sollte sie ihr Leben in Manhattan aufgeben. Wieder hier hinaus ziehen, einen Job bei einer Lokalzeitung annehmen oder für *New Jersey Network* arbeiten. Die würden sie sofort anstellen. *KEY News* war eine großartige Referenz, wenn Range nicht gegen sie intrigierte.

Hier draußen in der Provinz wäre das Leben viel billiger. Die Mieten waren nicht so hoch, sie würde nicht soviel für Kleidung und Essengehen ausgeben müssen. Alles wäre viel einfacher.

Aber wäre es nicht langweilig? Sie hatte immer aus Westwood raus gewollt, weil sie der Ansicht gewesen war, dort läge der Hund begraben. Merkwürdig, wie anziehend es ihr jetzt vorkam. Und auch hier in der Provinz war etwas los. Zum Beispiel diese Geschichte mit Olga. Hätte sie doch nur nicht versprochen, es Pat nicht zu erzählen! Farrell hätte zu gerne gewußt, wie sie auf Peters Geschichte reagieren würde.

Aber wenn das, was Peter ihr erzählt hatte, stimmte, was wäre das für eine Story! Mit echten Chancen für den Aufmacher der *Abendnachrichten*! Wenn sie das in die Finger kriegte, dann könnte sie hocherhobenen Hauptes gehen. Und, was das Beste wäre, sie könnte es diesem Scheißkerl Range zeigen.

Der Pfarrer leierte seine Predigt herunter. Farrell schenkte seinen Worten genausowenig Aufmerksamkeit wie früher, als die Nonnen während der Fastenzeit jeden Morgen alle ihre Schülerinnen in die Messe getrieben hatten, um den Tag mit Gott zu beginnen. Wie sie darüber gestöhnt hatte, auf den Hügel klettern und still im Gotteshaus sitzen zu müssen, obwohl sie viel lieber heimlich Papierpuppen in dem zerkratzten

Holzpult gebastelt hätte, das sie sich in der Schule mit ihrer Künstlerfreundin Laura Dail teilte. Aber keine von ihnen hätte es gewagt, sich laut zu beklagen. Das hätte bedeutet, Schwester Raymond geradezu zu *bitten*, einem das Ohr zu verdrehen oder an den Haaren zu ziehen.

Farrell hielt nach bekannten Gesichtern Ausschau, als die Gemeindemitglieder sich für die Kommunion aufstellten. Sie erkannte niemanden, aber die Menschen, die heute hier waren, wirkten wie anständige, arbeitsame Leute, die bemüht waren, aus allem das Beste zu machen und das Leben zu nehmen, wie es war.

Und mehr kann man wohl auch nicht tun, schloß Farrell, wobei sie an Pat dachte. Sie hatte nun wirklich einen schweren Schlag einstecken müssen und hatte tapfer weitergemacht. An ihr konnte man sich ein echtes Beispiel nehmen.

40

Farrell und Pat verbrachten den Sonntagnachmittag damit, eine Rolle rohen Teig für Schokoladenplätzchen zu essen und die Bücher über Fabergé anzusehen, die Pat gesammelt hatte.

»Als Olga das erste Fabergé-Stück in den Laden gebracht hat, war ich hin und weg«, erläuterte Pat. »Jedesmal, wenn ich ein neues Buch zu dem Thema entdecke, kaufe ich es. Das hier habe ich in Hillwood gekauft – du weißt schon, das Anwesen der Müsli-Erbin Marjorie Merriweather Post in Washington, D.C. Sie liebte alles Russische und sammelte eifrig Fabergé-Sachen. Sie hat die Diamantkrone gekauft, die

Alexandra bei ihrer Hochzeit mit Nikolaus getragen hat, und auch zwei Ostereier des Zaren.«

»Welche?« fragte Farrell.

»Siehst du das hier?« Pat deutete auf eine Abbildung. »Dieses blaue Ei mit Monogramm und das Kamee-Ei. Aber die Überraschungen im Inneren sind bei beiden nicht mehr vorhanden. Die wertvollsten Eier sind die, deren kleine, unerwartete Schätze noch intakt sind.«

Farrell blätterte weiter durch das Kunstbuch, durch die Kapitel über die Geschichte des großen Designhauses und die Skizzen der Stücke, die die Künstler sorgfältig auf Papier angefertigt hatten, bevor sie zu Objekten aus Gold, Emaille und Edelsteinen wurden. Bei einem Kapitel über die Zaren-Eier hielt sie inne und las eifrig.

»Über die Anzahl der Eier, die Fabergé für die Zaren angefertigt hat, herrscht Ungewißheit. Dies zeigt, wie persönlich die Aufträge und deren Fertigstellung waren. Sie waren nicht für die Öffentlichkeit gedacht, sollten nicht für alle Welt zur Schau gestellt werden. Es handelte sich vielmehr um Geschenke des Zaren an Mitglieder seiner Familie, persönliche Zeichen seiner Zuneigung.

Während der Herrschaft von Alexander III. wurden zehn Eier angefertigt, und weitere vierundvierzig ließ Nikolaus II. herstellen. Im Jahre 1917 wurden zwei weitere Eier entworfen und fertiggestellt, sie gingen jedoch verloren, so daß es keinen Beweis dafür gibt, ob sie der Zarin Alexandra oder der Mutter des Zaren, der Kaiserinwitwe Maria Fjodorowna, vor dem Sturz der Romanows jemals übergeben worden sind.«

Das Mondei war eines von diesen beiden Eiern, dachte Farrell; *es wurde vom Zaren in Auftrag gegeben, ohne daß er wissen konnte, daß er und seine Familie schon im nächsten Jahr getötet werden würden.* Sie erschauerte und las weiter.

»Die Rüstkammer im Kreml besitzt zehn der Zaren-Eier. Amerika verfügt sogar über eine größere Sammlung kostbarer Eier, davon zwölf im Forbes-Museum in New York City. Es gibt eine Reihe von Eiern in europäischen Sammlungen, und es gibt einige Besitzer, die nicht zugeben wollen, daß sie Zaren-Eier besitzen, da sie um deren Wert wissen und nicht erklären wollen, wie sie in den Besitz dieser Schätze gekommen sind.«

Olga.

Wieder wünschte Farrell, sie könnte Pat von Peters Geschichte berichten. Aber sie hatte versprochen, nichts zu verraten.

41

Nachdem sie ihre Wohnungstür aufgeschlossen und das Licht eingeschaltet hatte, ging Farrell rückwärts den kurzen Flur hinunter, der zu ihrem Wohnzimmer führte. Pat und sie trugen gemeinsam den schmiedeeisernen Beistelltisch, jede an einer Seite.

»Tja, das ist es.« Farrell machte eine ausladende Geste.

»Willkommen in meinem Reich. Ist es nicht so, wie ich gesagt habe?«

»Allerdings!« Pat lachte und sah sich in dem spärlich möblierten Zimmer um.

»Glaubst du, du kannst mir helfen, etwas daraus zu machen?«

»Absolut. Wenn wir fertig sind, wird *Architectural Digest* einen Beitrag über diese Wohnung bringen wollen.« Pat zog sich den Mantel aus. »Hast du Lust, jetzt ein wenig Möbel zu rücken?« fragte sie händereibend.

»Klar.«

Pat gab die Anweisungen, und beide Frauen zerrten und schleppten und schoben Farrells Möbel an neue Stellen. Die waldgrüne Ledercouch wanderte von einer Seitenwand direkt unter das Panoramafenster.

»So!« sagte Pat zufrieden. »Jetzt kannst du hier sitzen, die Füße hochlegen, beim Zeitunglesen deinen Morgenkaffee schlürfen und dabei beobachten, was da unten auf der Straße passiert.«

Warum ist mir das nicht selbst eingefallen? fragte sich Farrell. Bei der Lieferung hatten die Möbelpacker das Sofa an die Wand gestellt. Und da war es auch geblieben, bis jetzt.

Farrell bewunderte, was die dreißig Minuten Anstrengung bewirkt hatten. Der einzelne Sessel stand jetzt dem Sofa zugewandt – so war eine einladende Sitzgruppe zum Plaudern entstanden. Der schmiedeeiserne Tisch aus Pats Laden stand neben dem Sessel, und Pat suchte in Farrells überfülltem Bücherschrank nach etwas Interessantem, das sie darauf plazieren konnte. Sie entschied sich für eine handbemalte Keramikschüssel, die Farrell gekauft hatte, als sie in New Mexico eine Story über das Leben, oder eher das Überleben, in einem Indianerreservat gedreht hatte. Farrell sah ehrfürchtig zu, wie Pat einige Kerzen, die achtlos im Bücherschrank herumlagen, zusammensammelte und auf der Kante des Couchtisches aufstellte.

»Sieht schon viel besser aus.« Farrell war ganz begeistert von den Veränderungen.

Pat nickte zufrieden. »Wenn ich das nächste Mal komme, hängen wir das Zeug an den Wänden um.«

»Abgemacht«, antwortete Farrell enthusiastisch.

Pat nahm einen kleinen Messingrahmen aus dem Bücherschrank und studierte das Bild von Farrell und ihrem Bruder.

»Wie geht es Robbie?«

»Besser, jetzt, wo er nicht mehr bei *Nutman Stein* ist. Er konnte den Druck in der Maklerfirma nicht mehr ertragen. Jetzt arbeitet er für *KEY*.«

»Und da ist es weniger stressig als an der Wall Street?« fragte Pat skeptisch.

»Da, wo Robbie arbeitet, schon. Er hat eine Stelle im Film- und Tonarchiv. Er katalogisiert all das Material, das Tag für Tag in der ganzen Welt für *KEY News* aufgenommen wird. Es ist interessant, aber nicht viel Streß.«

»Er war schon immer sehr sensibel«, überlegte Pat laut, während sie das Bild anstarrte. »Ich weiß noch, wie du immer auf ihn aufgepaßt hast, damit ihn auf dem Schulhof auch niemand ärgert.«

Farrell lachte bitter. »Das machen große Schwestern nun mal, oder etwa nicht?«

42 *Montag*

Am Montag morgen schob sich Farrell mit mehr Enthusiasmus, als sie seit langer Zeit gehabt hatte, durch die schwere Drehtür in die Lobby von *KEY News*. Das Wochenende draußen in Westwood hatte ihr genau das gegeben, was sie gebraucht hatte: etwas Abstand. Es gab eine ganze Welt, die funktionierte und relativ glücklich war, und die Menschen, die in ihr lebten, interessierten sich einen Dreck für das, was bei *KEY News* passierte.

Sie bestellte Kaffee am Kiosk in der Lobby. »Zwei, bitte. Schwarz.«

Warum sollte sie nicht so nett sein, ihrem Bürokollegen einen mitzubringen? Es würde Dean wahrscheinlich umhauen, wenn Farrell lächelnd als gute Fee auftrat. Er rechnete bestimmt damit, sie deprimiert und niedergeschlagen zu sehen. Farrell war sich sicher, daß Dean schon von ihrer Entlassung wußte. Jeder, der bei den *Abendnachrichten* arbeitete, wußte es. Gute Nachrichten verbreiteten sich schnell.

Sie machte sich auf alles gefaßt, als sie auf die Bürotür zusteuerte.

»Für jemanden, der gerade gefeuert wurde, siehst du wirklich gut aus.« B. J. saß auf ihrem Stuhl. Dean war nicht im Büro.

»Puh. Da bin ich aber erleichtert. Du bist es nur. Ich dachte schon, ich müßte eine Show abziehen. Kaffee?« Farrell bot ihm einen Pappbecher an. Er zog den Plastikdeckel ab.

»Igitt. Schwarz.«

»Ach ja, natürlich. Du magst ihn schön hell und zuckersüß.«

»Wie meine Frauen.«

»Du bist ein Schwein.«

»Das magst du doch an mir.« B. J. grinste schelmisch, seine weißen Zähne blitzten.

Sie mußte zugeben, sie genoß das respektlose, ungehemmte Geplänkel mit B. J. Es war der krasse Gegensatz zu ihrer streng katholischen Erziehung.

Er nahm einen Schluck von dem dunklen Gebräu und verzog das Gesicht. »Was hast du jetzt vor?«

»Ich bin mir noch nicht sicher. Vielleicht hänge ich diesen verrückten Beruf einfach an den Nagel.«

»Das glaube ich dir nicht. Du bist süchtig.«

»Das habe ich auch immer gedacht, aber momentan bin ich mir nicht mehr so sicher.« Sie erzählte ihm von dem Wochenende mit Pat im Kommissionsdepot. »Weißt du, B. J., es gibt noch andere Möglichkeiten, sein Leben zu leben. Das hatte ich zuletzt ganz vergessen.«

Sie merkte, daß ihn das nicht überzeugte.

»Weißt du, ich mache mir irgendwie Vorwürfe«, sagte er leise.

Farrell musterte ihn erstaunt. »Was meinst du damit?«

»Bei der Auktion habe ich gehört, wie du mit Range telefoniert hast. Ich hätte dir raten sollen, begeisterter zu klingen.«

»Um Himmels willen, B. J., ich bin doch kein Cheerleader. Und das hier ist keine High-School. Es kann doch nicht sein, daß ich Range Bullock überreden oder ihm schmeicheln muß, damit er eine Story bringt. Wichtige Nachrichten sind wichtige Nachrichten. Es ist doch wirklich peinlich, wenn sich der Chefproducer eines landesweiten Nachrichtensenders davon beeinflussen läßt, wie etwas präsentiert wird.«

B. J. zuckte die Schultern. »Vielleicht ist es peinlich. Aber du solltest mal hören, wie dein Freund Dean eine Story ins Spiel bringt. In seinen Worten klingt jede Geschichte, an der er arbeitet, so, als hätte sie Aussicht auf den Dupont-Preis.«

Farrell dachte kurz über B. J.s Einwand nach. Sie wußte, daß etwas Wahres daran war.

»Du hast recht«, murmelte sie. »Diese Fabergé-Story war stark. Ich hätte intensiver für sie kämpfen sollen.«

»Also, was willst du jetzt machen? Deine restliche Zeit hier mit eingekniffenem Schwanz ableisten?«

Farrell dachte an Peters Geschichte von der alten Dame mit dem angeblichen »echten« Mondei.

»Ehrlich gesagt, habe ich noch eine Sache. Exklusiv. Willst du mitmachen?«

»Schieß los.«

Farrell berichtete ihm alles, was sie bislang wußte. »Ich glaube, als erstes sollte ich mit Clifford Montgomery, dem Präsidenten von Churchill's, sprechen.« Sie notierte sich etwas auf dem gelben Notizblock auf ihrem Schreibtisch. Sie sah zu B. J. auf. »Warum grinst du so dämlich?«

»Rate mal, mit wem ich am Samstagabend ausgegangen bin?«

43

Montag morgen. Pat summte, während sie im *Choo-Choo Charlie's* auf ihren Kaffee wartete.

»Schönes Wochenende gehabt?« fragte Charlie Ferrino.

»Sehr schön.«

»Irgendwas Tolles?« Der Klang von Pats Ja gab Charlie das Gefühl, daß er die Antwort lieber nicht hören wollte.

»Ja. Ich war in Manhattan essen. Das Restaurant war wunderbar.«

»Und die Begleitung? War es ein richtiges ›Date‹?« Charlie konzentrierte sich darauf, den Kaffeebehälter zu schließen und bemühte sich, den Eindruck zu erwecken, daß er nur aus Höflichkeit Interesse zeigte, obwohl er innerlich mehr als angespannt war.

»Ja, das war es.« Pat sah aus, als müsse sie ein Lächeln unterdrücken.

»Und?«

»Oh, Charlie, was meinst du mit ›und‹? Es war nur eine Verabredung, keine große Sache.« Pat lachte nervös und schüttelte den Kopf.

Er glaubte ihr nicht.

44 *Dienstag*

Meryl Quan servierte Farrell Slater, die auf Clifford Montgomery wartete, einen Tee. Das war also die Frau, nach der B. J. so verrückt war. Hübsch.

»Zucker?«

»Nein danke. Aber ich hätte gerne etwas Zitrone.« Farrell preßte den Saft aus der gelben Scheibe in das kupferfarbene Gebräu.

»Es tut mir leid, daß Mr. Montgomery dem Zeitplan heute ein wenig hinterherhinkt«, entschuldigte Meryl sich. »Aber er müßte jeden Augenblick kommen.«

»Kein Problem«, lächelte Farrell. Sie war froh, ein paar Minuten für sich zu haben. Sie war nicht erpicht auf die Unterhaltung, die ihr bevorstand.

Während sie auf Montgomerys Ankunft wartete, fragte Farrell sich, wie der Präsident des Auktionshauses auf die Neuigkeit reagieren würde. Bei ihren Nachforschungen zu seiner Person hatte sie erfahren, daß er als junger Mann viele Jahre lang Fabergé studiert hatte, während er bei *La Russie Imperiale* gearbeitet hatte, das zu den erlesensten Antiquitätengeschäften der Welt gehörte und in diesem Land der wichtigste Umschlagplatz für russische Emaille und Schmuckgegenstände war. Montgomery galt weltweit als einer der besten Fachleute für Fabergé. Farrell bezweifelte, daß er sich freuen würde, wenn er mit der Aussicht konfrontiert wurde, er könne einen Fehler gemacht haben, als er das Ei für echt erklärt hatte.

Einen Sechs-Millionen-Dollar-Fehler.

»Bitte entschuldigen Sie, daß ich Sie habe warten lassen.«

Montgomery schritt durch das Zimmer und streckte Farrell die Hand entgegen. Seine Kleidung war makellos; er trug einen marineblauen Anzug mit feinen Nadelstreifen, und das kornblumenblaue Taschentuch paßte exakt zu seiner Seidenkrawatte.

»Vielen Dank, daß Sie mir so bald einen Termin gegeben haben. Ich werde mich bemühen, Sie nicht zu lange aufzuhalten.«

»Nun, für *KEY News* haben wir immer Zeit, und Ihr Anruf bei meiner Assistentin, Ms. Quan, hat mich neugierig gemacht.«

Äußerlich wirkte Montgomery kühl und beherrscht. Farrell fragte sich, wie es jetzt in seinem Inneren aussehen mochte. Wahrscheinlich war er ein wenig nervös. In wenigen Augenblicken würde er nach Luft schnappen.

»Mr. Montgomery, ich arbeite an einer Story über *Faux*bergé. Sie sind damit sicherlich vertraut.«

Montgomery nickte. »Sicher, von Zeit zu Zeit ist mir selbst hier und da ein unechtes Stück untergekommen. Für gewöhnlich war dem Einlieferer, der es zur Versteigerung hergebracht hat, nicht klar, daß er eine Fälschung besaß.«

»Sie meinen, die Stücke wurden in dem Glauben gekauft, es handele sich um ein Original von Fabergé?«

»Genau.«

»Wie gehen die Leute damit um, wenn sie von Ihnen erfahren, daß man sie reingelegt hat?«

Montgomery nahm einen Briefbeschwerer in die Hand und hielt inne, um zu überlegen. »Ungläubigkeit, Wut, Scham. Sie können nicht viel machen, höchstens den Betrug den Behörden melden und hoffen, daß die Fälscher gefaßt werden. Was selten geschieht.«

»Wieso?« fragte Farrell.

»Fälschungen kommen in der Kunstwelt häufiger vor, als den meisten Menschen klar ist. Selbst einige der erfahrensten Experten haben schon Fälschungen für echt erklärt.«

Farrell fragte sich, ob Montgomery bereits ahnte, daß sie ihn mit der Möglichkeit konfrontieren wollte, er könne ein gefälschtes Mondei für echt gehalten haben. Sollte das seine Entschuldigung sein, daß selbst die Angesehensten in diesem Fachgebiet schon Fehler gemacht hatten? Farrell kritzelte etwas in ihr Notizbuch.

»Mr. Montgomery«, setzte sie an. »Halten Sie es für möglich, daß das Ei, das letzte Woche hier bei Churchill's versteigert wurde, kein echtes Fabergé-Osterei war?«

»Alles ist möglich, Ms. Slater«, sagte er gelassen. »Ich habe das Mondei jedoch selbst untersucht und für echt befunden. Ich riskiere mit dieser Entscheidung meinen Ruf und den Ruf dieses Auktionshauses.«

Der ist aalglatt, dachte Farrell.

»Jetzt möchte ich gerne Sie etwas fragen, Ms. Slater. Wie kommen Sie zu der Vermutung, das Mondei könne eine Fälschung sein?«

»Ich habe einen Informanten, der behauptet zu wissen, wo das echte Mondei ist.«

»Einen zuverlässigen Informanten?«

»Ich glaube schon, ja.«

»Haben Sie dieses angebliche Fabergé-Ei gesehen?«

»Noch nicht.«

»Das werden Sie auch nicht. Es existiert nicht. Sie werfen hier mit äußerst gravierenden Anschuldigungen um sich, Ms. Slater. Ich rate Ihnen, äußerst vorsichtig zu sein.«

45

Olga kauerte in einer Ecke des abgewetzten Sofas in ihrem kleinen Wohnzimmer und spielte nervös mit den Perlmuttknöpfen ihrer grauen Strickjacke. Sie machte ein besorgtes Gesicht, während sie der eindringlichen Bitte ihres Ersatzenkels zuhörte.

»Glaube mir, Olga. Es wird nicht passieren. Du hast nichts Unrechtes getan. Du wirst keine Schwierigkeiten bekommen.«

Olgas verschleierte Augen erforschten Peters junges Gesicht. Wie mochte es sein, wenn man so vertrauensselig war?

»Wie kannst du sicher sein, daß ich keine Schwierigkeiten bekomme?« fragte sie. »Die Polizei ist überall. Auch wenn man sie nicht sieht.« Sie schlang sich die Arme fest um den Körper und versuchte, sich in der plötzlich kalt gewordenen Wohnung aufzuwärmen. Dieser junge Amerikaner war so naiv.

»Olga, ich bestreite gar nicht, daß die Polizei überall ist«, entgegnete Peter unerschrocken. »Höchstwahrscheinlich sind sie an Orten und wissen Dinge, die wir uns gar nicht vorstellen können. Da stimme ich dir zu. Ich will nur sagen, daß du nichts Unrechtes getan hast und daß du dir keine Sorgen machen mußt. Niemand wird dich ins Gefängnis stecken oder ins Exil schicken, weil du das Mondei hast.«

Langsam erhob sich Olga vom Sofa, und langsam ging sie auf die Küchenzeile zu. Sie schaltete den elektrischen Kocher unter dem Teekessel ein, öffnete den Kühlschrank und holte ein Einmachglas heraus. Peter trat rasch zu ihr.

»Lecker. Dein Auberginenmus! Ich habe heimlich gehofft, du hättest welchen für mich.«

Olga lächelte, während sie beobachtete, wie Peter die süße Auberginenmasse dick auf weiße Toastscheiben strich. Er bekam nie genug davon. Nach dem Rezept von Olgas Mutter aus der alten Heimat. Sie liebte es, ihm dabei zuzusehen, wie er es genoß.

»Ich mache mehr davon, wenn du nächstes Mal kommst. Kannst du mit in Universität nehmen.«

Während Peter genüßlich aß, dachte Olga über seine Argumente nach. Vielleicht war es an der Zeit, an die Öffentlichkeit zu gehen, dachte sie. An der Zeit, die schwere Last abzuwerfen, die sie trug, seit sie denken konnte. Wie würde es sein, nicht mehr in Angst zu leben?

»Und du glaubst, dieser Frau vom Fernsehen kann man trauen?«

Peter nickte feierlich und wischte sich den Mund mit dem Handrücken ab. »Das verspreche ich, Olga. Farrell ist eine alte Freundin von Mom. Sie ist hier in Westwood aufgewachsen. Sie arbeitet für *KEY News*, und sie ist sich sicher, daß du keine Schwierigkeiten kriegen wirst. Sie ist in der Lage herauszufinden, was los ist. Irgend jemand hat sechs Millionen Dollar für eine Fälschung bezahlt. Das ist nicht fair.«

Olga lächelte wehmütig. Ach, Peter war noch so jung. Er dachte, die Welt sei fair.

Plötzlich war Olga sehr müde. Müde vom Versteckspiel, müde von all den Sorgen, müde vom Vertuschen der Wahrheit. Sie wußte, daß es nicht mehr lange dauern würde, bis sie in ein anderes Leben übergehen würde. Sie wußte, daß es besser war, keine unerledigten Dinge zurückzulassen.

Sie hatte nicht mehr die Kraft, noch länger mit dem Geheimnis zu leben. Daß Peter zu ihr gekommen war, war vielleicht ein Zeichen, ein Zeichen von Gott, um alles zu richten. Solange noch Zeit war.

»Okay«, sagte sie schließlich mit ihrem schweren Akzent. Peter wirkte einen Augenblick lang überrascht. Er hatte sie tatsächlich dazu gebracht, daß sie zustimmte. »Okay, Peter, bring die Fernsehfrau her. Sie kann Bilder von Mondei machen.«

46

Farrell blickte aus dem Fenster des Taxis, das durch die Innenstadt schlich. Es war Mittagszeit, und der Verkehr war so schlimm wie immer.

Was jetzt?

Ohne das Ei selbst als Beweisstück konnte Farrell die Story nicht weiterführen. Nach dem, was Peter ihr über Olga erzählt hatte, würde die alte Dame ihr Fabergé-Ei keinesfalls hergeben, damit Clifford Montgomery oder irgendeine Behörde es inspizieren könnte. Olga hatte Angst vor der Polizei. Doch ohne Überprüfung konnte es gut sein, daß Olga diejenige mit dem gefälschten Ei war.

Behörde. Das FBI.

Das war der nächste logische Schritt.

Das gelbe Taxi hielt vor dem Sendezentrum. Sie gab dem Fahrer ein sehr großzügiges Trinkgeld. Armer Kerl, er mußte den ganzen Tag in diesem Chaos herumkurven.

Er bedankte sich nicht. Typisch. Gute Taten werden einem nie gedankt.

Dean Cohen wollte gerade mittagessen gehen, als Farrell wieder in ihr Büro kam. »Was hast du heute morgen gemacht?« fragte er.

»Ach, dies und das. Da ich auf Kurzarbeit bin, kann ich wohl machen, was ich will.« Farrell bemühte sich, unbeschwert zu klingen.

»Schon irgendwelche Aussichten auf einen neuen Job?«

»Ja, ich habe ein paar Eisen im Feuer«, log sie.

»Freut mich.« Auch Dean log.

Farrell drückte die Nummerntasten auf dem Telefon, um ihren Anrufbeantworter abzuhören.

»Hey, Farrell, ich bin's, Rob. Wenn wir zu Mittag essen sollen, ruf mich an.«

Aufgeregt lauschte sie der nächsten Nachricht, die kratzige Stimme eines jungen Mannes.

»Farrell, hier ist Peter Devereaux. Olga läßt dich das Mondei filmen. Schaffst du es heute noch, bevor sie wieder einen Rückzieher macht?«

47

Mein Gott, was habe ich getan?

Clifford Montgomery starrte aus seinem roten Ledersessel hervor, seine Miene war verzweifelt.

Wenn Farrell Slater beweisen konnte, daß sie recht hatte ... Sein Ruf wäre ruiniert. Churchill's würde schrecklichen Schaden nehmen, vielleicht sogar irreparablen. Und die Aktien ... Cliffords Gedanken rasten, und er spürte, wie sich ihm die Brust zuschnürte.

Nein, es mußte ein Irrtum sein, irgendein Mißverständnis. Slater konnte sich doch irren, oder? Schließlich hatte sie das Ei selbst nicht *gesehen*. Und das Ei, das bei der Auktion versteigert worden war, war makellos, bis hin zu dem Fabergé-Zeichen, das in die goldene Unterseite eingestanzt war. Er mußte dieses neue Ei selbst sehen. Aber wie?

Clifford war so in seine Sorgen vertieft, daß er vorübergehend vergessen hatte, daß Meryl Quan die ganze beunruhigende Unterhaltung mit angehört hatte. Niemand durfte erfahren, daß es auch nur einen Hauch von einem Problem mit dem versteigerten Mondei gab.

Er drückte auf die Gegensprechanlage und ließ seine Assistentin wissen, daß sie in sein Büro kommen solle.

»Meryl, Sie müssen mir versprechen, daß nichts von dem, was in der letzten halben Stunde gesagt wurde, aus diesem Raum dringt. Bis wir herausgefunden haben, was hier vorgeht, können wir mit niemandem darüber sprechen. Verstanden?«

48

»He, Jack. Wie steht's mit der *Faux*bergé-Ermittlung, an der du arbeitest?«

»Läuft«, grunzte Special Agent McCord, ohne von dem Papierkram auf seinem Schreibtisch im FBI-Hauptquartier in New York am Foley Square aufzublicken.

Fred Behrends, der Pressesprecher des FBI, war sauer. Warum war McCord immer so schrecklich schwierig? Irgend jemand sollte diesem großen Kerl mal seine Komplexe austreiben.

»Hör mal, mein Lieber, *KEY News* arbeitet an einer Story über gefälschtes Fabergé. Jemand vom Sender hat angerufen und eine Menge Fragen gestellt. Jede Menge ›was wäre, wenn‹.«

Plötzlich wirkte McCord interessiert. »Zum Beispiel?«

»Zum Beispiel: Was wäre, wenn ein gefälschtes Fabergé-Stück für eine Menge Geld versteigert worden wäre? Und was wäre, wenn jemand anders das echte Stück hätte, sich aber nicht traute, an die Öffentlichkeit zu gehen?«

»Was hast du ihm gesagt?«

»Ich habe *ihr* gesagt, daß wir uns melden.«

49

B. J. richtete die Lampen sorgfältig aus. Es war nicht leicht, sich in Olgas winzigem Wohnzimmer zu bewegen. Er versuchte, sich die verschiedenen Aufnahmen vorzustellen, die er machen wollte. Die Wohnung der alten Dame war unglaublich. Sie erinnerte ihn an die Illustrationen in einem Märchenbuch, das er als Kind gehabt hatte, an das Häuschen, in dem Hänsel und Gretel gewohnt hatten, bevor ihre Eltern sie im Wald zurückgelassen hatten. Oder vielleicht war es auch das Haus der sieben Zwerge gewesen. Egal. Olgas Bleibe war ein ungewöhnlicher Anblick.

Farrell war eifrig damit beschäftigt, die alte Frau zu beruhigen, denn die wirkte ziemlich verstört. Das alte Mädchen hatte wahrscheinlich schon lange nicht mehr so viel Aufregung gehabt. Hoffentlich würde sie nicht gleich der Schlag treffen oder so etwas.

»Olga, es wäre großartig, wenn wir einige Aufnahmen von Ihnen machen könnten, vor der Ikone«, sagte Farrell sanft.

So hieß das kleine religiöse Gemälde an der Wand also. Ikone. Darüber lag ein sorgfältig gestärktes und besticktes Leintuch, und darunter flackerte eine weiße Kerze. Ein kleiner Schrein. B. J. fragte sich, ob die alte Dame wohl davor niederkniete und betete. Wahrscheinlich, wenn sie ihre dürren Beine überhaupt noch beugen und sich auf die knochigen Knie senken konnte. Einen Augenblick lang hatte er Gewissensbisse. Er konnte nicht mehr sagen, wann er sich zum letzten Mal zum Beten niedergekniet hatte.

»Peter sagt, Sie wollen Bild von Ei. Nicht Bild von mir«, protestierte Olga.

Hoffentlich konnte Farrell die alte Dame davon überzeugen, sich filmen zu lassen. Sie war die ideale Besetzung und würde im fertigen Beitrag wirklich toll rüberkommen. *Komm schon, Farrell. Überrede das alte Mädchen.*

»Natürlich, Olga. Sie müssen nichts tun, was Sie nicht wollen. Wenn Sie nicht gefilmt werden wollen, dann machen wir das nicht. Aber ich will ehrlich zu Ihnen sein: Die Geschichte wäre viel überzeugender, wenn unsere Zuschauer die Frau sehen könnten, die das echte Mondei hat.«

Olga dachte über die Bitte der Produzentin nach. Sie wirkte unsicher.

»Was halten Sie davon?« fuhr Farrell fort. »Jetzt, wo wir hier sind, machen wir ein paar Aufnahmen von Ihnen. Ich rufe Sie an, bevor wir den Beitrag senden, und Sie können mir dann sagen, ob wir die Bilder verwenden dürfen oder nicht. Ich verspreche Ihnen, daß wir sie nicht ohne Ihre Erlaubnis in die Geschichte einbauen.«

Olga wirkte verwirrt. B. J. gefiel es nicht, daß er das Gefühl hatte, sie würden sie ausnutzen. Aber so ging es ihm oft auch bei anderen Stories. Wenn er es zuließ, dann hatte er Mitleid mit den armen Trotteln, die sich unverhofft mit Berühmtheit konfrontiert sahen und dann mit den Auswirkungen davon leben mußten, nachdem er und seine Kamera schon lange fort waren.

»Kommen Sie, Olga«, sagte Farrell ermutigend. »Setzen Sie sich doch hier herüber. Wir schieben diesen kleinen Stuhl hinüber zu der Ikone. So. Setzen Sie sich, Olga.«

Gehorsam setzte Olga sich auf den Holzstuhl. Sie glättete ihren Rock und faltete dann die Hände im Schoß. Nervös blickte sie von der Kamera zu Farrell.

»Erzählen Sie uns ein wenig von sich, Olga.«

»Was wollen Sie wissen?«

»Wo sind Sie geboren?«

»St. Petersburg.«

»Rußland?«

»Ja.«

»Wann sind Sie hierher gekommen?«

»Nach Flucht aus Rußland, als Papa tot war.«

»Wann war das?«

»Nach Weltkrieg.«

»Dem Ersten?« fragte Farrell.

»Nein, Zweiter.«

»Wie sind Sie aus Rußland entkommen?«

Olga begann, ängstlich dreinzublicken. B. J. hoffte, Farrell würde das merken und mit der Fragerei aufhören.

»Sie müssen nicht darüber sprechen, wenn Sie nicht wollen, Olga«, sagte Farrell sanft. »Aber erzählen Sie uns doch, wie Sie in den Besitz des Mondeis gekommen sind.«

Olga holte tief Luft, und B. J. zoomte näher an ihr Gesicht heran. Die Kamera hielt ein nervöses Zucken in Olgas rechtem Augenwinkel fest.

»Mein Vater arbeiten in Fabergé-Studio in St. Petersburg. Berühmter Werkmeister. Macht viel schöne Dinge für Zar und Königshof. Ganz besonders macht Ostereier für Zar, Geschenk für Zarin und seine Mutter für unseren heiligen Tag. Mein Vater arbeiten an diesen Eiern.«

Olga hielt inne, und ihre Augen schossen von Farrell zur Kamera und wieder zurück, so daß sie auf B. J. wie ein verängstigtes Kaninchen wirkte.

»Sehen Sie mich einfach an, Olga«, wies Farrell sie sanft an. »Vergessen Sie die Kamera. Entspannen Sie sich, und reden Sie mit mir, als ob nur ich hier wäre.«

»Nach Sturz von Zar und Königsfamilie überall Chaos in unserem Land. Revolutionäre übernehmen alles. Kommen ins Studio und nehmen alles für neue Regierung des Volkes.«

»Alles?«

Entdeckte die Kamera da ein Lächeln in Olgas Blick?

»Na ja, nicht alles. Manche Arbeiter verstecken Sachen. Mein Vater versteckt Mondei.«

»Könnten Sie uns jetzt das Mondei zeigen, Olga?«

50 *Mittwoch*

B. J. schob das Videoband in den Recorder und spulte es an die Stelle, kurz bevor sich das Mondei öffnete und der Komet aus diamantenen Sternen erschien. Dann lehnten Farrell und er sich zurück, und sie warteten auf Range Bullock.

Farrell fragte sich, ob B. J. ihre Anspannung spürte. In dem Augenblick, in dem sie Olgas Mondei gesehen hatte, hatte sie gewußt, daß es echt war. Sie war sich absolut sicher. Auch wenn sie keine Expertin für Edelsteine oder Antiquitäten war und nicht besonders viel über russische Geschichte oder Schmuckdesign wußte. Die machtvolle Wirkung dieses Kunstwerks hatte sie überwältigt, und sie hatte instinktiv gewußt, daß sie Nikolaus' Geschenk für seine geliebte Alexandra vor sich sah. Würde Range das auch sehen? Oder würde er es ablehnen, weil sie die Botin war, die es ihm brachte?

»Laßt mal sehen.« Der Chefproducer tauchte in der Tür zum Videoraum auf.

Während B. J. den Startknopf drückte, beobachtete Farrell Ranges Gesicht und versuchte, seine Reaktion abzulesen. Skepsis. *Das ist sein Job,* dachte Farrell. *Er muß die Fakten sichern. Nimm es nicht persönlich, er beurteilt nicht dich. Er beurteilt die Fakten der Story.*

»Interessant«, brummte er, als B. J. das Band stoppte. »Das ist also die alte russische Emigrantin, die dieses angebliche Fabergé-Ei hat?«

»Ja. Und sie hat es die ganzen Jahre über versteckt und wollte nicht, daß jemand erfährt, daß sie es besitzt.« Farrell wartete.

»Und der Leiter eines der führenden Auktionshäuser der Welt, der ein anerkannter Experte für Fabergé ist, hat das Ei, das letzte Woche versteigert wurde, für echt erklärt?«

»Ich weiß, daß es unglaublich klingt, aber die Antwort lautet ja.« Farrell schlug das Herz bis zum Hals.

Angespanntes Schweigen herrschte im Raum, als Range sich an den Türpfosten lehnte und über die unwahrscheinliche Story nachdachte. Farrell spürte, wie ihr das Blut in den Ohren rauschte und ihr Gesicht sich rötete, während sie auf seine Antwort wartete.

»Möglich ist schließlich alles«, sagte er schließlich. »Aber wir brauchen mehr als das, bevor wir die Story bringen können.«

»Ich mache heute nachmittag ein Interview mit dem FBI. Mal sehen, was ich dort kriegen kann«, sagte Farrell, bemüht, ihre Enttäuschung zu verbergen.

»Gut. Laß mich wissen, was du herausgefunden hast.« Als Range den Videoraum verließ, fragte er sich, ob er Farrell vielleicht Unrecht getan hatte.

51

Als Farrell im New Yorker Hauptquartier des FBI wartete, hatte sie sich schon eine gewisse Vorstellung von ihrem Gesprächspartner gemacht. Er würde durchtrainiert, ein ausgezeichneter Schütze und wahrscheinlich ein ziemlich zynischer Patriot sein, außerdem bestimmt jemand, der immer unbedingt Herr der Lage sein mußte. Dieser Kerl würde keinen besonderen Wert darauf legen, Reichtümer anzuhäufen. Bei der Bundespolizei wurde niemand reich.

Farrell hatte nicht damit gerechnet, daß Special Agent Jack McCord ihr gut gefallen würde.

Seine Augen. Durchdringend blau. Sie hefteten sich auf ihre, sobald er den Raum betreten hatte. Begleitet wurde er vom Pressesprecher des FBI, Fred Behrends. Farrell wußte, daß Behrends hier war, um McCord in die Schranken zu weisen, um sicherzustellen, daß der Ermittler nicht zuviel verriet.

Nachdem sich alle die Hand gegeben und auf den Metallstühlen Platz genommen hatten, die das spärlich möblierte Büro schmückten, fragte Behrends: »Was können wir für Sie tun, Miss Slater?«

Wieso war sie plötzlich nervös? Sie hatte in ihrer Laufbahn

schon Hunderte von Interviews geführt. Für gewöhnlich merkte sie, daß ihre Interviewpartner viel eingeschüchterter waren als sie selbst. Warum schlug ihr Herz schneller, wenn Jack McCord ihr tief in die Augen blickte? Sie merkte, wie ihre Wangen heiß wurden. Der Fuß ihres übergeschlagenen Beins zuckte, und sie wünschte, sie hätte sich etwas Besseres als die graue Flanellhose und den blauen Rollkragenpullover aus Merinowolle angezogen. Warum hatte sie sich vor diesem Termin nicht die Zeit genommen, ihr Make-up aufzufrischen?

Kein Wunder, daß sie seit über einem Jahr kein Rendezvous mehr gehabt hatte.

Farrell räusperte sich. »Ich arbeite an einer Story über Kunstfälschung – genauer gesagt, über die Fälschung von Fabergé. Und ich möchte wissen, was das FBI in dieser Sache unternimmt.«

»Was genau meinen Sie?« fragte Agent Behrends.

»Nun, wir haben erfahren, daß ein Fabergé-Osterei, das kürzlich versteigert wurde, eine Fälschung sein könnte.«

Keiner der beiden Agenten verzog eine Miene. *Echte Profis*, dachte Farrell.

»Meinen Sie das Mondei, das gerade erst bei Churchill's versteigert wurde?« fragte McCord.

»Wo Sie so direkt fragen, ja.«

»Und wie kommen Sie zu der Annahme, daß es nicht echt sein könnte?«

»Eine Information aus einer Quelle, die mit Gewißheit sagen kann, wo sich das echte Mondei befindet.«

»Haben Sie das angeblich echte Ei gesehen?«

Moment mal, ich bin diejenige, die hier die Fragen stellen sollte, dachte Farrell. Das Gefühl, von McCord in die Mangel genommen zu werden, gefiel ihr nicht.

»Ja, habe ich«, gab Farrell zu.

»Nun, Ms. Slater, das FBI wäre sehr daran interessiert, dieses andere Ei zu sehen. Was meinen Sie, wie ließe sich das einrichten?«

»Da kann ich nichts für Sie tun, unmöglich, Agent McCord.«

»Ihnen ist natürlich klar, daß Sie als Bürgerin der Vereinigten Staaten verpflichtet sind, alle Informationen weiterzugeben, die zur Aufdeckung eines Verbrechens führen könnten.«

»Sicher, aber meine Quelle hat nichts mit einem Verbrechen zu tun«, entgegnete Farrell spitzfindig. »Wenn das, was ich erfahren habe, wahr ist, dann ist ihres das echte Mondei, aber das ist kein Vergehen. Das Gesetz ist gebrochen worden, als ein gefälschtes Ei als echt versteigert wurde. Da sind Sie gefragt. Welche Ermittlungen führt das FBI, wenn überhaupt?«

Farrell war klar, daß sie bei McCord einen Nerv getroffen hatte, als sie sah, wie er die Zähne zusammenbiß. Behrends schaltete sich ein, ehe der andere in seiner Wut etwas sagen konnte.

»Wir geben keine Kommentare zu laufenden Ermittlungen ab, Miss Slater. Aber seien Sie versichert, wir nutzen unsere beträchtlichen Informationsquellen, um alle und jeden zur Strecke zu bringen, die das Gesetz brechen.«

52

»Die Rechtsabteilung hat angerufen. Das FBI will eine Liste von Leuten, die schon häufiger Fabergé gekauft und eingeliefert haben.« Meryl hakte den nächsten Punkt auf ihrer Liste ab.

Die Rechtsabteilung von Churchill's arbeitete gut mit dem FBI zusammen – das war bei allen größeren Auktionshäusern so. Beide Seiten tauschten routinemäßig Informationen aus. Es ließ jedoch Montgomerys Alarmglocken klingeln, daß die Behörde etwas über diese besondere Kundengruppe erfahren wollte.

Er überlegte rasch. Wenn er die Liste nicht freiwillig aushändigte, würde das einen schlechten Eindruck machen und den Verdacht aufkommen lassen, daß etwas nicht in Ordnung war. Und wenn er sich weigerte, konnte das FBI die Information einfach unter Androhung einer Vorladung einfordern.

Es war klüger, sie einfach zu übergehen. Der Einlieferer des Eis stand sowieso nicht auf der Liste.

»Kein Problem. Gib sie ihnen. Wir wollen, wann immer es möglich ist, mit ihnen zusammenarbeiten.«

Montgomerys Stimme verriet nicht, wie beunruhigt er war. Was zum Teufel hatte das FBI mit dieser Liste vor?

53

Es war niemals leicht. Niemals einfach. So war es nun mal im Leben. Man erledigte ein Problem, und das nächste trat an seine Stelle.

Misha war beseitigt. Jetzt das.

Sie zu erledigen würde einfacher sein. Eine wehrlose, zerbrechliche, uralte Frau, die allein in einer winzigen Gartenwohnung lebte. Keine große Sache.

Sei nur nicht so großspurig, Großmaul. Es war schon eine große Sache. Eine sehr große Sache. Eine Sechs-Millionen-Dollar-oder-ab-ins-Gefängnis-Sache. Und so würde es nicht enden. Ganz sicher nicht. Nicht nach all den Jahren harter Arbeit, die es gekostet hatte, um bis hierher zu kommen. Nicht nach all den mühsamen Nachforschungen und Planungen.

Vielleicht würde Olga nicht sterben müssen. Nach der Schweinerei mit Misha war die Vorstellung eines weiteren Mordes abstoßend. Vielleicht ließ es sich vermeiden.

Ja. Eigentlich war es nur erforderlich, an das echte Ei heranzukommen. Das würde reichen. Ein Mord war nicht nötig. Ohne das Ei würde sie keine Bedrohung mehr darstellen. Die ängstliche alte Seele würde nicht zur Polizei gehen.

Aber wenn sie letzten Endes doch getötet werden mußte, dann würde es ganz bestimmt nicht so ablaufen wie beim letzten Mal. Es war widerlich gewesen, Misha zu beseitigen, und noch dazu viel zuviel Arbeit. Wenn es so weit kam, würde es dieses Mal viel einfacher sein. Zumindest für die Person, die das Töten übernahm.

54

Tony hielt Meryl, die Churchill's eilig verließ, in seinem Kosakenkostüm die Tür auf. Sie war spät dran für ihre Verabredung mit B. J.

»Wie lange lassen sie dich diesen Aufzug eigentlich noch

tragen, Tony?« fragte Meryl ihn. Er wartete mit ihr am Bordstein, um ihr ein Taxi herbeizuwinken.

»Noch ein paar Wochen, Miss Quan. Aber es macht mir nichts aus. Es ist gut fürs Geschäft, und hey, es hält mich außerdem warm.«

Meryl glitt in das geöffnete Taxi und hörte, wie Eartha Kitt sie anknurrte, sie solle den Gurt anlegen. Der Geruch von Curry hing in der Luft des Taxis, und trotz der Kälte kurbelte sie das Fenster ein Stück hinunter, um die frische Abendbrise hineinzulassen.

Das Auto fuhr durch den Central Park zur Upper West Side und ließ sie an den Kinos am Lincoln Platz aussteigen. B. J. wartete direkt hinter der Eingangstür. Er küßte sie zur Begrüßung.

»Komm. Ich habe schon Karten. Es geht gleich los.«

Sie stiegen die Stufen der Rolltreppe empor und ließen sich nicht automatisch zu den Kinos im ersten Stock hinauftragen.«

»Popcorn?« bot B. J. an, als sie an dem neonbeleuchteten Erfrischungsstand vorbeikamen.

»Nein danke. Später.«

Sie fanden in dem bereits abgedunkelten Kinosaal zwei Plätze nebeneinander und setzten sich, als die Werbung gerade vorbei war. Der Film begann. Mit Tom Cruise, ihrem Liebling.

Aber Meryl stellte fest, daß sie sich nicht auf das konzentrieren konnte, was auf der großen Leinwand vor sich ging, so sehr sie sich auch bemühte. Diese Fabergé-Sache machte ihr zu schaffen. Erst die Producerin von *KEY News*, dann das FBI. Irgend etwas stimmte da nicht, das war ihr klar. Und sie wollte nicht in die Sache verwickelt werden. Wenn irgend etwas Illegales lief, dann wollte Meryl nichts damit zu tun haben. Sie hatte sich immer bemüht, auf ehrlichem Weg voranzukommen, und das mit Erfolg: Ihre junge Karriere lief gut. Sie wollte nicht an irgendeinem Skandal beteiligt sein.

»Was meinst du?« fragte B. J., als die Lichter wieder angingen.

»Gut.«

»Du machst Witze, oder? Er war zum Kotzen.«

Meryl zwängte sich in ihren Mantel. »Ich weiß nicht, B. J. Ich konnte mich einfach nicht konzentrieren.«

»Komm. Laß uns etwas essen gehen, dann können wir uns unterhalten.«

Sie gingen in der frostigen Frühjahrsluft ein paar Blocks Richtung Norden und betraten ein kleines italienisches Restaurant im Erdgeschoß eines Sandsteingebäudes ganz in der Nähe des Central Parks. Ein paar falsche Fresken, alle in Pastellfarben, waren an die Wände des Speiseraums gemalt. Auf den mit weißen Tischtüchern gedeckten Tischen flackerten Weihkerzen. Der Oberkellner mit Pferdeschwanz führte sie zu einem kleinen Tisch im hinteren Teil.

»La signorina è bellissima stasera.« Als er ihr den Stuhl zurechtrückte, machte er Meryl ein Kompliment in einem für ihre Ohren übertriebenen italienischen Akzent. Wahrscheinlich sprach in Wirklichkeit niemand von den Leuten, die hier arbeiteten, Italienisch. Die Kellner waren vermutlich arbeitslose Schauspieler.

In letzter Zeit hatte Meryl häufiger das Gefühl, in einer Welt zu leben, in der die Dinge nicht das waren, was sie vorgaben zu sein. Sie wußte nicht mehr, was sie glauben sollte. War Clifford ein Betrüger? Hatte er wissentlich ein gefälschtes Fabergé-Ei für echt erklärt?

B. J. bestellte eine Flasche Chianti. Meryl trank das erste Glas in einem Zug aus und setzte das zweite Glas sofort an.

»He, langsam«, lachte B. J. »Wenn du nicht aufpaßt, bist du gleich dicht, und ich kann über dich herfallen.«

Meryl lächelte schwach und zupfte ein Stück italienisches Brot von dem Laib, der in dem Korb auf dem Tisch lag. Sie wollte mit B. J. über das sprechen, was vor sich ging, aber sie wollte Clifford gegenüber auch nicht unloyal sein, indem sie verriet, was im Büro vorgefallen war. Andererseits konnte es nicht so schlimm sein, B. J. davon zu erzählen, wenn Clifford nichts Unrechtes getan hatte.

»Weißt du, ich wollte dich etwas fragen.« Sie bemühte sich, beiläufig zu klingen. »Kennst du beim *KEY* jemanden namens Farrell Slater?«

»Klar. Farrell und ich arbeiten dauernd zusammen. Sie war sogar die Producerin, für die ich an dem Tag gefilmt habe, an dem wir uns bei der Auktion kennengelernt haben. Wieso fragst du?«

»Ach, sie war neulich da, um mit meinem Boß zu sprechen, und als sie ging, war er ziemlich beunruhigt.«

»Beunruhigt wegen des Fabergé-Mondeis?« soufflierte er.

Meryl fiel die Kinnlade herunter. »Woher weißt du das?«

»Nach dem, was ich heute gesehen habe, hat dein Boß allen Grund, beunruhigt zu sein.«

55

Jetzt, nachdem die Fernsehleute fort waren, erschien ihr der Schrank nicht mehr sicher. Ihr Schatz mußte woanders aufbewahrt werden, wo er sicherer war, wo ihn niemals jemand finden würde.

Olga wußte, wo sie ihn verstecken würde. Niemand würde auf die Idee kommen, dort zu suchen.

Sie hob das juwelengeschmückte Ei aus seinem goldenen Nistkasten. Olgas welke Hände zitterten, als sie das Mondei sorgfältig in drei dünne Plastiktüten aus dem Supermarkt wickelte, die Amerikaner nur einmal verwendeten und dann wegwarfen, sie selbst aber aufbewahrte.

Sie wickelte das Plastik so lange um das Ei, bis sie überzeugt war, daß keine Feuchtigkeit mehr an es dringen konnte. Dann schlurfte sie durch ihre kleine Wohnung, wobei ihre arthritisgeplagten Knie pochten, und schob das kleine Päckchen in die kühle, dunkelgoldene Brühe.

56 *Freitag der ersten Woche der Fastenzeit*

Russische Bauernweisheit

†

»Wer an diesem Freitag fastet,
wird keines plötzlichen Todes sterben.«

Wenn es an der Tür klopfte, wurde Olga immer nervös. Ihre Kindheit fiel ihr wieder ein. Wenn es damals klopfte, hatte sie Angst gehabt, die furchtbare russische Polizei käme, um ihren Vater abzuholen, wie sie auch ihren Freundinnen die Väter genommen hatte. Leningrad, wie St. Petersburg nach dem Sturz des Zaren und der Machtergreifung der Kommunisten genannt wurde, war eine gefährliche Stadt, eine tödliche Stadt. Voll Geflüster und dem Hall schwerer Schritte in der Nacht. Die kleine Olga kannte den Schrecken des Hämmerns an Wohnungstüren, die lauten, tiefen Stimmen, die Einlaß verlangten. Das Jammern und Klagen, das auf die Schreie folgte. Aber ihre Freundinnen hatten zwei Elternteile. Sie hatten Mütter, die zurückblieben, um sich um die Kleinen zu kümmern, wenn die Väter vom Schicksal heimgesucht wurden. Sicherlich würde die neue Regierung ihr nicht den Vater nehmen.

Ihre Mutter war tot, gestorben an den grausamen Verhältnissen des neuen Lebens. Der unbarmherzige russische Winter, der Mangel an Lebensmitteln und Medikamenten waren dafür verantwortlich. In Olgas Augen hatten die Kommunisten bereits ihre Mutter getötet. Sie würden ihr nicht auch noch den Vater nehmen.

Doch schließlich war das unbarmherzige Klopfen in der Nacht doch ertönt.

Jahrzehnte waren vergangen, doch noch immer hörte sie das Hämmern an der Holztür. Nachts träumte sie davon, es waren wilde, unruhige Träume, nach denen ihr Herz heftig pochte und ihre Haut sich kalt und feucht anfühlte. Selbst am Tage fürchtete sie sich vor dem leisen Klopfen, das von den anderen Wohnungstüren auf ihrer Etage zu ihr drang. Und wenn jemand an ihre Tür pochte, erzitterte sie.

Doch zum Glück klopfte es nur selten bei ihr. Pat, Peter, hin und wieder der Vermieter, Charlie, der gelegentlich etwas aus dem Deli vorbeibrachte. Sie lebte zurückgezogen. Sie wollte keine Schwierigkeiten.

Die Kerze unter der Ikone der Heiligen Jungfrau mit ihrem kleinen Sohn flackerte. *Heilige Mutter, schütze uns*, betete sie, als sie sich nach dem dritten Klopfen zur Tür schleppte. »Wer ist da?«

57

Sorgfältig durchsuchte und prüfte Olgas Besucher jeden Winkel und jede Ritze der kleinen Wohnung, peinlich darauf bedacht, alles wieder an Ort und Stelle zu legen. Es mußte so wirken, als würde nichts fehlen.

Einen Augenblick lang hatte er geglaubt, seine Suche wäre doch noch von Erfolg gekrönt. Der unverwechselbare Fabergé-Kasten aus gelbem Samt lag unter den Decken unten im Schlafzimmerschrank. Doch als er ihn in die Hand nahm, war er zu leicht.

Leer!

Wo war das Mondei?

Denk nach. Nicht in Panik geraten. Niemals in Panik geraten. Der Besucher sah sich weiter um. Die Sekunden wurden zu Minuten. Die Suche blieb erfolglos. Nichts. Wo war es?

Er mußte verschwinden. Es war zu gefährlich, noch länger zu bleiben.

Wenn das Mondei nicht zu kriegen war, dann mußte zumindest seine Besitzerin – die Person, die es zutage fördern konnte, die belegen konnte, daß es existierte – aus dem Weg geschafft werden. Das ergab Sinn.

Sorgfältig legte der Besucher die alte Dame auf das schmale Bett. Es würde so aussehen, als habe sie geschlafen, als das Feuer ausbrach.

Die geweihte Kerze wurde angehoben, so daß die weiße Leinenstola, die über der goldenen Ikone von Christus und seiner Mutter lag, Feuer fing.

58 *Samstag*

Das schrille Klingeln des Telefons weckte Farrell aus dem Tiefschlaf. Der Wecker auf ihrem Nachttisch zeigte zwei Uhr morgens.

In dem kurzen Moment, den sie brauchte, um nach dem Hörer zu greifen, überkam sie ungewöhnlicherweise eine Vorahnung. Die meisten Menschen glaubten zwar, ein Anruf mitten in der Nacht bedeute, daß einem Familienmitglied etwas zugestoßen war, doch für jemanden, der in der Nachrichtenbranche arbeitete, konnte ein nächtliches Klingeln alles bedeuten. Ein Flugzeugabsturz, ein Krieg, ein Attentat.

»Farrell ... hier ist Peter. Peter Devereaux.« Farrell hörte die Angst in der Stimme des jungen Mannes.

»Peter, was ist los? Was ist passiert?«

»Olga. Ein Feuer. Oh, mein Gott.«

Farrell rappelte sich auf und knipste die Nachttischlampe an. Ihre Augen tränten, bis sie sich an das Licht gewöhnt hatten.

»Peter, hol tief Luft und erzähl mir, was passiert ist. Zuallererst: Wo bist du?«

»Ich bin im Pascack-Valley-Krankenhaus.«

»Wo ist deine Mutter?«

»Sie redet mit dem Arzt auf der Intensivstation.«

Es stand also schlimm.

»Was ist passiert?«

»In Olgas Wohnung hat es gebrannt. Ich weiß nicht, wie es dazu gekommen ist. Aber sie ...« Seine Stimme versagte, und Farrell hörte, daß er sich Mühe gab, nicht zu weinen. Armer Junge.

»Wie schlimm sind ihre Verbrennungen?« Ihr gingen Bilder von rohem Fleisch, nässenden Blasen und schmerzhaften

Hauttransplantationen durch den Kopf. Verbrennungen waren das schlimmste. Die Schmerzen waren unerträglich. In Farrells Schlafzimmer war es warm, doch die Vorstellung ließ sie erschauern.

»Ich weiß nicht. Aber sie ist bewußtlos, und der Arzt hat Mom gesagt, daß es nicht gut aussieht.«

Jetzt konnte Peter sich nicht mehr beherrschen. Farrell hörte, wie ihm die Stimme brach.

»Farrell, es ist meine Schuld. Ich weiß es. Ich hätte mein Versprechen halten müssen.«

59

Das Taxi setzte Farrell am Pascack-Valley-Krankenhaus ab. Pat und Peter warteten in der Eingangshalle.

»Danke, daß du den weiten Weg hergekommen bist«, sagte Pat, als sie Farrell fest in die Arme schloß. »Peter hat mir gesagt, daß er dich angerufen hat. Es ist uns beiden ein Trost, daß du bei uns bist.«

»Keine Ursache. Wie geht es Olga? Wie schlimm sind ihre Verbrennungen?«

»Zum Glück hat sie keine Verbrennungen. Der Rauch war das Problem. Sie muß das Bewußtsein verloren haben und gestürzt sein und sich dabei den Kopf gestoßen haben. Sie kommt nicht wieder zu sich.«

»Was sagen die Ärzte?«

»Es sieht nicht gut aus. In Olgas Alter steckt man so etwas nicht so leicht weg.« Pats Stimme zitterte.

Peter legte den Arm um seine Mutter. Sie lehnte den Kopf

an die Schulter ihres Sohnes. »Ach, Peter, es ist so traurig.« Pat begann zu weinen.

Farrell sah Peters gequälte Miene.

»Es ist nicht deine Schuld, das weißt du doch«, flüsterte Farrell.

Pat sah sie verwirrt an. »*Deine* Schuld? Wie kommst du auf die Idee? Es war ein Unfall.«

Peter nickte stumm. Farrell beobachtete den jungen Mann und hoffte, er würde seiner Mutter erzählen, was ihm zu schaffen machte. Aber er senkte nur den Kopf und sagte nichts. Pat sah ihren Sohn prüfend an. »Peter, Liebling, natürlich ist es nicht deine Schuld. Der Feuerwehrhauptmann hat gesagt, daß die Kerze, die Olga immer brennen ließ, das Feuer ausgelöst hat. Du hast nichts damit zu tun.«

60

Professor Tim Kavanagh fur den Garden State Parkway hinauf. Er mußte unbedingt zu Pat und Peter. Er hoffte, daß Pat das nicht für zu anmaßend halten würde. Schließlich hatten sie sich erst einmal getroffen.

Doch als Pat ihm am Telefon gesagt hatte, daß sie ihr zweites gemeinsames Abendessen absagen müsse, hatte er die Besorgnis in ihrer Stimme heraushören können. Und weil er Peters Verhältnis zu der alten Dame kannte, wußte Kavanagh, daß die beiden ein wenig moralischen Beistand brauchen konnten. Er wollte in ihrer Nähe sein.

Er dachte an den Stapel unkorrigierter Arbeiten auf seinem Schreibtisch und seufzte. Der würde warten müssen.

Das war sein Leben. Ein Semester folgte auf das andere. Jede neue Russischklasse erfüllte kaum die Mindestanforderungen für die Teilnahme. Nachdem der Kalte Krieg vorüber war, schienen sich nur noch wenige Studenten für Rußlands Vergangenheit oder Gegenwart zu interessieren. Nur ganz selten war jemand dabei, der sich wirklich für das Thema begeisterte. Jemand wie Peter.

Natürlich wirkte Seton Halls Fachbereich für Diplomatie sehr vielversprechend. Er hatte an der Gründung der neuen Fakultät mitgewirkt, als der Verband der Vereinten Nationen einen akademischen Partner gesucht hatte, der zukünftig Fachleute für internationale Beziehungen ausbilden sollte. Der Professor war gerne bereit gewesen, an dieser Fakultät zu lehren, und bot Kurse an, die speziell auf die zunehmende Anzahl von Studenten ausgerichtet waren, die aus aller Welt nach Seton Hall kamen und der Universität jetzt weltweit Anerkennung verschafften.

Tim warf einen Chip in den Korb an der Mautstelle Hillsdale Plaza und kurbelte das Autofenster zum Schutz gegen die kalte Nachtluft wieder hoch. Ein champagnerfarbener Lexus LS400 fuhr vor seinem braunen Altima her und kam ihm an der Ausfahrt 168 zuvor. Liebend gerne hätte er einen Lexus, dachte er sehnsüchtig, aber ein angestellter Professor mit einem Jahresgehalt von 60 000 Dollar konnte nicht mit einem Auto herumfahren, das 50 000 Dollar kostete. Das wäre nicht nachvollziehbar. Es würde Gerede geben.

Nein. Er mußte sich mit seiner wachsenden Fabergé-Sammlung zufriedengeben. Das Bewußtsein, daß er das mit der russischen Herrscherfamilie gemeinsam hatte, verschaffte Tim Kavanagh großes Vergnügen und Befriedigung. Was gut genug für die Zaren war, war auch gut genug für ihn.

61

In Olgas Wohnung gab es kaum etwas, das sich zu retten lohnte. Was das Feuer nicht verkohlt hatte, war vom Rauch geschwärzt und vom Löschwasser durchnäßt worden.

Farrell und Tim begleiteten Pat und Peter, um den Trümmerhaufen zu begutachten.

»Es ist ein Wunder, daß sie überlebt hat.« Farrell sprach flüsternd aus, was die anderen nur dachten.

Farrell und Peter gingen geradewegs auf das Schlafzimmer zu. Das Bettgestell erinnerte an Holzkohle in einem Grill. Ein kleiner Spiegel hing immer noch an der Wand, doch eine dikke, schwarze Rußschicht verhinderte, daß sich etwas darin reflektierte.

Der Schlafzimmerschrank war fest geschlossen. Farrell und Peter warfen einander einen Blick zu, bevor sie ihn aufstemmten. Olgas Kleider hingen sorgfältig und ordentlich an der Stange, auf dem oberen Brett lagen einige Hüte und Olgas braune Lederbrieftasche. Peter bückte sich, um unter der Decke auf dem Schrankboden zu suche. Er fand, wonach er suchte. Rasch öffnete er den gelben Samtdeckel der Schachtel. Sie war leer.

»Es ist weg!« flüsterte er Farrell zu.

Die vier bahnten sich weiter ihren Weg durch die verschmorten Trümmer auf dem Boden und suchten nach erkennbaren Überresten aus Olgas Leben. In der Luft hing der beißende Gestank des versengten Wollteppichs, der jetzt durchnäßt unter ihren Füßen lag. Sie sprachen kaum, während sie ihrer düsteren Erkundung nachgingen; die Stille wurde nur von einem gelegentlichen Husten unterbrochen, wenn ihre Lungen sich gegen die vergiftete Luft in der Wohnung wehrten.

Peter war es, der die Kühlschranktür öffnete, in dem ein Stück glänzende, gelbe Butter auf einem durchsichtigen Glasteller lag. Ein Stückchen Lachs schimmerte durch Frischhaltefolie und wartete darauf, daß Olga sich ihr einsames Mahl zubereitete. Ein halber Laib dunkles Pumpernickel lag bereit, um mit dem selbstgemachten Auberginen-»Kaviar« bestrichen zu werden, der drei große Einmachgläser füllte.

Peter stand da und starrte in den Kühlschrank.

»Komm schon, Liebling«, sagte Pat und legte ihrem Sohn den Arm um die Schultern. »Wir können hier nichts mehr tun. Laß uns gehen.« Dann fügte sie in echter Muttermanier hinzu: »Hier, Schatz. Nimm dir Olgas ›Kaviar‹. Sie hat es immer genossen, dir welchen zu machen, und sie würde bestimmt wollen, daß du ihn dir nimmst.«

Sie sah hinüber zu Farrell und Tim und forderte sie auf, sich auch ein Glas mitzunehmen.

62 *Zweiter Sonntag der Fastenzeit*

Nach seiner zweiten Joggingrunde um den See im Central Park kehrte Jack durchnäßt vom kalten Regen nach Hause zurück. Er liebte diesen Lauf am Sonntagmorgen, der ihm die Gelegenheit bot, etwas Anspannung abzubauen und seine Gedanken zu ordnen. In letzter Zeit drehten sich seine Gedanken hauptsächlich um seinen Fauxbergé-Fall.

Meryl Quan war eine unbezahlbare Informationsquelle. Sie hatte Jack eine Liste aller Leute geliefert, die bei Churchill's wiederholt Fabergé eingeliefert oder gekauft hatten. Sie sagte, ihr Boß sei damit einverstanden gewesen. Natürlich mußte McCord eine Vorladung erwirken, wenn er sie auch vor Gericht verwenden wollte.

Wenn es darauf hinauslief, würde es kein Problem sein, die richterliche Verfügung zu bekommen. Im allgemeinen arbeiteten Churchill's und das FBI jedoch effektiv zusammen. Das war für beide Seiten von Vorteil. Wenn die Fachleute von Churchill's den Verdacht hatten, daß gestohlenes Eigentum zur Versteigerung angeboten wurde, benachrichtigten sie sofort das FBI. Dafür wandte sich das Büro an das Auktionshaus, wenn es erfuhr, daß etwas gestohlen worden war.

Einerseits hatte Churchill's eine persönliche Beziehung zu seinen Kunden, doch andererseits wollte das Haus auch keine Schwierigkeiten, wollte keine illegale Ware kaufen und verkaufen. Und in der Regel wußten die Kunden von Churchill's, die Gegenstände zur Versteigerung anboten, gar nicht, daß sie gestohlene Güter gekauft hatten.

Jack war immer wieder erstaunt, wie bereitwillig die Öffentlichkeit für gewöhnlich mit dem FBI kooperierte. Sicher, die Bundespolizei hatte seit der Zeit, in der J. Edgar Hoover die Behörde regiert hatte, einige schwere Schläge hinnehmen müssen. Damals hatte das amerikanische Volk die Bundeskriminalpolizei mit Ehrfurcht und absolutem Respekt betrachtet. Doch nachdem Hoover gestorben war und einige der weniger schönen Tatsachen über die Arbeitsweise des FBI unter ihm ans Tageslicht gekommen waren, hatte der makellose Ruf gelitten. Die Patzer in Waco und Ruby Ridge hatten zusätzlich dazu geführt, daß die Öffentlichkeit begriffen hatte, daß das FBI nicht aus den unfehlbaren Special Agents des Hoover-Mythos', sondern hauptsächlich aus engagierten, gut ausgebildeten Männern und Frauen bestand, die manchmal aber auch Fehler machten.

Dennoch hatte Jack den Eindruck, daß die Öffentlichkeit

im großen und ganzen dem FBI immer noch allzu gerne glaubte. Für den durchschnittlichen amerikanischen Bürger war es ein tröstlicher Gedanke, daß die Bundesregierung ihr Bestes gab, ihn zu schützen. Und sie wollten sie unterstützen, wo immer sie konnten. Dann meldete sich Jacks zynischere Seite zu Wort. *Seien wir doch mal ehrlich*, dachte er, *niemand will es sich mit dem FBI verderben. Die Leute haben einfach Angst.* Zu Recht.

Jack dachte an Farrell Slater. Die kooperierte kein bißchen. Die *KEY*-Producerin mit den großen braunen Augen schien sich einen Dreck darum zu scheren, ob sie sich mit dem FBI anlegte. In ihrer Position bei einem großen Nachrichtensender hatte sie wahrscheinlich keine Angst, daß er ihr das Leben schwermachen könnte.

Sei dir da nicht so sicher, Farrell.

63 *Montag*

Es war ein Kinderspiel, an der Sicherheitskontrolle im Krankenhaus vorbeizukommen. Man mußte ihnen nur erzählen, man sei ein Verwandter, und sie ließen einen passieren. *Tu einfach so, als sei es das Natürlichste auf der Welt, daß du zu Besuch kommst. Sag, daß Olgas Ärzte es genehmigt haben.*

Wenn man einmal an der Anmeldung vorbei war, hatte man es geschafft. Die Krankenschwestern und Pfleger waren ohnehin zu beschäftigt, um zu fragen, was man wollte.

Olga lag schmal und zerbrechlich auf dem gestärkten weißen Krankenhauslaken. Die blaue Baumwolldecke war sorgfältig um sie festgesteckt, und so würde es mit aller Wahrscheinlichkeit auch bleiben, bis am Morgen eine Schwester käme und sie wegzog, um die alte Frau zu versorgen, sie mit einem Schwamm zu waschen, ihr vielleicht die alten Glieder zu massieren.

Graue Lider bedeckten Olgas tiefliegende Augen. Würden sie sich jemals wieder öffnen?

Es bestand die Aussicht, daß die Natur ihren Lauf nahm. Olga hatte ein langes Leben hinter sich. Es hätte sowieso bald geendet. Das hier beschleunigte die Dinge nur ein wenig. Aber wenn sie es überstand, wenn sie durchkam... Es war unbedingt erforderlich zu wissen, wann die Arbeit zu Ende gebracht werden mußte.

64

Wieder ein Montagmorgen bei *KEY News*. Viele Montage würde es hier nicht mehr für sie geben.

Farrell hoffte, daß sie in den Gängen des Sendezentrums niemandem begegnete. Wenn sie in der Cafeteria oder auf der Damentoilette jemanden traf, den sie kannte, merkte sie, daß die Leute sich unwohl fühlten. Sie wußten nicht, was sie sagen sollten. Farrell wurde von dem ausgeschlossen, was für die anderen das A und O war. *KEY News*.

Farrell hatte dafür Verständnis. Es war eine verführerische Sache, das Nachrichtenwesen. Es verlieh einem Prestige, wenn man bei Cocktail- oder Dinnerparties vorgestellt wurde und die jeweiligen Berufe genannt wurden.

Aber zu wie vielen Dinnerparties ging sie schon, wenn sie ehrlich war?

Was Farrell immer gereizt hatte, war eher das Gefühl, ein Insider zu sein, zu wissen, was los war, bevor der Öffentlichkeit davon berichtet wurde. Dieses Gefühl hatte sie auch jetzt. Sie war aufgeregt, weil sie wußte, daß sie etwas auf der Spur war. Sie mußte die Fakten unbedingt sichern, damit sie die Story vorantreiben, die Konkurrenz schlagen konnte. Sie war sich ziemlich sicher, daß niemand außer ihr dieser Mondei-Geschichte nachging. Sie brannte darauf, sie zu senden. Doch widerwillig mußte sie sich eingestehen, daß Range Recht hatte. Sie brauchte mehr als ein Video von Olga, die das Ei hielt. Der andere Teil der Story mußte ausgeknobelt werden. Hatte der Präsident von Churchill's das Ei für echt befunden, obwohl er gewußt hatte, daß es eine Fälschung war? Oder hatte er einfach einen Fehler gemacht, der ihn seinen Ruf als Fachmann kosten und das Ansehen eines renommierten Auktionshauses ruinieren würde? Woher stammte das falsche Ei? Und wer hatte es gekauft und somit unwissentlich sechs Millionen Dollar für eine Fälschung ausgegeben?

Dann war da noch der beunruhigendste, traurigste Teil. Olga. Farrell betete, daß es nur ein Zufall war, daß das Feuer gerade jetzt in der Wohnung der Russin ausgebrochen war. Hoffentlich war es einfach ein merkwürdiges Zusammentreffen, das nichts damit zu tun hatte, daß Olga ihr kostbares Mondei hergezeigt hatte.

Farrell versuchte, sich selbst zu beruhigen. Die Aufnahmen von Olga mit dem Zaren-Ei waren noch nicht in den Abendnachrichten gezeigt worden. Die Öffentlichkeit hatte noch nichts gesehen. Das Video konnte dementsprechend niemanden auf Olgas Spur gebracht haben. Das Feuer mußte also ein Unfall gewesen sein. Bitte, Gott, das mußte es einfach.

65

Clifford Montgomery lief auf dem Perserteppich in seinem Büro bei Churchill's auf und ab. Er war abgespannt und besorgt und hatte seit Farrell Slaters Besuch nicht gut geschlafen. Was führte sie im Schilde? Was hatte sie herausgefunden? Er mußte es wissen. Es war nicht gerade förderlich, daß er nahezu von Dingen überschwemmt wurde, die für die noch anstehenden russischen Auktionen zu erledigen waren. Er hatte es sich angewöhnt, mehrere Nächte pro Woche auf der Couch in seinem Büro zu schlafen und sich morgens in der kleinen Garderobe frisch zu machen. Das gehörte zu den Vergünstigungen, wenn man Präsident von Churchill's war. Direkt neben seinem Büro konnte er ein paar saubere Hemden und einen Brooks-Brothers-Anzug deponieren und sich duschen.

Würde er eines Abends die *KEY Abendnachrichten* einschalten und hören, wie Moderatorin Eliza Blake den größten Skandal verkündete, den die Kunstwelt seit Jahren erlebt hatte? Würde alles, für das er so schwer gearbeitet hatte, zusammenbrechen, während alle Welt vor dem Fernsehen zuschauen konnte? Würde das Publikum seinem Ruin fasziniert zusehen?

Es wäre wohl besser, mit dem Feind auf Tuchfühlung zu gehen, damit man wußte, was er vorhatte.

Montgomery drückte auf die Gegensprechanlage. »Meryl, würden Sie bitte Farrell Slater bei *KEY News* anrufen und sie fragen, ob ich sie zu dem Vortrag über Kunstfälschung einladen darf, den ich im Metropolitan Museum halte?«

»Farrell Slater?« fragte Meryl überrascht.

»Das habe ich doch gesagt«, fuhr er sie an.

Wenn er sich mit Farrell anfreunden konnte, könnte er

sie vielleicht davon überzeugen, daß mit dem versteigerten Mondei alles in Ordnung war. Schließlich hatte sie gesagt, daß sie das andere Ei nicht selbst gesehen hatte und somit praktisch zugegeben, daß sie keinerlei Beweise hatte.

Es war einen Versuch wert. Wenn er sie nicht überzeugen konnte, würde er sich auf andere Weise mit Farrell befassen müssen.

66

Während sie die Telefonnummer von Pats Laden wählte, starrte Farrell auf den Rücken von Dean Cohen, der vor ihr an seinem Schreibtisch saß. Wie sehr es ihr auf die Nerven ging, sich das Büro mit ihm teilen zu müssen. *Nicht mehr lange,* dachte sie. Das war etwas Positives daran, *KEY News* zu verlassen.

Pat nahm beim zweiten Klingeln ab. »Kommissionsdepot.«

»Pat, ich bin's, Farrell. Wie geht es Olga?«

»Soweit unverändert«, antwortete Pat leise.

»Ist sie noch immer bewußtlos?«

»Ja.«

»Was sagen die Ärzte?«

»Nicht viel. Die sind ziemlich zugeknöpft. Sie meinen, wir müßten abwarten.«

Farrell hörte, daß es im Hintergrund läutete.

»Ich muß auflegen, Farrell. Kundschaft. Ich halte dich auf dem laufenden über Olgas Zustand.«

Als nächstes rief Farrell die Auskunft an. »Westwood, bitte. Ich brauche die Nummer der Feuerwehr.« Sie hatte das Gefühl, daß Dean ihre Telefonate belauschte. Fleißig, fleißig.

»Hallo, hier spricht Farrell Slater von *KEY News* in New York. Ich hätte gerne mit dem Feuerwehrhauptmann gesprochen.«

Farrell kritzelte auf ihrer Schreibtischunterlage herum, während sie darauf wartete, daß der Hauptmann ans Telefon kam. *Olga. Ei. Video. Feuer.* Hinter das letzte Wort malte sie sechs Ausrufezeichen.

Der Hauptmann kam ans Telefon, so schnell er konnte. Der Name *KEY News* hatte ihn von draußen hereinstürmen lassen.

»Nein, Ms. Slater, wir glauben nicht, daß es sich um ein Verbrechen handelte. Wir sind uns ziemlich sicher, daß die Kerze der alten Dame das Feuer verursacht hat. Es war ein Unfall.«

»Sind Sie sich da sicher?«

»Beinahe hundertprozentig.«

»Beinahe?«

Der Hauptmann zögerte einen Augenblick lang. »Na ja, was uns zu denken gibt, ist nur, daß die Wohnungstür nicht abgeschlossen war, als wir dort ankamen. Die meisten alten Menschen hier in der Gegend schließen immer ab. Obwohl wir gerne sagen, daß man sich in unserer Stadt sicher fühlen kann, haben wir hier eine Kampagne durchgeführt, um der Öffentlichkeit klarzumachen, wie wichtig die Vorsicht zu Hause ist. Und der Vermieter der alten Dame sagte uns, daß sie geradezu fanatisch darauf achtete, ihre Tür immer abzuschließen.«

Victor hatte es schon vor vielen Jahren entdeckt, als er noch ein kleiner Junge gewesen war – obwohl seine Mutter nichts davon wußte.

Hin und wieder kontrollierte er das Geheimfach im Sekretär aus Walnußholz, um zu überprüfen, ob sich etwas Neues darin befand. Im Laufe der Jahre hatte das Fach viele interessante Dinge hervorgebracht, Informationen, die ihm geholfen hatten, seine Mutter Nadine besser zu verstehen. Die Primaballerina. Die Legende.

Die Liebesbriefe waren schon immer sein liebstes Geheimnis gewesen. Die Briefe an Nadjia, ein Kosename, so nahm er an, für seine Mutter. Nadjia. Nadine. Ziemlich ähnlich. Aber wer war »V«? Wer war der Mann, der die verzweifelten Liebesnachrichten unterzeichnet hatte? Sein toter Vater war es nicht. Er hatte Michael geheißen. Seine Mutter mußte eine heimliche Affäre mit jemandem gehabt haben. Mit jemandem, der ihr viel bedeutet hatte, sonst hätte sie die Briefe, die so belastend waren, sicher nicht aufbewahrt.

Es hatte Victor immer fasziniert, sich vorzustellen, daß seine Mutter Geheimnisse hatte, mit einem anderen Mann als seinem Vater eine Beziehung gehabt hatte. Sie mußte ihn in der Zeit kennengelernt haben, die sie als Diplomatengattin in Rußland verbracht hatte. Die Briefe zeigten, wie einsam ihr Liebhaber ohne sie in St. Petersburg war. Hatte sie sich einsam gefühlt, wenn ihr Mann während des Kalten Krieges bis spät in die Nacht in der amerikanischen Botschaft gearbeitet hatte? Was hatte sie dazu getrieben, ein solches Risiko einzugehen? Das »V« machte ihm dennoch zu schaffen. Nicht viele Namen fingen mit diesem Buchstaben an. Die Tatsache, daß seine Mutter ihn, ihren einzigen Sohn, Victor genannt hatte, brachte ihn ins Grübeln. Er hatte sie jedoch niemals danach gefragt. Das hätte verraten, daß er ihr Versteck kannte.

Victor hatte das Fach schon eine Weile nicht mehr kontrolliert. Lange Zeit war nichts Neues mehr darin gewesen. In dem ruhigen, isolierten Leben seiner Mutter geschah nicht viel. Aber heute langweilte er sich, und es war einen Versuch wert. Nadine war oben und wurde massiert, und das würde mindestens noch eine Stunde dauern.

Seine klobige Gestalt wirkte in dem fein eingerichteten Büro fehl am Platz. Bauerntölpel. Vor Jahren hatte er zufällig einmal gehört, daß ein Zimmermädchen ihn so genannt hatte. Er bemühte sich, das Beste aus sich zu machen. Körperkraft war sein Trumpf, und er arbeitete hart daran, sie zu maximieren. Kraft- und Fitneßtraining gehörten zu seinem täglichen Programm. Das Fitneßstudio war seine Leidenschaft. Das Fitneßstudio und neuerdings Stacey Spinner. Sie machte es ihm leicht, sich gut zu fühlen. Sie sagte ihm ständig Komplimente über seinen Körper, wie gutaussehend er war. Bis auf seine Mutter hatte das noch nie jemand getan. Und irgendwie zählte seine Mutter nicht. Mütter mußten ihre Söhne loben. Victor fühlte sich in vielerlei Hinsicht wohl, wenn er mit Stacey zusammen war, und er wollte sichergehen, daß sie Teil seines Lebens blieb.

Victor setzte sich an den Schreibtisch aus Walnußholz, wobei seine mächtigen Muskeln die Hosennähte dehnten. Er öffnete die vertäfelten Türen an der Oberseite und tastete unter dem Regal nach dem Knopf. Sesam öffne dich.

68

Farrell beobachtete, wie Walter Cronkat und seine Freundin Jane Pawley gleichgültig an ihrem Abendessen kauten, während sie beunruhigt über ihre Unterhaltung mit dem Feuerwehrhauptmann aus Westwood nachgrübelte. Die Tatsache, daß Olgas Tür nicht abgeschlossen gewesen war, ließ ihr keine Ruhe. Obwohl sie betete, daß es nicht so sein möge, gelangte Farrell langsam zu der Überzeugung, daß das Feuer kein Unfall gewesen war. Und es ließ ihr auch keine Ruhe, daß Olga höchstwahrscheinlich dem Tode nahe im Pascack-Valley-Krankenhaus lag, nur weil sie das Mondei besaß. Das Mondei, das Farrell unbedingt hatte sehen wollen.

Die Fernsehproducerin schritt in ihrer Wohnung auf und ab, rückte das schiefe Schwarze Brett zurecht und schüttelte die Kelimkissen, die sie in Pats Laden gekauft hatte, ein zaghafter Versuch, das abgewetzte Sofa zu verschönern. Sie dachte an Peter, der ihr Olgas Geschichte voller Vertrauen erzählt hatte, daß Farrell wissen würde, was zu tun war. Sie hatte den Jungen enttäuscht, denn ihre Gier nach einer guten Story, einer Story, die ihre private Revanche würde, hatte sie unverantwortlich handeln lassen. Verdammt noch mal, sie hatte Peter zugesichert, daß Olga keine Schwierigkeiten bekommen würde, ohne überhaupt zu wissen, welche juristischen Konsequenzen es für die alte Frau mit dem geschmuggelten Ei wirklich geben würde. Und jetzt das Feuer.

Sie zog den dicken weißen Frotteemantel fester und faßte einen Entschluß.

Sie wollte es eigentlich nicht tun, aber es mußte sein. Sie mußte Jack McCord vom FBI anrufen und ihm von ihren Befürchtungen erzählen. Bevor noch jemandem etwas zustieß.

69 *Mittwoch*

Farrell stand vor der riesigen Treppe, die zum Metropolitan Museum of Art an der Fifth Avenue emporführte. Das massive Granitgebäude wurde von einem strahlend blauen Himmel eingerahmt, mit dem graubraunen Central Park zu beiden Seiten. Lange Fahnen in hellen Farben schlugen laut im kalten Wind und kündigten die Sonderausstellungen an, die im Inneren zu sehen waren. Eine in königlichem Purpur warb für »Rußland und die Romanows«. Farrell nahm sich vor, nach Clifford Montgomerys Vortrag einen Blick in die Ausstellung zu werfen.

Manchmal war New York einfach zauberhaft, dachte sie. So lebendig, so leidenschaftlich. Könnte sie wirklich wieder in einer Kleinstadt leben?

Erwartungsvoll stieg sie die Stufen hinauf. Das Hauptfoyer wimmelte vor Museumsbesuchern, die ihre Mäntel abgaben, mit den ehrenamtlichen Mitarbeitern am Informationstisch diskutierten, ihre Programmhefte studierten und überlegten, welche Schönheiten als erstes betrachtet werden sollten. Die Spannung, die in der Luft lag, war beinahe greifbar, die Aufregung, die Kunstwerke, die zu den sagenhaftesten und berühmtesten der Welt gehörten, aus nächster Nähe sehen zu können.

Ein grauhaariger Mann an dem runden Informationstisch beschrieb Farrell den Weg zum Vortragssaal. Sie gab ihren Trenchcoat ab und ging durch einen langen Gang mit griechischen und römischen Statuen, an einem kleinen Souvenirshop vorbei und einige Stufen hinunter in den Vortragsraum. Der Raum war beinahe voll besetzt, und Clifford Montgomery hatte schon begonnen.

»Kunstfälschung gibt es seit über fünftausend Jahren, seit

der Mensch kreativ geworden ist. In der Kunstwelt vergeht kein Monat, in dem nicht davon berichtet wird, daß wieder eine neue, fabelhafte Fälschung aufgedeckt worden ist oder daß jemand nach Strich und Faden ausgenommen wurde, weil er eine zwar teure, gut gemachte Nachahmung erstanden hat, die aber trotzdem nur eine Nachahmung bleibt.«

Montgomery sprach gewandt und gestaltete seinen Vortrag interessant. Mit Hilfe von Dias zeigte er dem Publikum Beispiele für berühmte Fälschungen aus verschiedenen Jahrhunderten. Teile der Bibel waren gefälscht. Im vierzehnten Jahrhundert hatte ein bekannter Fälscher gestanden, das Grabtuch Christi aus Turin gefälscht zu haben, doch erst in den neunziger Jahren des 20. Jahrhunderts wurde diese Fälschung aufgeklärt. Es war bekannt, daß Renoir einige seiner besseren Arbeiten kopiert und als »Originale« verkauft hatte, wenn er das Geld brauchte, um nicht zu verhungern. Die Liste war endlos.

»Und somit, meine Damen und Herren«, schloß Montgomery, »entlasse ich Sie mit den Worten von Horaz, der die ganze Sache schon vor langer Zeit auf den Punkt gebracht hat, als er sagte: ›Wer tausend Kunstwerke kennt, kennt tausend Fälschungen‹.«

Das Publikum applaudierte enthusiastisch, und Montgomery genoß den Beifall.

»Gibt es irgendwelche Fragen?« rief er ins Publikum.

»Können Sie etwas zu der wachsenden Zahl von Fabergé-Fälschungen sagen?«

Farrell, die hinten im Saal stand, wußte, daß Montgomery ihre Frage nicht gefiel, aber sie mußte bewundernd anerkennen, daß er sich gut verkaufte. Er nahm einen Schluck Wasser und lächelte liebenswürdig.

»Natürlich. Eine sehr interessante Frage. Insbesondere in Anbetracht des Wirbels um Fabergé, der dadurch entstanden ist, daß kürzlich das legendäre Mondei für sechs Millionen Dollar bei Churchill's versteigert wurde, und durch die Fabergé-Stücke, die in der beliebten Romanow-Ausstellung hier im Metropolitan gezeigt werden. Fabergé wird seit Jahren kopiert und imitiert, wobei die Fälscher die Fotografien in Kunstbüchern als Vorlagen verwenden. Doch seriöse Sammler konnten die Fälschungen für gewöhnlich erkennen. Die Arbeiten sind nicht so filigran, und da Fabergé in der Regel nur Einzelstücke geschaffen hat, muß es sich bei Duplikaten um Fälschungen handeln.

Aber da in letzter Zeit Rekordpreise für Fabergé gezahlt werden und Fabergés eigenes Musterbuch entdeckt worden ist, hat sich die Zahl der Fälscher rapide erhöht. Gegenwärtige Fälschungen aus St. Petersburg wie aus New York sind sehr anspruchsvoll und außerordentlich gut ausgeführt. Viele nichtsahnende Käufer, selbst einige Museumskuratoren, sind hinters Licht geführt worden. Das Fälschen von Fabergé ist eine bedeutende Einnahmequelle für Kriminelle geworden.«

Wollte Montgomery sich über sie lustig machen? fragte Farrell sich. Oder hatte er sie zu seinem Vortrag eingeladen, um sie zu überzeugen, daß er nichts zu verbergen hatte?

70

Stacey hatte den ganzen Nachmittag keine Termine mehr, daher schaltete sie in ihrem Büro mit der Fernbedienung den Fernseher ein, denn sie wollte unbedingt Joan Rivers auf *QVC* sehen. Wenn es nach ihr ginge, könnte Rivers' Sendung ruhig häufiger laufen. Sie liebte Joans Schmuck.

Natürlich war es nur Modeschmuck, aber das Design war raffiniert, und die Stücke waren gut gearbeitet. Stacey hatte schon Dinge aus der Sendung bestellt, obwohl sie nur ungern zugab, daß sie *QVC* überhaupt sah.

Besonders gefielen ihr Stücke, die auf Fabergé-Entwürfen beruhten. Joan schwärmte für Fabergé. Ihr Ehemann Edgar hatte ihr vor Jahren eine Fabergé-Kette geschenkt, die einst der Kaiserin Marie von Rumänien gehört hatte. Joans Schmuckfabrikant hatte sie kopiert, so daß auch die Hausfrau von nebenan eine Version der Amulette aus winzigen Emailleeiern in verschiedenen Farbtönen und Mustern, die an einer vergoldeten Kette hingen, haben konnte.

Stacey hatte sich schon immer Originale leisten können wollen. Es war lächerlich, so zu tun als ob. Sie war dazu ausersehen, wertvolle Schmuckstücke zu haben, keinen Modeschmuck. Als sie an dem Kurs über Schmuck bei Churchill's teilgenommen hatte, hatte sie sich ausgemalt, wie es wäre, die glitzernden, in Gold und Platin gefaßten Edelsteine zu besitzen und zu tragen.

Wie Nadine Paradises halbmondförmige Brosche. Wie königlich es wäre, diese wundervolle Anstecknadel zu tragen! Aber sie tröstete sich mit dem Gedanken, daß sie, wenn sie ihre Karten richtig ausspielte und die Sache mit Victor am Laufen hielt, eines Tages reichlich Fabergé besitzen würde. Nadines Fabergé.

Als sie die Eingangstür gehen hörte, schaltete Stacey sofort den Fernseher aus. Sie strich sich durchs Haar, während sie aus ihrem Büro in den Ausstellungsraum ging. Stacey konnte an der Frau, die vor dem großen Panoramafenster stand, vorbeisehen. Draußen war ein silberfarbenes Mercedes-Sportcoupé geparkt. Stacey setzte ihr strahlendstes Lächeln auf.

»Kann ich Ihnen helfen?«

Als die Frau erklärte, daß sie neu in der Stadt sei und gerade ein Haus im Kolonialstil am Winters Way gekauft habe, tanzten Dollarzeichen vor Staceys Augen. Beide Frauen sahen in ihre Kalender und vereinbarten einen Termin, zu dem Stacey sich das Haus der Frau ansehen kommen sollte.

»Ich möchte Sie etwas fragen«, sagte die neue Kundin und blieb auf dem Weg nach draußen an der Eingangstür stehen. »Ich habe mein ganzes Leben in Manhattan verbracht – ist es hier draußen nicht etwas unheimlich? Alles wirkt so abgeschieden. So isoliert.« Die Frau machte ein ängstliches Gesicht.

»Nein«, beruhigte Stacey sie mit einem Kopfschütteln. »Die Polizei ist großartig und patrouilliert wie verrückt, und so gut wie jeder, den ich kenne, hat eine Alarmanlage.« Stacey senkte die Stimme zu einem wichtigtuerischen Flüstern. »Aber ich verrate Ihnen ein kleines Geheimnis«, sagte sie verschwörerisch, weil sie wollte, daß die Frau sie mochte.

»Ich habe meinen ganz persönlichen Schutz.«

71

»Farrell ist im Augenblick nicht in ihrem Büro. Kann ich ihr etwas ausrichten?«

»Ich sollte sie zurückrufen.«

»Hat das mit einem Beitrag zu tun, an dem sie arbeitet?«

»Ja.«

»Mit der Story über Kunstfälschung?«

»Mit wem spreche ich bitte?« fragte Special Agent McCord.

»Ich heiße B. J. D'Elia. Ich arbeite mit Farrell an der Story.«

»Okay. Würden Sie ihr bitte ausrichten, daß Jack McCord vom FBI sie zurückgerufen hat?«

»Ich sorge dafür, daß sie die Nachricht bekommt«, log Dean Cohen erneut, bevor er den Hörer auflegte.

72 *Donnerstag*

Farrell hielt es für eine gute Idee, ein paar Aufnahmen von der Romanow-Ausstellung im Metropolitan Museum zu machen. Falls sie genug Informationen für eine Story über das Mondei zusammenbekam, wären ein paar Elemente aus der Rußland-Ausstellung für ihren Fernseh-Beitrag bestimmt förderlich.

Während B. J. mit seiner Kameraausrüstung hantierte, marschierte Farrell durch die luftigen Ausstellungsräume mit den hohen Decken und suchte nach Objekten, die sie abgefilmt haben wollte. Sie starrte ein großes Porträt der Kinder von Nikolaus und Alexandra an: die vier hübschen Romanow-Töchter und ihr kleiner Bruder Alexej, der an der Bluterkrankheit leidende Erbe des dem Untergang geweihten Throns. Ihre Mienen waren unschuldig und vertrauensselig; glücklicherweise ahnten sie nichts von dem gewaltsamen Ende, das sie erwartete.

Ein weiteres Gemälde, das den Zaren und seine geliebte Zarin zeigte, ließ Farrell nicht los. Hier war der Mann, der vor so vielen Jahren das Mondei als Ostergeschenk für seine Frau in Auftrag gegeben hatte. Und jetzt, Jahrzehnte später und am andere Ende der Welt, wirkte sich diese Tat des russischen Herrschers auf Farrells Leben aus. Und auf die Leben anderer.

Ein großer, weißer Fächer aus Straußenfedern, der zu einem Kostüm gehörte, das bei einem Ball im Winterpalais getragen worden war. Mit Diamanten, Smaragden und Saphiren übersäte Satingewänder. Operngläser aus Perlmutt, mit Rubinen besetzte Bronzeschwerter. Religiöse Gegenstände, Ikonen und Altarkreuze und goldene Abendmahlkelche. Und Schmuckstücke. Anhänger und Broschen und Tiaren und Armbänder, die die Romanows geziert hatten, während sie Rußland drei Jahrhunderte lang beherrschten. Auf dem Schmuck saßen Unmengen von gelben und blauen und weißen Diamanten, Saphire aus Ceylon und blutrote Rubine – während achtzig Prozent der Bevölkerung ihres Landes in Armut gelebt hatten. Die Bauern hatten sich auf dem kargen Land abgemüht und die Fabrikarbeiter wie Sklaven in den Elendsvierteln der Städte gearbeitet. Rußland war reif für die Revolution gewesen.

Als Farrell und B. J. ihre Runde durch die Ausstellung drehten, wurden sie von Museumsbesuchern beobachtet, die interessiert zusahen, was die Fernsehleute machten. Eine groß gewachsene, gut frisierte Frau sprach Farrell an.

»Entschuldigen Sie bitte. Habe ich Sie nicht vor kurzem im ›Kommissionsdepot‹ in New Jersey gesehen?«

Verblüfft studierte Farrell das Gesicht der Frau, das ihr vage bekannt vorkam, und versuchte, es einzuordnen. Es war die Frau, die an jenem Tag mit Victor Paradise in den Laden gekommen war.

»Stacey Spinner«, half ihr die Frau. »Die Welt ist klein, nicht wahr?«

»Oh, ja. Jetzt erinnere ich mich. Nett, Sie wiederzusehen – obwohl Pat keine richtige Gelegenheit hatte, uns einander vorzustellen. Sind Sie ein Fan der Romanows?« fragte Farrell höflich.

»Nun, ja, ich interessiere mich für russische Geschichte«, nickte Stacey, »aber ich bin in erster Linie wegen der Fabergé-Eier gekommen. Das hier ist nämlich die größte Ausstellung der Zaren-Ostereier, die es jemals gegeben hat.«

»Das habe ich auch gehört. Welches halten Sie für das interessanteste?« Warum nicht die Stellungnahme einer Durchschnittsbürgerin aufnehmen?

»Das Stiefmütterchen-Ei ist mir das liebste. Ich finde, die Überraschung in seinem Inneren, die winzigen, herzförmigen Rahmen mit den Miniaturen der Zarenkinder mit ihren Eltern, Tanten und Onkeln ist wirklich bemerkenswert.«

»Na, dann werden wir es ganz bestimmt nachher filmen«, sagte Farrell.

»An diesem Tag in Pats Laden habe ich *Ihren* Namen nicht mitbekommen.«

»Farrell Slater.«

»Und was genau machen Sie, wenn ich fragen darf?«

Würde diese Frau auch mal wieder verschwinden? »Ich bin Producerin bei *KEY News*.«

»Wow! Das muß ja sehr interessant sein.« Stacey war tief beeindruckt. »Und Sie machen eine Story über diese Ausstellung?«

»Eigentlich«, entgegnete Farrell, die langsam die Geduld verlor, barsch, »machen wir einen Beitrag über Kunstfälschung.«

Doch im selben Augenblick, in dem sie die Worte ausgesprochen hatte, wünschte sich Farrell, daß sie ihr Projekt gegenüber einer Frau, die sie nicht einmal kannte, nicht so hinausposaunt hätte.

73

Lange nachdem Eliza Blake sich verabschiedet, ihr Moderatorenmikrophon abgenommen hatte und nach Hause gegangen war und auch das gesamte Produktionsteam aus dem Studio der *Abendnachrichten* verschwunden war, saß Range Bullock noch alleine im »Goldfischglas« und starrte auf den Ausdruck der neuesten Quoten. *KEY News* war ganz unten.

In Ranges Augen gab es einen Hauptgrund für das Sinken der Quote. Geld. Oder vielmehr Geldmangel.

Bei jeder der unzähligen Budgetbesprechungen hämmerte Yelena Gregory, die Leiterin der Nachrichtenabteilung, ihnen die Botschaft ein: Die Ausgaben müssen reduziert werden. Das bedeutete, weniger Korrespondenten, Producer und Kameraleute zu entsenden, um über Stories zu berichten, was hieß, daß Aufnahmen anderer Sender verwendet werden mußten, sofern sie zur Verfügung standen, und das wiederum bedeutete für *KEY*, nur wenig Einfluß auf die Qualität zu haben. Es bedeutete, auf jedes zusätzliche Element zu verzichten, wenn dafür bezahlt werden mußte, etwa wenn ein Nachrichtenteam dafür eine zusätzliche Nacht in einem Hotel in einer abgelegenen Stadt oder Ortschaft hätte verbringen müssen. Es bedeutete, daß vorab genau überlegt werden mußte, was die Berichterstattung über eine Story kosten würde, und daß das mit der Wichtigkeit dieser Story in Relation gesetzt werden mußte. Auch auf gute Stories mußte verzichtet werden, wenn ihre Produktion zu aufwendig war.

Seine Gedanken wandten sich der Fabergé-Story zu, an der Farrell arbeitete. Wenn sie ihre Vermutungen beweisen konnte, dann würde das ein durchschlagender Exklusivbeitrag der *Abendnachrichten* sein. Die Tatsache, daß die gesamte Produktion in New York abgewickelt werden konnte und daher relativ wenig Kosten verschlingen würde, machte die Sache noch viel verlockender.

Plötzlich bekam Range Lust, sich noch einmal das Video von dem Fabergé-Ei anzusehen, und er wollte damit nicht bis zum nächsten Morgen warten. Er würde einfach in Farrells Büro gehen, nachschauen, ob es offen war, sich umsehen und hoffentlich das Videoband finden.

Doch als er oben ankam, war Farrells Büro im ersten Stock nicht leer. Dean Cohen war dort und saß an Farrells Schreibtisch. Als Dean aufsah und bemerkte, daß Range in der Tür stand und ihn beobachtete, lief der junge Producer rot an.

»Ich habe gerade einen Anruf für Farrell entgegengenommen und schreibe ihr eine Nachricht«, erklärte Dean.

Range nickte. Er ging zum Schreibtisch und sah den Karton mit Videos durch, der darauf stand.

»Kann ich dir helfen?« bot Dean an.

»Nein ... ich suche nur nach einem Video, das Farrell mir neulich vorgeführt hat ...« Er verstummte, während er weitersuchte.

»Worum ging es denn?« Dean war bemüht, gleichgültig zu klingen.

»Um eine Story über Kunstfälschung, an der sie arbeitet.«

74 *Freitag der zweiten Woche der Fastenzeit*

Dean Cohen zahlte an der Kasse von *Station Break* für den Kaffee und den Bagel. Die Nachrichtenleute von *KEY* lästerten unablässig über ihre Cafeteria, aßen aber trotzdem häufig dort. Sie war praktisch, schnell und relativ preiswert.

Als Dean stehenblieb, um sich ein paar Papierservietten zu nehmen, bemerkte er, daß Farrell und B. J. an einem der Tische saßen. Sie hatten die Köpfe zusammengesteckt und waren in eine angeregte Unterhaltung vertieft. Dean fragte sich, ob Farrell bereits herausgefunden hatte, daß er ihre Nachricht von dem FBI-Agenten abgefangen hatte. Wahrscheinlich nicht.

Eilig verließ er die Cafeteria und ging rasch zu dem Fahrstuhl, der ihn hinauf in die Büros der *Abendnachrichten* auf der ersten Etage bringen würde. Er wollte ein paar Minuten allein im Büro haben, bevor Farrell kam. Als sich die Fahrstuhltüren öffneten, wartete Range Bullock im Gang.

»Hi, Dean. Was gibt's Neues?«

»Noch nicht viel, Boß, aber der Tag ist ja noch jung.«

»Allerdings. Gott allein weiß, was der heutige Tag bringen wird. Wieder einen Terroranschlag oder noch einen Wahlkampfskandal.« Range schüttelte den Kopf. »Ich glaube, ich werde langsam zu alt für das ganze Theater.«

Dean grinste. »Das würde ich hier besser nicht an die große Glocke hängen, Range. Aber bei mir ist dein Geheimnis gut aufgehoben.«

Die beiden Männer lachten, während Range in den Fahrstuhl stieg, den Dean gerade verlassen hatte. »Übrigens, mein Freund, es ist an der Zeit, daß du mal wieder einen Beitrag für *KEYhole* lieferst, oder?«

»Keine Sorge, Range. Ich hab da was im Auge. Ich sage dir Bescheid, wenn sich mehr ergeben hat.«

Range zeigte ihm »Daumen hoch«, als sich die Fahrstuhltüren schlossen. Dean lächelte, doch innerlich stöhnte er. In Wirklichkeit hatte er nichts, woran er für *KEYhole to America*, die ausführlichen Enthüllungsberichte, die jeden Abend die *Abendnachrichten* abschlossen, arbeitete. Neben der Titelgeschichte waren die *KEYholes* die begehrtesten Beiträge für die Sendung. Alle Producer führten in Gedanken eine Liste darüber, wer die meisten *KEYhole*-Stücke geliefert hatte. Dean war eine Zeitlang vorn gewesen, aber in letzter Zeit war sein geistiger Brunnen versiegt.

Du bist nur so gut wie deine letzte Story.

Wieder im Büro ging Dean direkt auf Farrells Schreibtisch zu. Erneut las er ihre Kritzelei.

Olga. Ei. Video. Feuer.

Dean tastete nach dem schwarzen Schlüsselversteck aus Metall, von dem er wußte, daß sie es mit einem Magneten unter dem Schreibtisch befestigt hatte. Mit zitternden Händen schob er das Kästchen auf und zog den kleinen, glänzenden Aluminiumschlüssel aus seinem Behälter.

Als Farrell wenige Minuten später kam, war das Video von Olgas Mondei bereits sicher in Deans Aktentasche verstaut.

75 *Samstag*

Es war nicht ungewöhnlich, daß Meryl samstags arbeitete, wenn besondere Auktionen anstanden. Es war ungewöhnlich, daß sie am Wochenende vom FBI angerufen wurde.

»Miss Quan, die Liste der Fabergé-Einlieferer und -Käufer, die Sie mir übergeben haben, hat eine eklatante Lücke«, sagte Special Agent McCord finster.

McCords drohender Tonfall schüchterte Meryl ein. »Wie kann ich Ihnen weiterhelfen, Mr. McCord?«

»Sie können mir weiterhelfen, indem Sie mir den Namen der Person verschaffen, die Churchill's das Mondei zur Versteigerung überlassen hat.«

»Der stand nicht auf der Liste?«

»Ms. Quan, bitte stellen Sie sich nicht dumm. Nein. Der Name stand nicht auf der Liste. Und wenn Churchill's ihn nicht herausrückt, werde ich mir die nötigen Dokumente beschaffen, um Ihr Haus dazu zu zwingen.«

Meryls Gedanken rasten. Es wäre für McCord ein leichtes, eine Vorladung zu erwirken. Wieso hatte Clifford den Namen nicht auf der Liste aufgeführt, die sie für ihn an das FBI weitergegeben hatte? Es sah wirklich so aus, als hätte er etwas zu verbergen. Versuchte Clifford, Zeit zu schinden?

»Ich werde mit Mr. Montgomery sprechen und sehen, was ich herausfinden kann, Mr. McCord.«

»Ich würde es sehr zu schätzen wissen, wenn Sie das lieber jetzt als später machten, Ms. Quan. Ich erwarte Ihren Anruf.«

Er legte grußlos auf, und Meryl blieb besorgt zurück. Bekam das FBI nicht letztendlich immer, was es wollte? Sie wollte es sich nicht mit Jack McCord verderben.

Meryl klopfte an Cliffords Tür. Der Katalog für die Versteigerung der Nadine-Paradise-Kollektion lag auf Montgomerys Schreibtisch, und ihr Chef blätterte in den Hochglanzseiten. Blatt für Blatt zeigte der Katalog die Erinnerungsstücke, die sich im Laufe der Jahre in dem schillernden Leben der Ballerina angesammelt hatten. Die Stücke, die zum Verkauf standen, waren sorgfältig fotografiert worden, um sie im besten Licht zu präsentieren. Bunte, alte Poster des *Ballet Russe*, Programmhefte der berühmten Paradise-Auftritte, seidene Ballettschuhe in zartestem Rosa und strahlendem Magenta, handgeschriebene Partituren und gezeichnete Bühnenentwürfe, Kostüme, die Nadine Paradise als Aurora in *Dornröschen* und als Odile in *Schwanensee* getragen hatte.

Es war ein Volltreffer, die Paradise-Kollektion zur Versteigerung ergattert zu haben. Sie würde Churchill's ein kleines Vermögen an Kommissionen und Publicity bringen.

»Einfach wunderbar, die Sachen, die wir nächste Woche versteigern werden, Meryl. Was für ein Glück, daß die Auktion dieser großartigen Ballett-Memorabilia bei uns stattfindet. Sie paßt geradezu perfekt zu unserem Rußland-Monat. Und von der Abteilung für Öffentlichkeitsarbeit habe ich gehört, daß zahlreiche Anrufe von Medienleuten eingehen, die über unsere Prominenten-Auktion berichten wollen. Das ist phantastische Werbung für uns.«

Clifford sah zufrieden und viel weniger besorgt aus als in den letzten Tagen. Meryl verdarb ihm nur äußerst ungern die Laune.

»Das FBI hat gerade angerufen.«

»Und?«

»Der Name des Einlieferers des Mondeis war nicht auf der Fabergé-Liste, die wir ausgehändigt haben.«

»Wirklich nicht?«

»Laut Special Agent McCord, nein. Er will ihn so bald wie möglich, oder er wird sich eine Vorladung beschaffen, um ihn zu bekommen.«

Clifford sah weiterhin gelassen aus. »Ich kümmere mich darum«, sagte er.

Meryl blieb vor Montgomerys Schreibtisch stehen.

»Gibt es sonst noch etwas, Meryl?«

»Ja, allerdings«, setzte Meryl unsicher an. »Diese Sache mit dem Mondei läßt mir keine Ruhe. Erst kommt *KEY News* mit irgendwelchen Verdächtigungen. Und jetzt mischt sich auch noch das FBI ein und ruft mich deswegen an. Wenn es irgendein Problem oder eine Unrechtmäßigkeit gibt, könnte es so aussehen, als hätte ich damit zu tun.«

Clifford musterte Meryl, sagte jedoch nichts.

Meryl nahm allen Mut zusammen, um fortzufahren. »Was ich sagen will, Clifford, ist, daß ich glaube ... nun, ... ich glaube nicht, daß wir die Medien und das FBI weiterhin ignorieren können. Agent McCord wartet auf einen Rückruf, und offenbar stecke ich mit in dieser Sache drin.«

Nur eine winzige Vene, die an seiner Schläfe pochte, verriet Cliffords Unmut.

»Ich habe doch gesagt, daß ich mich darum kümmern werde«, sagte er knapp und gab sich dann sichtlich Mühe, seinen Tonfall zu mildern. »Meryl, meine Liebe, bitte machen Sie sich keine Sorgen. Sie stecken nirgendwo mit drin. Churchill's hat dem Käufer und dem Einlieferer Vertraulichkeit zugesichert, und der gesamte Verkauf ist davon abhängig, ob wir in der Lage sein werden, unser Versprechen zu halten. Für Sie besteht absolut kein Grund zur Beunruhigung – solange Sie sich da raushalten.«

76 *Dritter Sonntag der Fastenzeit*

Das Geräusch von Olgas Atemzügen unter der Sauerstoffmaske drang durch das stille Krankenhauszimmer, während Farrell und Pat ruhig an ihrem Bett saßen.

»Ich bemühe mich, jeden Tag herzukommen«, flüsterte Pat. »Mir gefällt die Vorstellung, daß sie weiß, daß ich hier bin.«

»Man sagt, daß Komaopfer in gewissem Maße mitbekommen, was um sie herum geschieht.« Farrell versuchte, ihre Freundin zu beruhigen. »Ich bin mir sicher, daß sie deine Anwesenheit spürt. Das wird ihr garantiert guttun.«

Die beiden Frauen blickten starr auf die zerbrechliche Gestalt, die in dem riesigen Krankenhausbett ganz verloren wirkte. Sie behielten ihre Beunruhigung für sich, als die Krankenschwester hereingerauscht kam, um Olgas Vitalfunktionen zu kontrollieren und sie in eine Tabelle einzutragen.

Wieder brach Pat das Schweigen. »Es ist sehr lieb von dir, Farrell, daß du so oft hier hinauskommst. Du bist eine echte Freundin.«

»Das ist ja wohl das mindeste.«

»Du kennst Olga doch nicht einmal.«

Farrell hätte ihr gerne das Herz ausgeschüttet; sie hatte das Bedürfnis, Pat die Wahrheit über das Mondei zu erzählen; daß sie kurz vor dem Brand bei Olga gewesen war und es gefilmt hatte. Doch statt dessen hielt sie ihr Versprechen an Peter. Er würde es seiner Mutter selbst sagen müssen.

Als sie sich auf den Weg machten, schlug sie Pat vor, zusammen etwas essen zu gehen.

»Das wäre super«, erwiderte Pat. »Aber ich muß noch einen Geschäftsbesuch machen.«

»Am Sonntag?«

»Ja. Ich bin die Woche über und samstags im Laden. Also muß ich alles andere abends oder sonntags erledigen.«

»Nun, wie wär's, wenn ich mitkomme und wir danach essen gehen? Hinterher nehme ich den Bus zurück nach Manhattan.«

Als sie den Flur hinuntergingen, trafen sie Charlie Ferrino. Pat stellte Farrell den Inhaber des Delis vor.

»Wie lieb von dir, daß du Olga besuchen kommst, Charlie«, sagte Pat und ergriff gerührt seinen Arm.

»Ich habe eine Schwäche für das alte Mädchen. Ich drücke ihr ganz fest die Daumen, aber es sieht nicht allzu gut aus, oder?«

»Nicht besonders.« Pat schüttelte den Kopf und lächelte schwach.

Farrell und Pat gingen weiter den Gang hinunter.

»Hast du bemerkt, wie der Typ dich angeguckt hat, Pat?« flüsterte Farrell. »Den hat es ja ganz schön erwischt.«

»Charlie?« Pat lachte ungläubig. »Das ist bloß der nette Kerl vom Deli – wir kennen uns schon seit Jahren.«

»Glaub mir, er ist verrückt nach dir«, beharrte Farrell.

Pats Volvo bog vom Krankenhausparkplatz auf die Old Hook Road und fuhr durch Westwood, den steilen Hügel an der Washington Avenue hinauf in Richtung Saddle River. Farrell sah im Vorüberfahren, wie die bescheideneren Häuser auf kleinen Grundstücken entlang des Weges allmählich immer größeren Anwesen auf riesigen, bewaldeten Besitztümern wichen. Als das Auto auf die gewundene Zufahrt vor einem Landhaus im Tudorstil abbog, stieß Farrell einen leisen Pfiff aus.

»Wer wohnt denn hier?«

»Nadine Paradise.«

»Die Ballerina?«

»Ja. Die Legende. Und die Mutter eines gewissen Victor Paradise, der mit Stacey Spinner in meinen Laden gekommen ist und so charmant verlangt hat, ich solle ihm sagen, wo die halbmondförmige Brosche herstammt, die seine Mutter bei Churchill's erstanden hat.«

Farrell starrte Pat an. »Die war von Olga, nicht wahr?«

Pat nickte stumm. »Also wird Nadine Paradise jetzt versuchen, mich zu überreden, ihr zu sagen, wo die Anstecknadel her ist. Sie hat mich geradezu angefleht, sie heute zu besuchen.«

»Sagst du es ihr?«

»Ich weiß noch nicht.«

77

Nadine führte Pat und Farrell an der kleinen Bibliothek vorbei in den Wintergarten, winkte sie hinter den Flügel und auf zwei Paar birmanische Rattansessel mit bunt geblümten Kissen zu, die wie zu einem Tête-à-tête einander zugewandt standen. In der Mitte stand ein länglicher Tisch mit Messingbesatz, der beinahe vollständig von einem Porzellanservice eingenommen wurde.

Es war jemand im Zimmer! Farrell fand, daß Victor Paradise in einem Raum, der mit zarten Pflanzen und edlem Porzellan geschmückt war, entschieden fehl am Platz wirkte. Er erhob sich und ging auf seine Mutter und die beiden Besucherinnen zu. Nadine stellte sie einander vor. »Sie erinnern sich bestimmt an meinen Sohn, Mrs. Devereaux. Victor, das ist Miss Slater, eine Freundin von Mrs. Devereaux.« Als die Frauen sich setzten, blickte Nadine in Richtung ihres Sohnes und sagte: »Victor, mein Lieber, wärst du bitte so freundlich, uns ein paar Servietten zu holen? Wenn auf der Hausbar in der Bibliothek keine sind, mußt du vielleicht im Eßzimmer nachsehen.«

Victor verstand den Wink. Er verließ das Zimmer, als seine Mutter ihre Geschichte zu erzählen begann. Obwohl Mrs. Paradise sich hauptsächlich an Pat wandte, hörte Farrell den Erinnerungen der alten Ballerina aufmerksam zu und beobachtete sie mit dem detailgeschulten Blick der Fernsehjournalistin.

»Können Sie verstehen«, schloß Nadine, »warum ich unbedingt wissen muß, für wen Sie die Halbmondbrosche verkauft haben? Ich bin überzeugt, daß diese Person in irgendeiner Verbindung zu mir steht. Mein Vater, den ich niemals kennengelernt habe und nach dem ich mich mein ganzes Leben lang gesehnt habe, hat diese Nadel für meine Mutter gemacht.«

Farrell studierte das Gesicht der alten Frau, das in der spätwinterlichen Sonne, die durch das Fenster des Wintergartens hereinströmte, noch immer sehr schön wirkte. Auf den ersten Blick war nur wenig Ähnlichkeit zwischen dem Gesicht dieser wohlhabenden, kunstvoll geschminkten Legende und der runzeligen alten Frau zu erkennen, die nur wenige Meilen entfernt in einem Krankenhausbett schlief. Doch als sie Nadines ausdrucksstarke Hände betrachtete, kamen sie ihr bekannt vor. Sie waren wie die zarten Hände, die gefaltet auf der blauen Baumwolldecke im Krankenhaus lagen. Künstlerhände, Hände, die ihr der Werkmeister aus dem Fabergé-Studio vererbt haben könnte.

Farrell sah hinüber zu Pat, die über Nadines Bitte nachdachte. Was konnte es schaden, wenn sie verriet, daß die Halbmondnadel Olga gehört hatte? Da Olga im Sterben lag, könnte es Nadine Paradises letzte Gelegenheit sein, ihren Frieden mit der Vergangenheit zu machen.

Der gleiche Gedanke mußte auch Pat durch den Kopf gegangen sein.

»Mrs. Paradise«, sagte Pat sanft, »im Pascack-Valley-Hospital liegt eine sehr kranke Frau, die dem Tode nah ist. Die Halbmondbrosche hat ihr gehört. Ihr Vater hat sie angefertigt.«

Nadine hörte schweigend, doch mit weit aufgerissenen Augen zu, während Pat ihr erzählte, was sie von Olgas Geschichte wußte. Von den frühen Jahren in St. Petersburg, die von der Revolution und dem Tod ihrer Mutter geprägt gewesen waren. Dem stolzen Vater, einem ehemaligen Handwerker bei Fabergé, der mit gebrochenem Herzen zurückgeblieben war und sein Heimatland nicht verlassen konnte. Von

Olgas letztendlicher Flucht aus der Sowjetunion und ihrer Emigration in die Vereinigten Staaten, ihrem zurückgezogenen Leben in Westwood, das sie finanzierte, indem sie nach und nach Kunstgegenstände verkaufte, die ihr Vater angefertigt hatte.

»Es paßt alles zusammen. Olga könnte meine Halbschwester sein.« In Nadines Augen funkelten Tränen. »Ich brauche etwas Zeit, um das zu verarbeiten.«

»Natürlich.«

Victor räusperte sich, als er mit drei weißen Leinenservietten in der Hand den Wintergarten betrat. »Du hattest recht, Mutter«, log er. »Ich mußte sie aus dem Eßzimmer holen. Ich hoffe, ihr habt meinetwegen nicht mit dem Tee gewartet.«

»Wir wollten gerade gehen«, sagte Pat. »Wir müssen los.« Sie und Farrell erhoben sich, und Mrs. Paradise geleitete sie an ihrem Sohn vorbei hinaus in die Eingangshalle.

»Was für ein wunderschöner Schal.« Pat bewunderte einen kostbaren, türkisfarbenen Schal, der nachlässig auf dem Tisch im Flur lag. Nadine nahm ihn und drückte ihn Pat in die Hand.

»Bitte nehmen Sie ihn, meine Liebe«, drängte sie.

»Aber nein, das geht doch nicht«, protestierte Pat.

»Bitte, ich bestehe darauf. Behalten Sie ihn als Erinnerung an den Tag, an dem Sie eine alte Frau überaus glücklich gemacht haben.«

78 *Montag*

Es waren mehrere Tage vergangen, seitdem sie Jack McCord angerufen hatte, und noch immer hatte sie nichts von ihm gehört. Am Montag morgen beschloß Farrell, ihn als erstes noch einmal anzurufen. Sie wartete, bis Dean ihr gemeinsames Büro verlassen hatte.

»Danke für den Rückruf«, schnaubte Farrell sarkastisch. »Sie geben einem wirklich das Gefühl, daß die Sicherheit unseres Landes in fähigen, tüchtigen Händen liegt.«

»Ich habe Sie zurückgerufen«, protestierte McCord. »Ihr Kollege sagte mir, er würde es Ihnen ausrichten. Ich habe eher den Eindruck, daß *KEY News* alles andere als eine fähige Organisation ist.«

»Ich habe keine Nachricht erhalten. Wissen Sie noch, mit wem Sie gesprochen haben? Erinnern Sie sich an den Namen?«

»So ein Typ mit Initialen als Vornamen.« Jack suchte in den Unterlagen auf seinem Schreibtisch.

»B. J.?«

»Ja, genau. B. J. D'Elia. Hier habe ich es mir notiert. Er sagte, er würde mit Ihnen an der Fabergé-Story arbeiten.«

Es ist nicht B. J.s Art zu vergessen, daß er etwas ausrichten sollte, dachte Farrell. *Und er ist eigentlich nie in meinem Büro, wenn ich nicht da bin.* Sie würde ihn danach fragen.

»Nun, worüber wollten Sie mit mir sprechen?« fragte Agent McCord.

Ohne Namen zu nennen, erzählte Farrell ihm von ihren Befürchtungen bezüglich des Feuers bei Olga.

»Also, wenn ich Sie richtig verstehe, sind Sie einer alten Dame auf die Pelle gerückt und haben sie dazu gebracht, daß Sie ihren vermutlich illegalen Besitz filmen durften; mit dem

Erfolg, daß sie im Koma liegt, nachdem es in ihrer Wohnung gebrannt hat.«

Farrell zuckte zusammen. »Ja. So ungefähr. Und außerdem war die Frau überaus ängstlich, aber trotzdem war ihre Wohnungstür zum Zeitpunkt des Feuers nicht abgeschlossen.«

»Finden Sie nicht, daß es an der Zeit ist, daß Sie mir Namen und Anschrift verraten?«

»Das kann ich nicht.«

»Können oder wollen Sie nicht?«

Farrell überlegte rasch. Jack konnte mit Hilfe des FBI-Computers ohne Probleme jeden Wohnungsbrand feststellen, der sich in der letzten Zeit im Land ereignet hatte. Weitere Recherchen würden ihn irgendwann zu dem Feuerwehrhauptmann von Westwood führen, der dem FBI bereitwillig Auskunft über Olgas Identität geben würde.

Vielleicht konnte Farrell eine Art Bündnis mit McCord schließen, indem sie ihm die Informationen lieferte, die er haben wollte. Wenn er der Öffentlichkeit dann irgendwann etwas über seine Fauxbergé-Ermittlungen mitzuteilen hatte, würde er es vielleicht Farrell anvertrauen, weil sie ihm weitergeholfen hatte.

Sie nannte ihm Olgas Namen und Adresse.

»Danke«, entgegnete er kühl.

»Ihre Dankbarkeit ist überwältigend«, bemerkte Farrell trocken. »Sie könnten mir wenigstens eine Frage beantworten: Hat Olga juristisch gesehen Konsequenzen zu befürchten, wenn bekannt wird, daß sie das echte Mondei besitzt?«

»Na ja...«, überlegte Jack. »Es handelt sich nicht um ›Kriegsbeute‹. Die russische Revolution war ein Bürgerkrieg, kein Krieg zwischen zwei souveränen Staaten. Aber wenn die Russen erfahren, daß Olga ein Osterei besitzt, das im Jahre 1917 aus dem Fabergé-Studio in St. Petersburg gestohlen wurde, könnten sie ein Rückforderungsgesuch an den Bundesgerichtshof der Vereinigten Staaten stellen. Ein Richter würde dann entscheiden, wem es gehört.«

»Wie wahrscheinlich ist das?«

»Nicht sehr. Außerdem ist das, nach dem, was Sie mir erzählt haben, das geringste Problem der alten Dame.«

79

Robbie Slater saß mit seiner Schwester in einer Ecke des »Station Break«.

»Mann, ich kann nicht fassen, wie schwer es ist, bei seiner Schwester einen Termin für ein Mittagessen zu bekommen.« Auf seinem Papptablett lagen ein fettes Roastbeef-Sandwich, ein Päckchen Fritos, eine Orangenlimonade und drei Päckchen Oreos.

»Was für eine gesunde Mahlzeit, Rob«, meinte Farrell, während sie in ihrer Plastikschüssel mit Salat, Thunfisch und geriebenen Karotten herumstocherte. Sie stellte wehmütig fest, daß sein Haaransatz seit ihrem letzten Treffen ein wenig weiter zurückgewichen war. Mit seiner nackten Stirn wirkte er auf Farrell noch verletzlicher.

»Du bist ja bloß neidisch. Hast Angst um deine mädchenhafte Figur, was? Gibt's jemand Neues in deinem Leben? Rufst du mich deshalb nie zurück? Übrigens siehst du heute besonders gut aus.«

»Nee. Wie immer, alles wie immer, aber ich habe wirklich sehr viel zu tun.« Farrell hatte keine Lust, über Jack McCord zu sprechen oder Robbie von dem Brand bei Olga und von dem Mondei zu erzählen. Insbesondere wollte sie ihm noch nicht sagen, daß sie bei *KEY News* entlassen worden war. Sie wollte nicht, daß er sich Sorgen machte.

»Womit bist du so beschäftigt?« fragte Robbie und biß ein großes Stück von seinem Sandwich ab.

»Mit einer Story über Kunstfälschung. Ich würde daraus gerne einen Beitrag für *KEYhole to America* machen.«

Sie versuchte, das Thema zu wechseln. »Wie läuft's denn bei dir, Robbie?«

»Ganz gut. Der Job im Videoarchiv gefällt mir. Unglaublich, wieviel Material da reinkommt. Kaum zu fassen, wieviel für jede Story gefilmt wird und wie wenig dann tatsächlich gesendet wird. Außerdem macht es mir Spaß, mir die anderen Aufnahmen anzusehen. Und ich habe dort ziemlich meine Ruhe. Ich kann nach meinem eigenen Tempo arbeiten, und dem Boß scheint das recht zu sein.«

»Das liegt daran, daß du clever bist und gut arbeitest, und er weiß, daß er froh sein kann, dich zu haben.« Farrell bemühte sich immer, Robbies schwaches Selbstbewußtsein zu stärken.

»Ja, ja, große Schwester.«

»Aber es stimmt wirklich«, protestierte Farrell.

»Ich glaube eher, daß meinem Boß klar ist, daß er bei meinem bescheidenen Gehalt nicht allzuviel erwarten oder sich nicht zu sehr beklagen kann.«

»Mach dich nicht schlechter, als du bist, Robbie, bitte«, flehte Farrell. »Das kann ich nicht ausstehen.«

Robbie warf einen Blick auf die große, weiße Uhr und legte sein Sandwichpapier und die leere Limonadendose auf das Tablett. Er schob sich das letzte Päckchen Oreos in die Hemdtasche.

»Muß los«, sagte er und klopfte Farrell auf die Schulter.

»Und tu mir einen Gefallen, ja. Mach dir nicht ständig Sorgen um mich.«

80

»Ich wollte mich erkundigen, ob ich vielleicht eine Führung bekommen könnte. Ich bin schon so oft bei Ausstellungen und Versteigerungen in den öffentlichen Räumen von Churchill's gewesen, aber es interessiert mich, was hinter den Kulissen abläuft.«

Meryl klemmte sich den Telefonhörer zwischen Kinn und Schulter und sah in ihrem Tagesplaner nach. Eine halbe Stunde für jemanden zu opfern, der wichtig für Churchill's war, war eine gute Investition, vielleicht gut für die weiteren Geschäfte des Auktionshauses.

»Natürlich, ich führe Sie gerne herum. Wann würde es Ihnen passen?« fragte Meryl.

»Ich weiß, daß es ziemlich kurzfristig ist, aber hätten Sie vielleicht morgen Zeit?«

Meryl überflog ihren Kalender. »Morgen nachmittag habe ich etwas Spielraum. Würde Ihnen drei Uhr passen?«

»Wunderbar. Bis dann.«

Meryl trug den Termin ein.

81

Sie atmete noch. Ein und aus. Ein und aus. Die durchsichtige Sauerstoffmaske aus Plastik deckte ihr Nase und Mund ab. Erstaunlich, daß so ein uraltes, schrumpeliges Ding so zäh sein konnte. Das mußte man dem alten Mädchen lassen. Sie wollte nicht sterben.

Aber es war tröstlich, daß die Schwestern so bedrückt wirkten, wenn sie hereinkamen, um nach ihr zu sehen, daß sie dem regelmäßigen Besuch, der so geduldig Wache hielt, mitleidige, verständnisvolle Blicke zuwarfen.

»Viele unserer älteren Patienten bekommen überhaupt keinen Besuch. Es ist schön, wenn ein alter Mensch so viel Gesellschaft hat«, sagte die blonde Nachtschwester.

Olga, Olga, Olga. Warum gibst du nicht nach, Liebes, und entschließt dich dazu, von selbst zu gehen? Das wäre viel besser. Freiwillig zu gehen, statt gezwungen zu werden...

82 *Dienstag*

Farrell war mehr als nervös, weil Jack McCord zu *KEY News* kommen wollte, um sich das Video über das Mondei anzusehen. Sie hatte sich an diesem Morgen sorgfältig geschminkt und trug ihr schickes dunkelgraues Calvin-Klein-Kostüm und hochhackige Pumps.

»Ist was Besonderes los?« fragte B. J., als er Farrell im Flur traf.

»Kann ich mich nicht auch ohne Grund mal schick machen?«

»Nein.«

Sie winkte ab und ging weiter. Dann blieb sie stehen und drehte sich noch einmal zu B. J. um.

»Übrigens, Sportsfreund«, rief sie. »Danke, daß du mir die Nachricht neulich ausgerichtet hast.«

B. J. wirkte verwirrt.

»Die Nachricht von dem FBI-Agenten«, half sie ihm weiter.

»Seit wann nehme ich Nachrichten für dich entgegen?«

»Du hast nicht mit Jack McCord vom FBI gesprochen?«

»Nein, Kleine. Muß jemand anders gewesen sein.«

83

Tony begrüßte den Gast mit Namen, während er die Tür zu Churchill's aufhielt.

Nachdem der Mantel an der Garderobe abgegeben worden war, wurde der Gast von Churchill's Wachmann an der Rezeption in der Lobby angekündigt.

»Ms. Quan kommt sofort«, sagte er.

»Danke.«

Der Gast schritt auf und ab. Wartete.

Meryl Quan stieg mit ausgestreckter Hand die Stufen hinunter. »Wie schön, Sie wiederzusehen. Ich dachte, wir fangen am besten oben mit den verschiedenen Büros an, Geschäftsabteilung, Treuhand und Vermögen und so weiter. Dann arbeiten wir uns nach unten in die Schmuckgalerie und den Konferenzraum des Aufsichtsrates vor. Zum Schluß gehen wir hinter die Kulissen, wo sich die Lagerräume befinden. Dort werden die Gegenstände aufbewahrt, die versteigert werden sollen. Auch unsere Sicherheitsabteilung befindet sich da hinten.«

»Wunderbar.«

Meryl führte den Besuch Stockwerk für Stockwerk durch das Labyrinth der Büros von Churchill's und erklärte die jeweilige Funktion.

»Faszinierend«, sagte der Besuch und richtete den Blick auf die Überwachungskameras, die in den Fluren und über den Eingängen hingen.

»Das hier ist mein liebster Teil des Rundgangs«, sagte Meryl. »Hinter den Kulissen, wo die Stücke für die Auktion vorbereitet werden.« Meryl ging voran durch einen Irrgarten aus Lagerräumen, in denen die Auktionsobjekte sorgfältig in den Regalen einsortiert waren. Überall Möbel, Bronzen, Silber und Glas, Teppiche. Jeder Raum war mit verschiedenen Überwachungskameras ausgestattet. Den Besuch verließ der Mut.

»Mein Gott, was ist das denn?« Eine geöffnete Tür gab den Blick frei auf ein organisiertes Durcheinander von etwas, das aussah wie Raumanzüge.

»Das sind Stücke für die Auktion ›Russische Raumfahrtgeschichte‹. Eigentlich eine ziemlich traurige Angelegenheit: Sie verkaufen ihre Geschichte, nur um finanziell überleben zu können. Und das hier ist unser Sicherheitsbereich«, sagte Meryl, als sie weitergingen. An dem Schaltpult saß ein Wachtposten und beobachtete drei Dutzend Monitore, die die Wand vor ihm bedeckten. »Wie Sie sehen, sind wir hier sehr vorsichtig.«

Der Besuch nickte. »Beeindruckend.«

»Damit wäre unser Rundgang beendet. Kann ich Ihnen sonst noch etwas zeigen?« bot Meryl an.

»Nein, ich glaube, ich habe alles gesehen, was mich interessiert.«

»Ich bringe Sie noch zur Tür.« Meryl geleitete den Besuch aus dem Sicherheitsraum und den Gang hinunter in den öffentlich zugänglichen Bereich. Einen Augenblick lang blieben sie stehen, weil zwei Männer, die einen schweren Eichentisch aus einem übergroßen Lastenaufzug trugen, ihnen den Weg versperrten.

Der Lastenaufzug. Dort gab es keine Kamera!

84

Farrell ging auf Jack zu, um ihn in der Lobby des Sendezentrums zu begrüßen, und stellte zufrieden fest, daß er ihr Äußeres mit überaus interessierten Blicken quittierte. Als Jack ihr kräftig die Hand drückte und ihr tief in die Augen sah, war sie froh, daß sie sich besondere Mühe mit dem Make-up gegeben hatte.

»Ich freue mich, daß Sie sich dazu entschlossen haben, uns Ihre Informationen anzuvertrauen, Farrell.«

Sie war jetzt also Farrell, nicht mehr Ms. Slater. Gutes Zeichen.

»Wissen Sie, für mich hat das Feuer bei Olga die Dinge grundlegend geändert. Ich fürchte, daß es hier jemand ernst meint, und ich will nicht, daß noch jemand etwas passiert. Wir müssen kurz in meinem Büro vorbei. Ich hole das Video aus meinem Schreibtisch, und ich habe uns einen Videoraum reserviert.«

»Es wundert mich, daß sich die Top-Nachrichtenproducer bei einem so großen Sender Büros teilen müssen«, sagte Jack und wies auf Dean Cohens leeren Schreibtisch.

»Tja, mich wundert es nicht nur, sondern ich bin auch alles andere als glücklich darüber. Nicht, daß ich unbedingt alleine sitzen will – die meiste Arbeit mache ich sowieso vor Ort. Aber es gibt hier im Sendezentrum einfach nicht genug Platz für all die Beiträge, an denen gleichzeitig gearbeitet wird. *KEY News* hat ziemlich expandiert, seitdem wir in dieses Gebäude gezogen sind.«

Farrell schloß die Schreibtischschublade auf und tastete nach dem Video, das B. J. aufgenommen hatte. Zuerst verwirrt, dann panisch, leerte sie die Schublade auf der Suche nach dem Band.

»Lassen Sie mich raten«, meinte Jack zynisch. »Es ist nicht mehr da?«

»Es muß hier sein. Vielleicht habe ich es in eine andere Schublade gesteckt.«

Bald war der gesamte Inhalt von Farrells Schreibtisch auf der Tischplatte verstreut. Kein Video. Wo war es? Vor dem nüchternen FBI-Agenten war ihr das schrecklich peinlich.

Jack wirkte jedoch nicht besonders beunruhigt. »Hoffentlich taucht es wieder auf. Erzählen Sie mir doch einfach genau, was Olga Ihnen gezeigt hat.«

Farrell beschrieb ihm die gelbe Schachtel aus Samt mit den kyrillischen Buchstaben, aus denen sie den Namen Fabergé hatte entziffern können. Sie erzählte, wie Olga das Kästchen geöffnet und das milchfarbene Ei aus Emaille und Gold herausgeholt hatte, das auf einer Wolke aus nachtblauem Stein ruhte.

»Lapislazuli?« fragte er.

»Ja, ich glaube, so heißt er. Ich war bei der Versteigerung des Mondeis, Jack. Olgas Ei sah genauso aus wie das Ei bei Churchill's. Mit einer Ausnahme. In Olgas Exemplar war die Überraschung im Ei noch intakt. Wie Sie wissen, hatte das versteigerte keine.«

»Wie sah die Überraschung aus?«

»Ein Diamantregen. Funkelnde Diamanten. Olga nannte sie ›Komet‹. Ich gebe zu, daß ich keine Expertin bin, aber ich gehe jede Wette ein, daß diese Diamanten echt waren.«

Jack schrieb etwas in sein Notizbuch.

Farrell verschränkte die Arme vor der Brust. »Was halten Sie davon?«

»Ich habe die Entwürfe für das Fabergé-Mondei gesehen. Die Überraschung sollte ein Komet aus Diamantsternen sein, die den Halleyschen Kometen darstellten. Er war zu Anfang des Jahrhunderts zu sehen. Nach Ihrer Beschreibung würde ich instinktiv sagen, daß Sie das echte Mondei gesehen haben.«

»Und jetzt?«

»Jetzt sollten Sie diesen Fall den Fachleuten überlassen. Sie bewegen sich hier ganz offensichtlich auf gefährlichem Gelände.«

Farrell lächelte. »Wissen Sie, was ich glaube?«

»Ich weiß, daß Sie es mir sagen werden, ob ich nun will oder nicht.«

»Stimmt. Ich glaube, vier Augen sehen mehr als zwei, und wenn wir zusammenarbeiten, können wir diesen Fall lösen. Sie verschaffen sich Ansehen beim FBI, und ich lande hier einen Volltreffer. Klingt gut, oder?«

»Soll ich ganz ehrlich sein, Farrell? Ich wäre viel interessierter daran, mit Ihnen essen zu gehen, als mit Ihnen an einem Fall zu arbeiten.«

»Das sagen Sie so, Jack. Vielleicht werden Sie aber feststellen, daß beides gleichermaßen erfreulich ist.«

Die Nadine-Paradise-Auktion war einen Versuch wert. Die Zuschauer zeigten enormes Interesse für Versteigerungen von Prominenten, liebten es, einen Blick in das Privatleben berühmter Menschen zu werfen. Farrell konnte sich gut erinnern, wie sie einmal die Vorbesichtigung einer Auktion des Herzogs und der Herzogin von Windsor bei Sotheby's besucht hatte und wie fasziniert sie davon gewesen war, das Elizabeth-Arden-Rezept für die schwarze Haartönung der Herzogin, die mehreren hundert Paar Handschuhe, die die Herzogin wegen ihrer großen Hände getragen hatte, und die Schachtel mit einem Stück des Hochzeitskuchens aus dem Jahre 1937 zu entdecken.

Farrell war sich sicher, daß sie einen mitreißenden Beitrag über die Paradise-Kollektion machen könnte. Man könnte die interessantesten Stücke, die zum Verkauf standen, im Laufe der kommenden Tage bei der Vorbesichtigung filmen, und am Freitag könnte sie dann über die Auktion selbst berichten. Der Beitrag könnte dann Freitag abend in den *Abendnachrichten* gesendet werden.

Als sie die Nachricht an Range in ihren Computer tippte, war Farrell dankbar dafür, daß es E-Mail gab. So hatte sie die Möglichkeit, ihre Gedanken zu ordnen und zu formulieren, ohne sich dem unangenehmen Druck auszusetzen, mit Range direkt von Angesicht zu Angesicht darüber reden zu müssen.

»Mach es«, antwortete der Chefproducer per E-Mail.

Ja! dachte Farrell. Die Paradise-Auktion war eine gute Story, aber, was ihr noch wichtiger war, sie bot ihr auch die Gelegenheit, noch einmal zu Churchill's zu gehen.

Die elegante Frau in der braunen Pelzjacke mit Litzenbesatz hatte einen kleinen, passenden Muff dabei, als sie vor Churchill's aus der schwarzen Mercedeslimousine stieg. Auch wenn die Passanten sie nicht sofort erkannten, spürten sie instinktiv, daß diese Frau »jemand« war.

»Ich parke den Wagen, Mutter, und komme dann nach.«

»Danke, Victor, mein Lieber.«

Der Portier von Churchill's hielt Nadine Paradise, die einen Augenblick stehenblieb, um mit ihm zu sprechen, mit einem herzlichen Lächeln auf den Lippen die Tür auf.

»Wie geht es Ihnen, Tony?«

»Bestens, Mrs. Paradise.«

»Halten Sie all die russischen Festlichkeiten durch?«

»Ja, Madam.«

Nadine musterte das Kosakenkostüm, und ihr kam eine Idee. »Wissen Sie, Tony, ich glaube, ich würde Sie morgen bei meiner Auktion gerne im Innenraum sehen. Meinen Sie, Sie könnten hineinkommen und mit Ihrer Uniform neben der Auktionsplattform stehen? Ich glaube, das wäre eine hübsche Idee.«

»Sicher, Mrs. Paradise. Was immer Sie und Mr. Montgomery wünschen.«

Nadine drückte dem Portier eine knisternde Banknote in die Hand. »Es war schön, Sie zu sehen, Tony.«

»Vielen Dank, Mrs. Paradise.«

Clifford Montgomery und Meryl Quan warteten drinnen auf Nadine und begrüßten sie herzlich.

»Ich hoffe, es wird Ihnen gefallen, wie wir Ihre wundervollen Dinge ausgestellt haben, Mrs. Paradise«, sagte Clifford eifrig. »Wir sind überglücklich, daß Sie uns erlaubt haben, diese Schätze präsentieren zu dürfen.«

Die Dreiergruppe betrat den betriebsamen Auktionssaal, in dem die interessierte Öffentlichkeit die Relikte aus Nadines Ballettkarriere inspizierte und die Fernsehteams sie filmten. An den Wänden hingen überlebensgroße Vergrößerungen von jahrzehntealten Bildern, auf denen Nadine im *Feuervogel*, der *Scheherazade* und im *Sacre du Printemps* tanzte. Diese Bilder dienten als Hintergrund für die sorgfältig angeordneten Gegenstände, die schon so bald versteigert werden würden. Scheinwerfer beleuchteten gerahmte Kostümentwürfe in Wasserfarben und Skizzen zu Bühnenbildern, die für sich schon Kunstwerke waren. Die juwelen- und federgeschmückten Kopfputze, die einst Nadines Kopf geziert hatten, als sie auf den Bühnen der Welt ihre Pirouetten gedreht hatte, hingen jetzt an den Wänden von Churchill's und warteten darauf, vom Meistbietenden mit nach Hause genommen zu werden.

»Clifford, das haben Sie wunderbar gemacht.«

»Vielen Dank, Mrs. Paradise.«

Nadine setzte ihren Rundgang fort. Sie war froh, daß sie sich dazu entschlossen hatte, all diese Dinge wegzugeben. Victor würde so weniger Mühe haben, wenn sie einmal nicht mehr war.

»Entschuldigen Sie bitte, Mrs. Paradise.«

»Ms. Slater! Wie nett, Sie hier zu treffen.«

»Schön, daß Sie sich an mich erinnern. Ich möchte für *KEY News* über die Auktion berichten. Wären Sie vielleicht bereit, mir kurz ein Interview zu geben?«

»Aber sicher, meine Liebe.«

Clifford Montgomery war sichtlich verärgert. Meryl gab sich Mühe, sich die Freude nicht anmerken zu lassen, als sie B. J. entdeckte, der mit seiner Kamera hinzukam, während Victor Paradise sich an die Seite seiner Mutter stellte.

Farrell begann mit einigen Fragen über Nadines Tanzkarriere und wollte wissen, welche der versteigerten Gegenstände eine besondere Bedeutung für sie hatten. Nadine antwortete ihr redegewandt, wobei der französische Akzent ihre Antworten richtig melodisch klingen ließ. Farrell frohlockte innerlich: Sie würde im Schneideraum jetzt Material haben, mit dem etwas anzufangen war.

»Warum gerade jetzt, Mrs. Paradise? Wieso haben Sie sich entschieden, diese Dinge gerade jetzt zu versteigern?« fragte Farrell.

Nadine lächelte. »Wenn man älter wird, will man sein Leben einfacher gestalten. Es schien mir der richtige Zeitpunkt, einige Dinge loszulassen und sich weiterzuentwickeln.« Was sie nicht sagte, war, daß sie das Geld nach all den Jahren im Ruhestand gut gebrauchen konnte.

87 *Freitag der dritten Woche der Fastenzeit*

Das mußte man ihnen lassen. Bei Churchill's wußten sie, wie es gemacht wurde.

Farrell sah zu, und B. J. filmte, als die Paradise-Auktion begann. Clifford Montgomery sagte ein paar einleitende Worte von seinem Auktionatorpult herab. Das Licht wurde gedämpft, und eine Filmleinwand senkte sich von der Decke. Zu Musik von Tschaikowsky und Strawinsky erschienen Schwarzweißdias der Primaballerina auf der Leinwand.

Als es wieder hell wurde und der Applaus verebbt war, tauchte ein russischer Kosake auf, um Wache zu halten, während das erste Objekt, das zur Versteigerung stand, hereingebracht wurde: das Kostüm, das Nadine Paradise in der Titelrolle von *Der Feuervogel* getragen hatte. Farrell konsultierte ihren Auktionskatalog und las, daß das Ballett auf einer Reihe russischer Märchen basierte. Eine gute Wahl, um eine weitere Auktion aus Churchill's Rußland-Reihe zu beginnen.

Farrell fühlte sich in dem Auktionshaus allmählich beinahe heimisch und hatte nicht mehr den Eindruck, es sei ein einschüchternder Ort der Stille, den nur die Superreichen zu betreten wagten. Als sie sich in der Galerie umsah, entdeckte sie bekannte Gesichter. Nadine Paradise natürlich, und ihren Sohn Victor. Interessiert stellte Farrell fest, daß Stacey Spinner bei ihnen saß.

Wo war Pat? fragte sie sich. Sie hatte gesagt, daß sie ihren Laden zumachen und mit Tim Kavanagh zu der Auktion kommen würde.

Farrell merkte, wie ihr jemand auf die Schulter tippte, und sie erstarrte.

»Müssen wir uns eigentlich immer nur beruflich treffen?« Es war Jack.

»Die lassen hier aber auch jeden rein, was?« flüsterte Farrell. Die Auktion war plötzlich noch um einiges anregender geworden.

88

»Ich interessiere mich für ein Stück, das bei der Auktion ›Russische Raumfahrtgeschichte‹ versteigert werden soll, kann aber nicht zu den Vorbesichtigungen kommen. Könnten Sie es mir wohl zeigen?«

»Jetzt?« fragte Meryl.

»Ich weiß, das ist ein wenig dreist, aber ich habe nicht viel Zeit.«

Meryl sah sich in der Auktionshalle um. Alles lief reibungslos. Es würde kein Problem sein, wenn sie ein paar Minuten nicht da war.

Meryl ging voran. »Ich hoffe, es macht Ihnen nichts aus, aber wir müssen den Lastenaufzug nehmen.«

»Das macht mir ganz und gar nichts.«

Hatte der kostümierte Portier in ihre Richtung gesehen? Vielleicht.

Es mußte schnell gehen. Es gab keine Zeit mehr für Patzer.

Als sich die Türen des Lastenaufzugs hinter ihnen schlossen, schnappte Meryl heftig nach Luft, denn sie spürte, daß sich etwas um ihren Hals schloß. In einem verzweifelten lautlosen Kampf versuchte sie, das, was sie erstickte, wegzureißen. Sie kämpfte tapfer, doch die starken Hände, die die Schlinge um ihren Hals fester zogen, gaben nicht nach.

Als es vorüber war, fiel Meryls schlaffer Körper in sich zusammen. Obwohl er schwer war, wurde der Leichnam ohne viel Mühe zusammengefaltet und in ein großes Packfaß gesteckt, das seitlich im Lastenaufzug stand. Das Faß wurde kraftvoll zugeworfen, und ein Hermès-Schal glitt durch die schmale Öffnung neben der Kabine und wehte den Aufzugschacht hinunter.

89

B. J. hatte nach Meryl gesucht, bevor Farrell und er Churchill's verließen. Er hatte sie an ihre Verabredung am Samstag abend erinnern wollen, sie aber nicht finden können. Farrell hatte unbedingt zurück ins Sendezentrum fahren wollen, um ihre Story über die Auktion fertigzustellen, und auch B. J. hatte zurück gewollt, um zu sehen, wie seine Filmaufnahmen geworden waren.

Er hatte das Gefühl, ein paar ziemlich gute Bilder eingefangen zu haben, und seine Vermutung bestätigte sich, als er Farrell die Bänder vorspielte.

»Gute Arbeit«, sagte sie. »Wie ich sehe, hast du auch ein paar schöne Aufnahmen von deiner Freundin gemacht.«

B. J. grinste. »Du weißt doch ... wer viel arbeitet, braucht auch mal etwas Abwechslung.«

»Raus hier, du Schwachkopf. Ich habe zu tun.« Farrell öffnete eine neue Datei in ihrem Computer, um mit der Story anzufangen.

»Sogenannte ›Prominenten-Auktionen‹ erfreuen sich in der letzten Zeit wachsender Beliebtheit. So wurde heute bei Churchill's in New York City die Kollektion der berühmten ehemaligen Ballerina Nadine Paradise versteigert. Das zahlreich erschienene Publikum war begierig, ein Stück aus dem Leben der legendären Tänzerin zu ergattern ...«

Sie tippte die nächsten fünfundvierzig Minuten und flocht in ihren Text O-Töne von Nadine Paradise und von drei der begeisterten Auktionsbesucher ein, die sie heute interviewt hatte. Farrell sah auf ihre Uhr. Fünf Uhr. Sie gab den Computerbefehl ein, mit dem sie das Skript hinunter zu Range ins Goldfischglas schicken konnte.

Nach fünfzehn Minuten rief der Chef-Producer an.

»Laß den dritten Auktionsbesucher weg, ändere das Ende in: ›Nadine Paradise, die einen Großteil ihres Lebens auf der Bühne verbracht hat, wo sie den Applaus und die Herzen ihrer Bewunderer für sich gewann, hat sich heute nachmittag bei Churchill's erneut ihrer Ergebenheit vergewissern können.‹ Dann ab damit. Eliza Blake steht dir in Kabine drei zur Aufnahme zur Verfügung.«

Noch eine knappe Stunde bis Sendebeginn. Farrell nahm die Änderungen im Skript vor und eilte dann nach unten in die Schneideräume. Sie freute sich, daß Range so wenig an ihrem Skript geändert hatte. In der Vergangenheit hatte sie oft das Gefühl gehabt, daß es ihm Spaß machte, ihre Arbeit auseinanderzunehmen.

90 *Vierter Sonntag der Fastenzeit*

Schon den ganzen Samstag über hatte B. J. versucht, Meryl zu erreichen, jedoch ohne Erfolg. War das ein Wink mit dem Zaunpfahl, daß sie sich nicht mehr mit ihm treffen wollte?

Am Samstag abend hatte er noch eine Nachricht auf ihrem Anrufbeantworter hinterlassen: »Meryl, ich bin's, B. J. Bitte ruf mich an, Kleine. Ich mache mir schreckliche Sorgen um dich.«

Die Seiten der Sonntagsausgabe der *Daily News* lagen vor ihm auf dem Bett ausgebreitet, und B. J. beschloß zu versuchen, sie bei Churchill's zu erreichen. Vielleicht gab es nach der Auktion am Freitag noch viel für sie zu erledigen? Mit klopfendem Herzen hörte er, wie nach dem zweiten Klingeln abgehoben wurde.

»Clifford Montgomery.« Die Stimme klang besorgt.

»Hallo, ich bin auf der Suche nach Meryl Quan.«

»Wer ist da, bitte?«

»B. J. D'Elia. Ich bin ein Freund von ihr. Wir waren gestern abend verabredet, aber ich konnte sie nicht erreichen. Ich hatte gehofft, sie wäre vielleicht im Büro.«

»Wenn das doch bloß der Fall wäre, Mr. D'Elia. Ich habe Meryl seit unserer Auktion am Freitag nachmittag nicht mehr gesehen und selbst versucht, sie zu Hause anzurufen. Es ist ganz und gar nicht ihre Art, einfach so zu verschwinden. Schon gar nicht, wenn wir gerade dabei sind, eine weitere wichtige Auktion vorzubereiten. Sie ist sonst äußerst gewissenhaft.«

B. J. schlug das Herz bis zum Hals. »Ich rufe die Polizei an.«

91 *Montag*

Farrell ging zu Fuß zur Arbeit. Sie war beunruhigt und angespannt wegen B. J.s verzweifeltem Anruf am Abend zuvor. Zuerst Olga und jetzt Meryl? Wo konnte sie nur stecken? Farrell wollte es sich nicht eingestehen, aber sie hatte Angst.

Dean erwartete sie schon, als sie in ihr gemeinsames Büro kam.

»Ich war Freitag abend im Goldfischglas, als dein Beitrag über die Paradise-Auktion lief. Range war begeistert.«

»Da hast du dich ja bestimmt sehr gefreut, Dean«, entgegnete Farrell ironisch.

»Mann. Entschuldige. Tut mir wirklich schrecklich leid. Ich wollte dir nur mal zur Abwechslung gute Nachrichten überbringen. Soll nicht wieder vorkommen.« Dean vertiefte sich in seine Zeitung.

»Vergiß es, Dean. Tu nicht so, als wärst du auf meiner Seite. Du freust dich doch schon darauf, das Büro mit jemand anderem zu teilen. Und jetzt, da ich sowieso gehe, kann ich dir eigentlich auch sagen, was für ein niederträchtiger, gemeiner Mistkerl du in meinen Augen bist.«

Deans Wangen röteten sich, und er wollte stotternd protestieren, doch Farrell ließ ihn nicht zu Wort kommen.

»Spiel nicht den Unschuldigen. Ich weiß, daß du mir Anrufe mit voller Absicht nicht ausgerichtet hast. Ich weiß, daß du in meinem Computer herumschnüffelst und meine Telefonate belauscht. Und auch wenn ich es noch nicht beweisen kann, weiß ich, daß du ein Video hier aus meinem Schreibtisch hast verschwinden lassen, das für eine Story, die meine Karriere retten könnte, extrem wichtig ist.«

»Weißt du, Farrell, es ist ja wohl kaum meine Schuld, wenn du etwas verlegst!«

»Verlegt, von wegen! Du hast es geklaut, und ich schwöre dir, ich werde es beweisen. Ich bin gespannt, was dein Freund Range sagen wird, wenn ich ihm erzähle, daß sein Wunderknabe ein gemeiner Dieb ist. Soviel zum Thema journalistische Integrität!«

»Sei bloß vorsichtig, Farrell«, warnte Dean.

»Sei *du* lieber vorsichtig, Dean.«

92

»Kaum zu glauben, oder?« fragte der Arbeiter im Overall seinen Kollegen. »Jetzt versteigern wir schon Raumanzüge von den Roten. Auktion ›Russische Raumfahrtgeschichte‹, du lieber Himmel. Mann, bin ich froh, wenn diese Rußland-Sachen vorbei sind. Ich bin es echt leid, so früh zum Aufbauen herzukommen.«

»Nicht nur du«, stimmte sein Begleiter zu. »Diese Kosmonauten können einem aber eigentlich leid tun. Müssen ihre ganzen Raumfahrtsouvenirs verkaufen, um überleben zu können.«

»Ach ... ich habe mit diesen Typen kein Mitleid. Die ganzen Jahre haben sie gegen uns gearbeitet. Jetzt kriegen sie, was sie verdienen. Ihr Land ist am Ende.«

Die Arbeiter schoben einen großen Wagen, auf dem Raumanzüge, Helme, riesige Handschuhe und Fallschirme lagen, und warteten dann auf den Lastenaufzug, der die Ware nach oben auf die Galerie bringen würde.

»He, guck mal, ein Raumanzug für Hunde! Diese Russen waren ja ganz versessen darauf, Tiere in den Orbit zu schicken!«

Der Arbeiter hielt den kleinen Anzug in der Luft, damit sein Freund ihn sehen konnte, als sich die Aufzugtüren öffneten. Augenblicklich schraken beide Männer zurück, als sie den Gestank einatmeten, den sie bald als Verwesungsgeruch identifizierten.

»Oh, Mann, das stinkt, als wäre hier drin etwas gestorben.«

93

Wieder eine Woche vergangen, und noch immer kein Scheck von Churchill's.

Es war schon eine kolossale Leistung gewesen, die Fälschung zu organisieren und das Fabergé-Ei zu verkaufen. Jetzt, mit den Morden an Misha und Meryl und mit Olga, derer man sich wohl bald doch würde annehmen müssen, war das Geld für das versteigerte Mondei mehrfach verdient worden. Und es war noch immer nicht alles erledigt. Leider sah es so aus, als kämen noch andere in die Quere, die vielleicht auch noch aus dem Weg geräumt werden müßten.

Beim dritten Klingeln wurde der Hörer bei Churchill's abgenommen.

»Clifford Montgomery.«

»Du gehst neuerdings selbst ans Telefon?«

»Was wollen Sie?«

»Mein Geld.«

»Passen Sie mal auf, Sie haben nichts zu befürchten, aber ich habe das FBI am Hals.«

»Armer Clifford. Falls es dich tröstet: Ich bin auch fleißig gewesen.«

»Das tröstet mich kein bißchen. Ich bin es, der hier untergeht. Außerdem hat der Käufer Probleme, das Geld aufzutreiben. Und selbst wenn ich es hätte, würde sich das FBI auf mich stürzen, wenn ich jetzt einen Scheck ausstelle.«

»Laß dir gefälligst etwas einfallen, du Nigger. Beschaff dir das Geld von deinem Käufer, oder ich gebe dem FBI persönlich einen Tip.«

Clifford lachte nervös. »Wenn Sie das tun, gehen Sie mit mir unter.«

»Da hast du wohl etwas übersehen, was? Ich brauche nur

zu sagen, daß ich das Ei auf dem Flohmarkt an der Twenty-Sixth Street gekauft und von dir habe prüfen lassen. Natürlich wäre ich genauso schockiert wie dein Käufer, wenn nun herauskommen würde, daß das Ei nicht echt ist. Nichts auf der Welt kann mich mit der Fälschung in Verbindung bringen.«

Der Präsident des Auktionshauses dachte an seine Karriere. Sie würde den Bach runtergehen, das war ihm klar. Hätte er sich doch niemals darauf eingelassen! Eine zufällige Gelegenheit hatte ihn in diesen Alptraum verwickelt, und es würde mehr als Glück brauchen, um ihn zu beenden.

»Beschaff mir einfach mein Geld, Clifford. Oder du wanderst in den Knast. Ich habe das Gefühl, daß dir der Service dort nicht gefallen wird. Dort wirst du aber landen, wenn ich mich gezwungen sehe, den erwähnten Anruf zu tätigen.«

94 *Dienstag*

»Man hat Meryls Leiche gefunden.« B. J. stand noch ganz unter Schock in der Tür.

Farrell hatte das Gefühl, wie gelähmt zu sein, sie war sprachlos vor Schreck.

»Oh, B. J. Nein. O nein!«

Langsam ging der Kameramann zur Couch an der Wand von Farrells Büro und ließ sich darauf sinken. Er schloß die Augen, legte den Kopf gegen die Rückenlehne und stieß einen tiefen Seufzer aus.

»Sie wurde heute morgen gefunden, in einem Container bei Churchill's. Es sieht so aus, als ob sie schon das ganze Wochenende dort gelegen hat.«

»O Gott, B. J. Es tut mir so leid.«

Einige Augenblicke saß Farrell schweigend neben dem Freund. »Was sagt die Polizei?«

»Das Übliche. Die Ermittlungen laufen, also sagen sie nicht sehr viel. Es wird eine Autopsie vorgenommen, um festzustellen, wie sie ermordet worden ist.«

Ermordet. Farrell rieb sich die Oberarme, sie fror plötzlich.

»Weißt du von irgend jemandem, der Meryl etwas hätte antun wollen, B. J.?« fragte sie sanft.

Doch B. J. hörte Farrells Frage nicht. »Noch am Freitag habe ich sie bei der Auktion gesehen. Sie war so lustig. Wir wollten uns am Wochenende sehen. Wenn ich nur bei Churchill's geblieben wäre, bis ich sie gefunden hätte, statt in aller Eile hierherzufahren, um zu sehen, ob mein dämliches Video gut geworden ist. Vielleicht, nur vielleicht, wäre Meryl dann noch am Leben.«

Farrell stand auf, setzte sich neben B. J. auf die Couch und nahm seine Hände in ihre.

»B. J., du darfst dich nicht so fertig machen. Wenn irgend jemand Meryl töten wollte, dann hätte er oder sie es irgendwann sowieso getan. Du konntest schließlich nicht vierundzwanzig Stunden am Tag bei ihr sein.«

»Das stimmt«, sagte B. J. zynisch. »Sie hat ja quasi in diesem verdammten Auktionshaus gewohnt, weil ihr Chef einfach ständig Druck gemacht hat.«

»Clifford Montgomery?«

»Ja. Sie hat sich Sorgen gemacht, Montgomery könne in irgend etwas verwickelt sein, mit dem sie nichts zu tun haben wollte.«

95

Einmal pro Monat kam jemand von der Aufzugsfirma zu Churchill's, um sicherzustellen, daß die Fahrstühle gut und sicher funktionierten. Liam O'Shea hätte eigentlich am Siebzehnten des Monats kommen sollen, aber heute war er vierundzwanzig Stunden früher dran. Morgen wollte er sich freinehmen, um zur Parade am St. Patrick's Day zu gehen.

Im Kellergeschoß prüfte Liam der Reihe nach die Motoren und Verkabelungen der verschiedenen Aufzüge und gelangte schließlich zum Lastenaufzug. Auf dem Schachtboden lag etwas, das er als sehr teuren Damenschal identifizierte. »*Hermès-Paris*« stand markant in dem Muster.

Liam erwog, den Schal dem Sicherheitspersonal des Auktionshauses auszuhändigen. Dort mußte es ein Fundbüro geben. Aber die Versuchung war groß. Mary hatte sich schon immer so einen Schal gewünscht. Er hatte sich letztes Jahr zu Weihnachten sogar über die Preise informiert, weil er vorhatte, nicht aufs Geld zu schauen und seiner Frau etwas zu kaufen, das sie sich niemals selbst gönnen würde. Aber mit drei Kindern auf der katholischen Privatschule, die bald alle aufs College gehen würden, konnte er es einfach nicht verantworten, 250 Dollar für einen Schal auszugeben.

Die Frauen, die zu Churchill's kamen, hatten wahrscheinlich ganze Schubladen voller Seidenschals, überlegte Liam, während seine Mary, die sich von morgens bis abends abrakkerte, noch nie im Leben etwas so Kostbares besessen hatte. War das etwa fair?

Er packte sein Werkzeug zusammen und faltete den Seidenschal sorgfältig zu einem kleinen Quadrat, das er sich in die Jackentasche steckte. Seine Mary würde dieses Jahr eine Überraschung zum St. Patty's Day bekommen. Sie hatte es verdient.

96

Das beste würde sein, das Beweismittel loszuwerden. Aber wie? Dean dachte über Farrells Drohung nach. Das war das letzte, was er gebrauchen konnte. Einen Ruf als Dieb. Er hatte sorgfältig darauf hingearbeitet, Ranges Günstling zu werden. Es lohnte sich nicht, sein Ansehen beim Chef zu riskieren, nur um Farrells Story zu sabotieren.

Er wollte das Video nicht zerstören. Die Möglichkeit, darauf zurückgreifen zu können, würde ihm vielleicht noch einmal nutzen. Aber Dean wollte es auch nicht länger selbst im Besitz haben.

Dann kam ihm die Idee. Er wußte, wohin er es schicken konnte. Dort würde es liegen, zusammen mit mehreren tausend Gefährten, ungestört und unerkannt.

97 *Mittwoch, St. Patrick's Day*

»Wenn ich gewartet hätte, bis du mich zum Essen zu dir nach Hause einlädst, wäre ich wohl verhungert. Ich muß allerdings zugeben, daß das hier ein etwas ungewöhnliches Essen für den St. Patrick's Day ist. Aber ich habe keine Ahnung, wie man Corned Beef und Kohlgemüse macht.«

Jack sah Farrell erwartungsvoll an. Aber die schlagfertige Antwort blieb aus. Farrell drehte ihre Gabel in den Spaghetti und nippte an ihrem Wein, ohne die Gedanken von Meryl Quans gewaltsamem Tod abwenden zu können.

»Noch etwas Merlot?« fragte Jack. Farrell nickte.

»Jack, ich habe ein entsetzliches Gefühl. Das Gefühl, daß

ein schreckliches Unheil bevorsteht. Irgend jemand ist einfach bei Churchill's hereinspaziert und hat Meryl Quan ermordet. Genauso, wie ich glaube, daß irgend jemand einfach in Olgas Wohnung spaziert ist und sie hat töten wollen.«

»Du meinst also, das hängt zusammen – und wie?« wollte Jack wissen.

»An dem Tag, an dem ich Clifford Montgomery von meinem Verdacht berichtet habe, das versteigerte Ei könne eine Fälschung sein, war Meryl im Büro. B. J. hat mir erzählt, daß Meryl sagte, ihr Chef sei nach meinem Besuch sehr aufgeregt gewesen.« Farrell überlegte einen Augenblick. »Olga hatte das echte Fabergé-Ei, das B. J. und ich kurz vor dem Brand in Westwood gefilmt haben. Alles nur Zufall? Das glaube ich nicht.« Farrell trank ihr Glas leer. »Also haben wir jetzt einen Mord und einen versuchten Mord.«

»Sagen wir zwei Morde.«

Farrell sah ihn durchdringend an. »Wieso?«

Jack erzählte Farrell von dem grausamen Mord an Misha in der winzigen Schmuckwerkstatt in Brighton Beach.

»Wurde die Leiche gefunden?« fragte Farrell.

»Nach dem Blut zu urteilen, das vergossen worden ist, wird man höchstens Teile der Leiche finden. Misha Grinkov existiert nicht mehr in einem Stück.«

Farrell hielt inne, um das, was Jack ihr gerade berichtet hatte, zu verarbeiten. »Warum hast du mir nicht vorher von dieser Sache mit Misha erzählt?«

»Bislang schien das alles weder dich noch deine Sicherheit zu betreffen.«

»Und jetzt?«

Jack erhob sich von seinem Stuhl und ging um den Tisch herum zu ihr. Er zog sie auf die Füße und führte sie zu seiner Wohnzimmercouch. Er nahm ihr Gesicht in die Hände, küßte sie sanft und dann fester auf den Mund und spürte, wie sich ihre Arme bereitwillig um seinen Hals legten.

»Und jetzt?« flüsterte sie wieder.

»Es könnte sein, daß dir schon bald alles gefährlich nahe kommen könnte.«

98 *Donnerstag*

Seitdem Patricia Devereaux ihr die Identität der Verkäuferin der Brosche verraten hatte, hatte sich Nadine jeden Tag von Victor zum Krankenhaus fahren lassen.

»Komm in etwa einer Stunde wieder, Schatz. Ich warte in der Eingangshalle auf dich.«

Nadine sah zu, wie Victor mit dem Mercedes davonfuhr. Er hatte nur wenig Interesse für die kranke Frau dort drinnen gezeigt, die seine neuentdeckte Tante war. Die Gleichgültigkeit ihres Sohnes enttäuschte Nadine.

Nadine ging den langen Korridor hinunter zu Olgas Zimmer, lächelte die Krankenpfleger an, die an dem Tisch vor ihrem Zimmer saßen. Sie setzte sich und begann, in Russisch beruhigend auf ihre ältere Schwester einzureden.

»Bitte, Olga. Bitte, meine Liebste. Du mußt durchhalten. Mein ganzes Leben habe ich mich nach einer Schwester gesehnt. Und jetzt, jetzt, wo wir endlich die Gelegenheit haben, einander kennenzulernen, dürfen wir dieses Geschenk nicht verlieren. Ich werde mich gut um dich kümmern. Du kannst bei mir wohnen. Ich habe ein großes Haus mit viel Platz. Unser Papa im Himmel wird so froh darüber sein, daß seine beiden Mädchen endlich beisammen sind.«

Nadine nahm Olgas zarte Hand, die der ihren so ähnlich war, und hielt sie fest. »Bitte, Olga. Bitte. Du mußt dich anstrengen.«

Nadine spürte einen leichten Händedruck.

99

Farrell stand vor Range Bullocks Schreibtisch und brachte ihren Fall vor.

»Solange du das echte Mondei nicht hast, oder zumindest die Videoaufnahme davon, sehe ich keinen Weg, die Story zu bringen.«

»Aber Range, B. J. und ich haben es beide mit eigenen Augen gesehen, und du selbst kennst das Video«, flehte Farrell.

Range schüttelte den Kopf. Er sagte laut, was Farrell sich nicht eingestehen wollte: »Das ist alles gut und schön, aber wir haben keinen vorzeigbaren Beweis mehr, oder?« Er machte eine Pause und brachte es dann auf den Punkt. »Die Flut von Prozessen gegen Nachrichtensender nimmt immer mehr zu, und du wirst sicher verstehen, daß ich für diese Story nicht gerne Kopf und Kragen riskieren möchte. *KEY News* kann auf eine Verleumdungsklage von Churchill's über mehrere Millionen Dollar gut verzichten.«

Farrell gab sich nicht so schnell geschlagen. Sie überlegte, ob sie ihre Verdächtigungen bezüglich Dean und des fehlenden Bandes vorbringen sollte, ließ es dann aber sein. *Bleib lieber bei der Story.* »Wir reden hier von zwei Mordfällen und einem versuchten Mord.«

»Kannst du beweisen, daß die Morde mit dem Fabergé-Ei zusammenhängen?«

Farrell schwieg.

»Sieh mal«, lenkte Range ein wenig ein, »ich will ja gar nicht sagen, daß die Story an sich nicht gut ist. Aber ohne Beweise ist sie zu schwach.«

Das war noch nicht das letzte Wort, entschied Farrell, als sie aus dem Goldfischglas marschierte.

Range beobachtete, wie sie durch das Studio ging. Zu seinem Erstaunen wünschte er, Farrell hätte in den Monaten vor seiner Entscheidung, sie zu entlassen, genausoviel Hartnäkkigkeit an den Tag gelegt.

100

Robbie packte den neuesten Karton mit Videokassetten aus, der über den Transportdienst von *KEY News* angekommen war. Er enthielt ein Dutzend Bänder, die auf der Parade zum St. Patrick's Day gefilmt worden waren.

Er stapelte die Bänder, trug sie hinüber zu seinem Videomonitor und legte sie eins nach dem anderen in den Apparat, um am Computer zu notieren, was auf jedem Band zu sehen war. Marschierende Bands, rotgesichtige Polizisten, Dudelsäcke und unzählige Menschen, die grün gekleidet waren. Ein St. Patty's Day wie so viele andere auch.

Robbie schob die siebte Kassette in der Erwartung ein, wieder das Gleiche zu sehen. Statt dessen erschien eine sehr alte Frau auf dem Bildschirm, die einen Wirbel aus glitzernden Diamanten in der Hand hielt.

101 *Freitag der vierten Woche der Fastenzeit*

Russische Bauernweisheit

†

»Wer an diesem Freitag fastet,
ist vor heimtückischem Mord sicher.«

»Bitte, Olga. Versuchen Sie, ein bißchen von dieser Brühe zu trinken. Das ist wichtig, damit wir die intravenöse Ernährung einstellen können«, drängte die Nachtschwester.

»Meine Kehle tut mir weh. Ich kann nicht schlucken.«

»Das kommt von der künstlichen Beatmung«, sagte die Schwester. »Aber jetzt, wo Sie die nicht mehr brauchen, wird es Ihrer Kehle in ein paar Tagen besser gehen.«

»Dann werde ich auch essen.«

Die Schwester lächelte vor sich hin. Ganz schön zäh, diese alte Dame. Wochenlang hatte niemand geglaubt, daß sie es schaffen würde, und jetzt, erst vierundzwanzig Stunden, nachdem sie aus dem Koma erwacht war, kam Olgas störrisches Wesen schon wieder zum Vorschein. Wie stark der menschliche Geist doch ist.

»In Ordnung, meine Liebe. Wir versuchen es morgen wieder. Gute Nacht.« Die Krankenschwester glättete die Decke auf dem Krankehausbett und ging, um sich um den nächsten Patienten zu kümmern.

Olga lag mit geschlossenen Augen da und nickte immer wieder ein. Die häufigen Lautsprecherdurchsagen im Krankenhaus mischten sich in ihre bruchstückhaften Träume.

»Ma ijtso. Ma ijtso.«

Besuch beugte sich über Olgas schlafenden Körper. »Ja, altes Haus, ›dein Ei‹. Dein Ei ist der Grund, warum du sterben mußt.«

Der Rücken des Besuchs versperrte die Sicht von der Tür

aus. Die Nachtschwester, die mit einem frischen Krug Wasser zurück ins Zimmer kam, konnte das Kissen, das der Besuch in den Händen hielt, nicht sehen. »Ist es nicht wunderbar, daß es ihr wieder so gut geht?« zwitscherte sie den regelmäßigen Gast der alten Dame an.

Der Besuch schüttelte das Kissen auf und wandte sich mit einem Lächeln um. »Sie soll es so bequem wie möglich haben. Sie hat so viel durchgemacht.«

102 *Samstag*

Charlie machte für heute Feierabend und schloß die Tür des Deli ab. Aus alter Gewohnheit blickte er in Richtung von Pats Laden. Was er in der Dämmerung erkennen konnte, ließ seine Laune sinken.

Pat ging den Weg vor ihrem Geschäft hinunter, begleitet von diesem Typen, mit dem sie sich jetzt schon seit mehreren Wochen regelmäßig traf. Charlie beobachtete, wie der Mann ihr die Autotür aufhielt und Pat einstieg. Wo fuhren sie hin? Was würden sie in den nächsten Stunden tun, die sie gemeinsam verbrachten?

Du bist wirklich dämlich, daß du dir das so zu Herzen nimmst, redete er sich ein. *Du weißt doch gar nicht, ob sie sich wirklich für diesen Kerl interessiert. Sie ist dir gegenüber nicht unehrlich. Sie weiß doch nicht einmal, daß du sie verehrst. Du hast ihr nie verraten, wie sehr du sie magst. Warum hast du es ihr eigentlich nie gesagt? Weil du Angst hast, du Feigling. Angst, daß sich jemand wie sie niemals für jemanden wie dich interessieren könnte.*

Charlie ging zu dem Durchgang hinter dem Deli und warf eine große schwarze Mülltüte in eine der schweren Metalltonnen. Er machte sich weiter düstere Gedanken. *So, jetzt gehst du also nach Hause und verbringst wieder einen Samstagabend mit der Fernbedienung und einem Sechserpack Budweiser. Du mußt etwas unternehmen, Mann! Trau dich. Schon um zu sehen, ob du überhaupt irgendeine Chance bei Pat hast ... ob sie in dir nicht nur den Kumpel sieht, sondern einen ...*

Vielleicht, wenn sie wüßte, daß du reich bist. Du hast sie nie wissen lassen, daß du für sie sorgen könntest, ihr ein wunderbares Leben bieten könntest, daß sie ihren Job aufgeben könnte, wenn sie wollte. Sie kennt dich nur als Choo-Choo Charlie, den Typen mit der kahlen Stelle unter der Baseballkappe, der im Deli Salami und Leberwurst schneidet.

Kein Wunder, daß sie nicht sonderlich beeindruckt war.

103 *Fünfter Sonntag der Fastenzeit*

Es war noch immer Zeit, Olga zu erledigen. Aber es kam nicht mehr in Frage, es im Krankenhaus zu tun.

Misha, Meryl, und schließlich auch Olga. Und jetzt, leider, noch jemand.

Tony, der Portier von Churchill's. Er konnte gefährlich werden. Er erkannte jeden wieder, der mit einiger Regelmäßigkeit zu Churchill's kam. Er konnte Namen nennen.

Es war nicht sicher, ob Tony in seinem Kosakenkostüm, in dem er der Paradise-Auktion als Wachtposten Farbe verliehen hatte, irgend etwas Ungewöhnliches bemerkt hatte. Vielleicht hatte er nicht gesehen, wie Meryl durch die Galerie gelaufen war, um hinunter zu den Lagerräumen zu gehen. Aber es war nicht auszuschließen. Seine Augen schienen in ihre Richtung geblickt zu haben.

Nein, es war nicht sicher, aber es war möglich. Gut möglich, und das durfte man nicht ignorieren.

104

»Es ist beinahe eine Woche her, Jack, seit Meryls Leiche gefunden wurde. Was zum Teufel macht die Polizei eigentlich?«

»Mann, Farrell, wie wär's, wenn wir einfach den ersten richtigen Frühlingstag des Jahres genießen?« Jack schob sich die zweite Hälfte seines dritten Krispy Creme in den Mund. Farrell und Jack saßen auf einer Bank in den Strawberry Fields, dem John-Lennon-Denkmal im Central Park an der West 72nd Street. Auf der anderen Seite des Central Parks erhob sich Gothic Dakota, die Heimat der Reichen, Prominenten und Erfolgreichen, über den Bäumen.

Jack hatte recht. Es war ein wunderschöner Tag, der erste verlockende Vorgeschmack auf den nahen Frühling. Es war ein harter Winter gewesen, und Farrell war froh, daß er vorüber war. Aber Meryl Quan würde die knospenden Bäume, die zwitschernden Vögel, die warme Brise nicht mehr genießen können.

Natürlich hatte Meryl nicht damit gerechnet, überlegte Farrell. Sie hatte auch den vergangenen Frühling nicht in dem Bewußtsein verlebt, daß es ihr letzter sein würde. Meryl hatte zu Recht erwartet, noch viele Frühlinge zu erleben, in denen sie in Cabrios mit heruntergeklapptem Verdeck fahren würde. In denen sie sich verlieben und die blühenden Tulpen und Narzissen bewundern könnte. In denen sie vielleicht sogar heiraten und Kinder kriegen würde. Meryl war um all das betrogen worden.

Farrell nahm Jacks Arm und legte den Kopf an seine breite Schulter. »Mein Gott, das Leben ist so unsicher«, flüsterte sie.

105 *Dienstag*

Im Fitneßcenter surrten die Laufräder. Victor und Stacey trainierten Seite an Seite. Victor rannte aus Leibeskräften, Stacey marschierte in zügigem Tempo.

»Mutter will jetzt also, daß die alte Schachtel bei uns wohnt«, keuchte Victor.

»Wäre das denn so schlimm?«

»Genau mein Traum vom Glück: zwei alte Damen, um die ich mich kümmern muß. Schon so ist es irgendwie komisch, daß jemand in meinem Alter noch bei seiner Mutter wohnt. Und jetzt werde ich mit zwei alten Weibern da sitzen, und du weißt verdammt gut, daß es mit ihnen nur bergab gehen kann. Das bedeutet dann, daß der gute alte Victor die Krankenschwester spielen muß.«

Stacey schob das Frotteeschweißband zurecht, das um ihre Stirn lag. »Wenn du dir da so sicher bist, wieso ziehst du dann nicht aus, solange du noch kannst? Du hast ohne Frage ein Recht auf dein eigenes Leben.«

Victor beendete seine vier Meilen Dauerlauf und wartete,

bis Stacey ihre zwei Meilen Powerwalk absolviert hatte. Sie gingen zu den anderen Geräten hinüber. Victor setzte sich in die Beinpresse und Stacey stand über ihm, während er die Gewichte einstellte.

»Weißt du, Victor, früher oder später wirst du ein sehr reicher Mann sein.«

Victor murrte. »Aber wann werden wir beide endlich mal richtig unseren Spaß haben?«

Stacey sah sich um. Jeder Anwesende schien sich nur um seine eigenen Angelegenheiten zu kümmern. »Sei doch nicht immer so resigniert«, sagte sie. »Du mußt Geduld haben. Ich beklage mich ja auch nicht.«

»Meine Mutter hat nicht soviel Geld, wie du glaubst.« Er hatte das eigentlich nicht so herausposaunen wollen.

Stacey nahm einen Schluck aus ihrer Wasserflasche und war bemüht, gelassen zu wirken.

»Wie meinst du das?«

»Was glaubst du denn, wieso sie das ganze Zeug auf der Auktion verkauft hat?«

Sie dachte über seine Worte nach und antwortete mit einer Lüge. »Mach dir keine Sorgen, Liebling. Es wird schon alles klappen. Ich halte zu dir, Victor. Du weißt, daß Geld mit meinen Gefühlen für dich nichts zu tun hat.«

Aber nicht einmal Victor war so dumm, das zu glauben.

106

Farrell überquerte die Straße vor dem Sendezentrum und ging zu den *KEY News*-Garagen, um B. J. abzufangen. Sie wollte ihm die Nachricht persönlich überbringen So etwas sollte man nicht am Telefon erfahren.

Im Gemeinschaftsraum, in dem die Kameraleute darauf warteten, einer Story zugeteilt zu werden, lag B. J. auf dem Sofa, die Füße hochgelegt. Die Tische waren mit leeren Pappbechern und mehrere Tage alten Zeitungen übersät. Aus dem Fernseher, der an der Wand befestigt war, dröhnte eine Seifenoper, aber B. J. sah nicht hin. Er starrte hinauf an die Decke.

»Hallo.«

B. J. setzte sich rasch auf. Er war überrascht, Farrell zu sehen.

»Hallo, was treibt dich auf diese Seite der Welt?«

Farrell ließ sich neben B. J. nieder. »Der Autopsiebericht ist gekommen.«

»Und?«

»Er hat ergeben, daß Meryl erwürgt worden ist.«

B. J. schwieg einen Augenblick. »Und?«

»Nach dem Zustand ihres Körpers zu urteilen, war sie bereits zwei bis drei Tage tot, als sie entdeckt wurde.«

»Woher weißt du das?« fragte er.

»Jack McCord hat es mir erzählt.«

B. J. senkte den Kopf, und Farrell wußte, daß er nicht wollte, daß sie die Tränen sah, die ihm sofort in die Augen getreten waren. Sie hörte kaum, was er flüsterte. »Wenn ich doch nur für sie dagewesen wäre.«

107

»Was soll ich mit diesem Band hier machen, Chef?« fragte Robbie. »Es ist mit den Bändern vom St. Patrick's Day gekommen, aber es gehört ganz eindeutig nicht dazu.«

»Was ist drauf?«

»Aufnahmen von einer alten Dame und irgendeinem Schmuckei.«

»Irgendwelche Aufschriften auf der Schachtel?«

»Weder Auftragsnummer noch Storybezeichnung. Auch nicht der Name des Kameramannes.«

»Wann werden diese Idioten endlich mal lernen, wie wichtig es ist, daß sie ihre Bänder beschriften?« fragte der aufgebrachte Abteilungsleiter. »Laß es einfach vorne auf dem Schreibtisch liegen, Rob. Früher oder später wird wahrscheinlich jemand danach suchen.«

108 *Mittwoch*

»Was fällt dir ein, in meinen Schubladen herumzuwühlen?« wollte Dean Cohen wissen.

Ungerührt sah Farrell von der Schreibtischschublade auf, die sie durchstöberte.

»Jetzt drehen wir den Spieß mal um, Dean, mein Guter. Was du kannst, kann ich auch.«

»Farrell? Wovon sprichst du, verdammt noch mal.«

»Wo ist mein Video?« fuhr sie ihn an.

»Keine Ahnung.«

»Von wegen.« Farrell setzte ihre Suche fort.

»Hör auf, in meinen Schubladen herumzuschnüffeln, oder ich rufe den Sicherheitsdienst.«

»Mach doch. Und ich sage den Wachleuten und jedem, der zufällig vorbeikommt und das ganze Theater mitkriegt, daß du, Dean Cohen, ein Lügner, ein Betrüger und ein Dieb bist!«

»Sei bloß vorsichtig, Farrell.«

»Vielleicht werden sie sich nicht sicher sein, ob sie mir glauben können«, sagte sie und zog eine weitere Schublade auf. »Aber die Saat des Zweifels ist dann in ihren Köpfen gesät. Das wird mein schönes Vermächtnis für dich sein, lieber Dean: Auch wenn ich aus den heiligen Hallen von *KEY News* verschwunden bin, werden die Leute sich fragen, ob du wirklich so ein hinterhältiger Schleimer bist, wie ich behauptet habe. Du weißt, wie rasch sich gute Nachrichten hier verbreiten.«

»Du wirst das Band in meinem Schreibtisch nicht finden, Farrell«, sagte Dean ruhig.

»Wie auch immer, auf jeden Fall wäre es besser für dich, wenn es bald wiederauftaucht.«

109 *Freitag der fünften Woche der Fastenzeit*

In den höhlenartigen Weiten des UNO-Gebäudes auf New York Citys East Side beugte sich Professor Tim Kavanagh mit seinen Studenten der Fakultät für Diplomatie und Internationale Beziehungen über das Geländer und beobachtete, wie der riesige Metallglobus an dem Drahtpendel hin und her schwang. Dem Künstler war es wirklich gelungen, den Eindruck einer vereinten Welt zu vermitteln. »Kommt, Leute. Es fängt in zehn Minuten an.«

Kavanagh geleitete die Gruppe hoffnungsvoller zukünftiger Diplomaten in das Auditorium, in dem sie einen Vortrag über die Geschichte der UNO und die neuesten Entwicklungen in der Diplomatie hören sollten, die sich durch die Neuordnung der globalen Machtstrukturen ergeben hatten. Nachdem die Studenten sich gesetzt hatten und der Vortragende der UNO begonnen hatte, schlüpfte Professor Kavanagh aus dem Raum.

Er hatte gut anderthalb Stunden Zeit, um etwas zu erledigen, bevor er zurück sein mußte.

110

Als Churchill's für diesen Tag schloß, versteckte sich der Mörder in einer zugesperrten Toilettenkabine im Untergeschoß, die Füße auf dem Toilettensitz. Die Tür zum Waschraum öffnete sich, als ein Wachtposten die Sicherheitskontrolle vornahm, um sicherzugehen, daß der Raum die Nacht über leer war. Der Mörder atmete nicht einmal.

Nachdem er die Tür ins Schloß fallen gehört hatte, vergingen fünf Minuten in Stille. Beim Verlassen der Kabine ein rascher Blick in den Spiegel über dem Waschbecken. So also sieht ein Mörder kurz vor der Tat aus. Erweiterte Pupillen, sonst aber ruhig.

Heimlich die Hintertreppe hinauf in den Umkleideraum, langsam die Tür öffnen, lautlos. Wenn jemand anders als Tony dasein würde, wäre die Entschuldigung kein Problem: verlaufen im Labyrinth des Churchill's-Gebäudes.

Aber es war niemand sonst da. Nur Tony.

Tony stand mit dem Rücken zur Tür des Umkleideraums. Seine pelzige Kopfbedeckung lag auf der Bank neben seinem Spind, und er pfiff gedankenverloren vor sich hin, während er den blauen Kosakenmantel auszog. Armer Kerl. Jetzt pfeift er noch, gleich ist er tot.

111

B. J., du mußt damit aufhören. Du bist besessen davon. Vielleicht solltest du zu einem Therapeuten gehen.

B. J. saß allein in einem abgedunkelten Redaktionsraum und spielte das Band noch einmal ab. Als er es gefilmt hatte, hatte er geglaubt, es würde witzig sein, es Meryl später vorzuführen. Aber es hatte kein später gegeben.

Er hatte gründlich alle Aufnahmen gemacht, die Farrell für ihren Beitrag über die Paradise-Auktion möglicherweise haben wollte. Jedes Kostüm, jedes Poster, jedes Bühnenbild. Er hatte Bilder vom Publikum gemacht, die Farrell später für Schnitte verwenden wollte. Er hatte die langen Passagen der Auktionsgalerie gefilmt, die der Cutter als mögliche Anfangseinstellungen wählen konnte.

Aber immer, wenn er sich sicher gewesen war, daß er nichts verpaßte, was Farrell brauchen würde, hatte B. J. die Kamera auf seine Freundin gerichtet. Auf Meryl, seine hübsche Meryl.

Er betrachtete das Video, auf dem die schöne Frau mit dem dunklen, glatten Haar aufmerksam dastand, während die Auktion ihren Verlauf nahm. Es war Meryls Job, aufmerksam zu sein, aufzupassen, daß alles glatt lief.

»B. J., quäl dich doch nicht so, Lieber.« Farrell stand in der

Tür. »Komm, ich möchte dich zum Essen einladen. Wir haben eine lange Woche hinter uns.«

»Mein Gott, Farrell, ich kann es einfach nicht fassen, daß sie nicht mehr da ist.«

»Ich weiß.« Farrell legte B. J. die Hand auf die Schulter, und gemeinsam sahen sie sich das Band an.

Plötzlich stieß Farrell hervor: »Spul das Band zurück!«

Automatisch drückte B. J. die Rücklauf- und dann die Abspieltaste, und die Producerin und der Kameramann starrten auf den Bildschirm.

»Sieh mal, wer Meryl aus dem Auktionssaal folgt!«

112

»Bundeskriminalpolizei.«

»Jack McCord, bitte. Es ist dringend.«

Farrell hatte den Eindruck, eine Ewigkeit zu warten, in der sie auf die Stille lauschte und betete, gleich Jacks Stimme zu hören.

Der Telefonist kam wieder an den Apparat. »Mr. McCord ist nicht in seinem Büro. Aber ich kann ihn informieren. Kann ich ihm etwas ausrichten?«

Farrell sank der Mut.

»Ja. Sagen Sie ihm, daß Farrell Slater angerufen hat. Sagen Sie ihm, daß er sich sofort bei mir melden soll. Es ist dringend! Er hat meine Nummern. Am besten piept er mich an!«

113

Tony spürte, wie sich etwas um seinen Hals schloß. Instinktiv griff er sich an die Kehle und versuchte, das Band, das ihn würgte, wegzureißen. Er drohte zu ersticken. Er hörte die Geräusche, die aus seinem Mund kamen. Krampfhaftes Röcheln, Nach-Luft-Schnappen. *So klang es also, wenn man starb.*

Alles ging so schnell. Tony ahnte, daß diese Tat seine letzte Chance wäre, ließ die Hände von der Kehle sinken und griff hinter sich. Er packte den Mörder zwischen den Beinen und drückte mit letzter Kraft heftig zu.

Der Angreifer schrie auf, und Tony spürte, daß sich das Band um seinen Hals lockerte. Als Tony auf dem Boden des Umkleideraums zusammenbrach, stürzte der Mörder nieder, wobei er jaulte wie ein verwundetes Tier.

114

Eine Stunde nach ihrem Anruf beim FBI ertönte Farrells Pieper, und sie wählte die Nummer, die ihr Display anzeigte.

»McCord.«

»Ich bin's.«

»Was gibt's?«

Sie erzählte ihm von dem Video. Er schwieg einen Augenblick, doch als er antwortete, klang er nicht überrascht.

»Das paßt zusammen.«

»Was meinst du damit?«

»Gerade eben wurde die Polizei zu Churchill's gerufen. Victor Paradise hat das Auktionshaus auf einer Bahre verlassen.«

Jack zeigte seinen FBI-Ausweis, und er und Farrell konnten direkt in Tonys Zimmer im New York Hospital gehen. Der Portier lag blaß und mit geschlossenen Augen im Krankenhausbett. Der kräftige Hals des Mannes war schwarz, blau und feuerrot verfärbt. Tony öffnete die Augen, als Jack sich räusperte. Sie stellten sich einander vor.

»Wie geht es Ihnen?«

»Mir tut die Kehle weh, und ich habe furchtbare Kopfschmerzen.«

»Können Sie uns sagen, was geschehen ist?« fragte Jack ruhig.

»Der Kerl hat mich von hinten angegriffen«, krächzte Tony. »Es war schrecklich, aber dann ist es mir gelungen, ihn an den Eiern zu packen.« Er warf einen Blick auf Farrell. »Tut mir leid, Madam.«

»Schon gut. Ich habe schon Schlimmeres gehört«, beruhigte Farrell ihn.

»Jedenfalls sind wir beide zu Boden gestürzt. Ich habe es geschafft, an den Revolver zu kommen, den ich in meinem Spind aufbewahre, und ich habe ihn erschossen. Das war's. Ich wollte ihm keine Chance geben, sich noch einmal auf mich zu stürzen. Einmal hat mir gereicht.«

Tony zuckte zusammen, als er schluckte.

»Haben Sie irgendeine Ahnung, wieso Victor Paradise Sie umbringen wollte?« fragte Farrell.

»Nein, Madam. Ich habe den Kerl schon oft gesehen, wenn er seine Mutter zu uns gebracht hat. Er machte immer einen ganz netten Eindruck.«

Tony krümmte sich, als würde der Klang seiner eigenen Stimme seine Schmerzen verschlimmern. Farrell und Jack beugten sich etwas vor, damit Tony sich nicht so anstrengen mußte.

»Nett«, fuhr Tony fort, »aber nicht besonders clever. Sie wissen schon, nichts als Stroh im Schädel.« Tony tippte sich mit dem Zeigefinger an die Schläfe. »Normalerweise haben wir uns über Krafttraining unterhalten.«

»Noch eine Frage, dann können Sie sich ausruhen, Tony. Haben Sie bemerkt, ob Victor Paradise am Tage der Paradise-Auktion mit Meryl Quan gesprochen hat?« fragte Jack.

Tony versuchte sich zu erinnern. »Kann ich nicht sagen.«

116

Clifford Montgomery öffnete die Tür zu seinem Büro und ließ den Gast eintreten.

»Schon wieder fleißig am Wochenende, Clifford?«

»Was zum Teufel machen Sie hier?« zischte er ärgerlich, bugsierte den Gast hinein und schloß rasch die Tür.

»Entspann dich, Clifford, entspann dich. Daß ich hier bin, wird dir keine Schwierigkeiten machen. Nicht, wenn du tust, was ich sage.«

Clifford funkelte grimmig. »Entspannen, von wegen. Wie kann ich mich entspannen, wenn hier in zwei Wochen zwei Menschen getötet worden sind? Ich hätte gedacht, Sie würden sich darüber etwas mehr aufregen.«

»Meryl Quan mußte weg – sie wußte zuviel und wollte reden. Ich hätte eigentlich erwartet, daß du mir dankbar bist, daß ich mich um sie gekümmert habe.«

»Und Victor Paradise?«

»Victor war nur ein Handlanger. Ganz nützlich zum Beschneiden und Beseitigen des toten Holzes – aber eigentlich ist es so sauberer. Ohne ihn gibt es eine Person weniger, die uns ein Bein stellen kann. Victor war nicht gerade eine Intelligenzbestie, und früher oder später hätte er sich verplappert. Er hat seine Aufgabe erfüllt, indem er Meryl beseitigt hat, und ich bin mir sicher, die Polizei gibt sich damit zufrieden, daß ihr Mörder auf einem Tisch unten im Leichenschauhaus liegt.«

Die eiskalte Unverfrorenheit seines Gastes verschlug Clifford die Sprache.

»Jetzt muß der Portier nicht mehr umgebracht werden, selbst wenn er gesehen hat, wie der arme Victor mit Meryl hinaus zum Lastenaufzug gegangen ist.«

»Sie sind wirklich abgebrüht«, bemerkte Clifford.

»Ja. Und ich will endlich mein Geld. Gib mir jetzt meinen Scheck.«

»So läuft das nicht.«

»Wie bitte?«

»Ich kann Ihnen nicht einfach einen Scheck über sechs Millionen Dollar ausstellen. Das muß über die Buchhaltung laufen. Als ich das letzte Mal nachgefragt habe, war das Geld von dem Käufer noch nicht eingegangen.«

»Wer ist überhaupt dieser verfluchte Käufer?«

»Das verrate ich Ihnen nicht. Denn vor dem habe ich weit mehr Angst als vor Ihnen.«

Der Gast war bemüht, nicht die Beherrschung zu verlieren. *Ganz ruhig, nimm dich zusammen.*

»Clifford, du begreifst das offensichtlich nicht. Ich will es dir noch einmal erklären. Wenn du mir das Geld nicht gibst, verpfeife ich dich beim FBI. Natürlich anonym. Das war es dann für dich und dein geliebtes Churchill's.«

»Aber die sechs Millionen Dollar werden Sie trotzdem nicht bekommen.« Bei dem Gedanken mußte Clifford lächeln.

Der Gast beschloß, daß es an der Zeit war, eine versöhnlichere Note anzuschlagen. »Also gut, versuchen wir, wieder zusammenzuarbeiten. Uns ist es bis jetzt doch immer gelungen, alles zu regeln. Wir finden schon eine Lösung. Ich weiß nicht, wer das Ei gekauft hat, und ehrlich gesagt, es ist mir auch egal. So wie ich das sehe, müssen wir eigentlich nur befürchten, daß das echte Ei auftaucht.«

»Wenn Sie wüßten, wer Ihr gefälschtes Ei bei der Auktion ersteigert hat, dann wäre es Ihnen alles andere als egal.«

117 *Palmsonntag*

Farrell breitete eine geblümte Decke über den runden Tisch und deckte ihn für zwei. In einem Kerzenständer aus Messing steckte eine frische Kerze mit Pfirsichduft, und in einer Glasvase, die sie auf den Tisch gestellt hatte, stand ein Strauß weißer Tulpen. Das mußte als Dekoration reichen, sie wollte es nicht übertreiben.

Sie ließ den Blick durch die Wohnung schweifen und stellte fest, daß sie jetzt richtig einladend wirkte. Die wenigen Handgriffe, die sie mit Pats Hilfe gemacht hatte, hatten eine ganz neue Atmosphäre im Zimmer geschaffen. Unter dem Couchtischchen lag ein lachsfarbener und hellgrüner Läufer. Ihre Bücher standen jetzt nicht mehr in Kisten auf dem Boden, sondern waren in den Bücherschrank eingeordnet. Zu dessen Seiten hing je ein großer Messingleuchter an der Wand, in dem einladend aprikotfarbene Kerzen flackerten. Die Drahtstaffelei auf dem Beistelltisch aus Mahagoni – ein weiteres Fundstück aus Pats Laden – trug ein winziges Ölgemälde von einem alten Mann, der Zeitung las, wobei ihm ein Affe auf der Schulter saß. Farrell hatte nicht viel Geld ausgegeben, aber die wenigen, wohlüberlegten Käufe zeigten große Wirkung.

Als Jack kam, küßte er sie, und der Duft des Parfüms *Pleasure*, das sie sich auf den Hals und hinter die Ohren gesprüht hatte, stieg ihm angenehm in die Nase. Als sie ihn ins Wohnzimmer führte, musterte er den Tisch in dem kleinen Eßzimmer im Hintergrund. Er freute sich, daß sie sich solche Mühe gegeben hatte.

»Möchtest du etwas trinken?«

»Hast du Scotch?«

»Dewars on the rocks kommt sofort.«

Farrell goß die goldbraune Flüssigkeit in ein Glas mit Eis und gab ein Stückchen Zitrone dazu.

»Ah, das ist jetzt genau das Richtige. Danke.« Jack ließ sich auf die Couch unter dem Fenster sinken. Er streckte die langen Beine von sich und stieß einen tiefen, erleichterten Seufzer aus.

»Also was glaubst du, Jack? Hat Victor das Feuer bei Olga gelegt?«

»Weiß nicht. Wir müssen uns ein Bild von ihm besorgen und es der alten Dame zeigen.«

»Wann machen wir das?« drängte Farrell, die über ihm stand.

»Hey, du«, lächelte er, setzte seinen Drink ab und zog sie hinunter auf seinen Schoß. »Laß uns doch heute abend einfach genießen, daß wir zusammen sind, ja? Ich finde, etwas Ruhe und Entspannung haben wir uns verdient.«

»Und auch etwas Spaß, verstehe.« Farrell küßte ihn leidenschaftlich, dann machte sie sich los. »Aber lassen wir uns nicht zu sehr ablenken. Ich habe stundenlang alles fürs Essen vorbereitet, und das ist für mich ein echter Angang. Ich muß mich jetzt konzentrieren.«

Jack lachte. »Okay. Ich kann mit dem Nachtisch noch warten. Was gibt es denn?«

»Lamm. Lamm mit Spargel und Röstkartoffeln.«

»Farrell, ich hatte ja keine Ahnung, daß ich es mit einer Meisterköchin zu tun habe.«

»Mach dich ja nicht über mich lustig. Ich gebe mir die größte Mühe!«

»Das weiß ich doch«, lenkte Jack ein. Er stand auf und ging auf die Küche zu. »Wie kann ich dir helfen?«

»Ich dachte, wir fangen an mit etwas von Olgas ›Kaviar‹, den sie aus eingelegten Auberginen gemacht hat. Der ist im Kühlschrank.«

Als Jack zum Kühlschrank ging, um das Einmachglas herauszuholen, durchfuhr Farrell ein Gedankenblitz, und die Haut an ihrem Nacken kribbelte. *Kaviar – die Eier des Stör – das Ei!*

118

Range Bullock sah am Sonntag abend noch die Spätnachrichten des Lokalsenders, bevor er sich ins Bett begab. Die Titelgeschichte fesselte ihn.

»Doppelmord bei Churchill's«, verkündete der New Yorker Moderator und berichtete dann, daß in dem exklusiven Auktionshaus innerhalb der letzten beiden Wochen eine Angestellte und jetzt ein Kunde getötet worden waren.

Es war höchste Zeit, die Story landesweit zu bringen. Als Range das Licht ausschaltete, beschloß er, gleich morgen früh mit Farrell darüber zu sprechen. Er hoffte, keinen Fehler begangen zu haben, daß er sie nicht ermutigt hatte, die Story über das Fabergé-Ei eher zu bringen.

119 *Montag der Karwoche*

Sie hörte sofort, daß sie ihn aufgeweckt hatte.

»Hallo«, krächzte Peter schläfrig.

»Peter, hier ist Farrell. Es tut mir leid, daß ich dich geweckt habe. Ich dachte, um zehn Uhr morgens könnte ich nichts falsch machen. Ich hatte ganz vergessen, wie es ist, wenn man studiert.«

»Nein, nein. Schon in Ordnung, Farrell. Ich muß sowieso aufstehen. Ich habe Zwischenprüfung vor den Frühjahrsferien, und ich muß dafür noch lernen. Gestern abend habe ich ewig über den Büchern gesessen. Was ist denn überhaupt los?«

»Nur eine kurze Frage.«

»Schieß los.«

»Hast du dich schon an das Glas mit Olgas ›Kaviar‹ gemacht?«

»Machst du Witze? Den habe ich schon längst verputzt.«

»Nichts Ungewöhnliches bemerkt?«

»Nein, es war so gut wie immer. Davon kann ich nie genug kriegen. Sind die Neuigkeiten von Olga nicht wunderbar? Sie kommt diese Woche aus dem Krankenhaus!«

»Ja, Peter. Deine Mutter hat es mir erzählt. Das ist wirklich super. Ehe du dich's versiehst, macht sie dir wieder ihren ›Kaviar‹.«

»Das kann ich kaum erwarten.«

»Peter, noch etwas. Hast du die Privatnummer von Professor Kavanagh?«

»Nein. Aber ich glaube, er wohnt in Maplewood. Vielleicht kriegst du sie von der Auskunft?«

»Danke, Peter. Wir sehen uns Sonntag. Deine Mutter hat mich zum Osteressen eingeladen.«

120

Farrell fuhr mit dem Aufzug ins Studio der *Abendnachrichten* hinunter, weil Range sie ins Goldfischglas bestellt hatte. Sie war ein wenig melancholisch. Das war ihre letzte Woche bei *KEY News*.

Das quälende Gefühl, das sie überkommen hatte, wandelte sich in Abscheu, als sie sah, daß sich der alte Kriecher Dean auf die Couch gegenüber Ranges Schreibtisch gepflanzt hatte. Sie konnte sich nicht einmal dazu überwinden, ihn zu begrüßen.

Range kam sofort zur Sache. »Farrell, ich glaube, in Anbetracht dieser Morde bei Churchill's haben wir jetzt genug, um einen Beitrag zu bringen, ob mit Mondei oder ohne. Ich stelle mir etwas in Richtung ›Was passiert bei Churchill's?‹ vor. Du mußt sorgfältig darauf achten, daß du alles, was du behauptest, mit Fakten beweisen kannst. Glaubst du, du kannst es bis Freitag schaffen? Ich würde dich gerne für den *KEYhole to America*-Platz vorsehen. Zweieinhalb Minuten.«

Farrell hörte sich Ranges Anweisungen an. Das war wirklich Ironie des Schicksals! Ihre letzte Story für *KEY News* würde ein Stück für *KEYhole*, den begehrtesten Sendeplatz der Sendung, sein. Sie würde am Karfreitag ausgestrahlt werden. Dem Jahrestag der Kreuzigung. Vielleicht war es ein Zeichen dafür, daß auch sie auferstehen würde, daß es ein Leben nach *KEY News* geben würde.

Sie gab sich im Geiste eine Ohrfeige. *Laß daß. Interpretier nichts Lächerliches in Zufälle hinein.*

»Kein Problem«, antwortete sie.

121

Farrell fiel ein, daß sie sich wahrscheinlich nicht mit dem Telefonbuch abmühen mußte, um die Nummer in Maplewood, New Jersey, herauszufinden. Statt dessen rief sie in Westwood an.

»Hallo?«

»Pat, hier ist Farrell.«

»Ich habe dir doch schon gesagt, daß du am Sonntag nichts mitbringen mußt.«

»Nein, es geht nicht um Ostern. Ich brauche Tim Kavanaghs Privatnummer. Ich habe schon versucht, ihn in Seton Hall zu erreichen, aber es ist Karwoche, und am Mittwoch fangen die Frühjahrsferien an.«

»Was ist los, Farrell?«

»Oh, ich habe nur so eine Vermutung, Pat, und ich komme mir bestimmt ziemlich dämlich vor, wenn sie sich nicht bestätigt. Ich verspreche dir, daß ich dir alles erzähle, wenn wir uns am Sonntag sehen.«

Nachdem sie die Nummer notiert hatte, wählte Farrell sie – ihre letzte Chance, ihre Theorie zu beweisen. Frustriert lauschte sie dem Piepsen von Tim Kavanaghs Anrufbeantworter. Wo war der Professor?

Jack hatte sie skeptisch angesehen, als sie ihm von ihrem Verdacht erzählt hatte, Olgas Auberginenmus könne das Versteck sein. »Das ist wirklich weit hergeholt, Farrell«, sagte er abwehrend, »nur weil sie ihn ihren Kaviar nennt, und Kaviar Fischeier sind.«

Farrell hatte ihm erklärt, daß sie nicht glaubte, Olga habe das Versteck wegen seiner semantischen Eigenschaften gewählt. Auf jeden Fall hielt Farrell es für nicht unwahrscheinlich.

»Tim, hier ist Farrell Slater«, begann sie ihre Nachricht. »Ich weiß, es klingt vielleicht verrückt, aber würden Sie bitte in dem Glas mit dem Auberginenmus nachsehen, das Pat Ihnen an dem Tag gegeben hat, an dem wir in Olgas Wohnung gewesen sind? Bitte sagen Sie mir Bescheid, wenn Sie darin etwas Ungewöhnliches entdecken. Sie können mich jederzeit zurückrufen. Vielen Dank.« Farrell gab ihm zum Abschluß ihre Büro- und Privatnummer.

Es war einen Versuch wert.

122

Er rührte sich nicht, um den Hörer abzuheben, obwohl er aufmerksam zuhörte, als Farrell Slater ihre Nachricht aufs Band sprach.

Er hatte nicht vor, es zu behalten. Er hatte nur das Vergnügen haben wollen, es eine Weile zu bewundern. Die Vorstellung, daß er, Timothy Kavanagh, das letzte Fabergé-Ei des russischen Zaren besaß! Wenn auch nur eine kleine Weile lang, so wollte er es doch genießen, dieses Kunstwerk bei sich zu haben.

Natürlich hatte er niemandem erzählt, was er gefunden hatte, als er das Einmachglas geöffnet hatte. Zuerst hatte er es nicht glauben können; schließlich hatte er mit eigenen Augen zugesehen, wie das Ei verkauft worden war. Dann, als er die glitzernde Schönheit des milchig-weißen Eis ausführlich studiert hatte, wurde ihm bewußt, welch einen Schatz er in Händen hielt. Im Leben gab es keine Zufälle. Er war dazu *bestimmt*, eine Weile mit dem Mondei zu verbringen.

Jetzt, während sich die Aufsätze über russische Geschichte, die er zu korrigieren hatte, bedrohlich vor ihm stapelten, sagte Farrell Slaters Nachricht ihm, daß die Zeit um war.

Er würde sie nicht sofort zurückrufen. Es wäre besser, wenn es nicht so aussähe, als hätte Farrell ihn gezwungen, das Ei herauszugeben, als sei ihr Anruf der Grund dafür, daß er es herausrückte. Es mußte so wirken, als würde er es von sich aus den zuständigen Stellen übergeben, so wie er es von Anfang an vorgehabt hatte.

In seinem abgedunkelten Arbeitszimmer, dessen Vorhänge er geschlossen hatte, um sein Geheimnis zu schützen, hatte Tim eine Halogenlampe in Position gebracht, um das Mondei in besonderes Licht zu tauchen. Er betrachtete es jetzt, wie er es jeden Abend seit seiner Entdeckung getan hatte, beobachtete, wie die Diamanten und Saphire tanzten und funkelten. Er starrte das Mondei an, das die letzten elf Tage sein Gast gewesen war. Welch freudige Überraschung, welch willkommener Hausgast! Wie leid es ihm tun würde, wenn er ihn wieder verließ!

Er nahm den Hörer ab. Wenn er auf eine Zukunft mit Pat hoffen wollte, mußte er ihr erzählen, was er gefunden hatte.

123 *Dienstag der Karwoche*

Die beiden alten Frauen saßen gemeinsam in der Besucherecke auf Olgas Etage im Pascack-Valley-Krankenhaus. Olga konnte jetzt schon aufstehen, und der Gang den Korridor hinunter in den Empfangsraum tat ihr gut.

Nadine Paradise, die ein schön geschnittenes, lavendelfarbenes Wollkostüm trug, sprach melancholisch mit ihrer Schwester.

»Jetzt, da ich meinen Sohn verloren habe, bist du alles, was ich noch habe, Olga. Ich bin Gott so dankbar, daß ich dich gefunden habe. Und so froh, daß du in wenigen Tagen zu mir ziehen wirst.«

»Hast du ein Bild von Victor?« fragte Olga aus ihrem blauen Plastikstuhl. »Ich hatte nie Kinder und würde meinen Neffen gern einmal sehen.«

Nadine öffnete ihre weiche Lederbrieftasche und zog vorsichtig ein Foto aus dem Reißverschlußfach im Inneren. Traurig warf sie einen Blick darauf, als sie es Olga reichte. Olga betrachtete es stumm. Sie brachte es nicht übers Herz, ihrer Schwester zu sagen, daß sie das Gesicht auf dem Foto kannte. Es war das Gesicht des Mannes, der sich um sie gekümmert hatte, als sie in der Drogerie zusammengebrochen war. Des Mannes, der am Tag des Feuers in ihre Wohnung gekommen war.

124 *Mittwoch der Karwoche*

Es war eine kleine Gruppe, die sich zu dem Gottesdienst an Victor Paradises Grab eingefunden hatte.

Seine Mutter stand aufrecht mit trockenen Augen da. Ihre Miene verriet nichts von den Qualen in ihrem Inneren. Wie war es möglich, daß sie ein Kind aufgezogen hatte, das zu einem Mord fähig gewesen war?

Nadine spürte, daß jemand sanft nach ihrem Arm griff. Es war Stacey. Ihre Augen waren rotgerändert.

Du dachtest, ich wüßte es nicht, überlegte Nadine, *aber ich wußte es. Ich weiß, daß du Victors Frau werden wolltest.* Sie sah auf zu der größeren Frau und lächelte schwach, aber dankbar. Auch den wenigen anderen, die gekommen waren, war sie dankbar. Es war sehr freundlich von ihnen. Patricia Devereaux und Farrell Slater und ein Mann, den sie nicht kannte. Er war bestimmt ein Freund von Victor gewesen. Er hatte schöne, blaue, durchdringende Augen.

125

Nach der Beerdigung fuhren Farrell und Jack zusammen zurück nach Manhattan. Farrell wollte dringend wieder ins Büro. Es waren nur noch zwei Tage bis zur Sendung; sie mußte an ihrem Skript für den *KEYhole*-Beitrag über Churchill's arbeiten. Sie war froh, daß Dean erklärt hatte, er würde früh nach Hause gehen, weil bei Sonnenuntergang das Passahfest begann.

Als sie die George-Washington-Brücke überquerten, blickte Farrell über den Hudson River und saugte die majestätische Skyline von New York City in sich auf. Nadine Paradise tat ihr leid. Was für ein grausames Schicksal, ein Kind zu lieben und großzuziehen, das sich als kaltblütiger Mörder entpuppte. Für so etwas gab es keinen Trost.

Farrell war jedoch froh, daß Nadine jetzt Olga hatte, für die Zeit, die den beiden noch blieb. Zumindest in der unmittelbaren Zukunft würde keine der Frauen allein sein. Farrell schwor sich, mit den alten Damen in Kontakt zu bleiben. Vielleicht könnten sie und Pat später der hinterbliebenen Schwester beistehen, wenn die andere verstorben war.

»Was denkst du?« fragte Jack.

»Oh, ich habe nur an Nadine und Olga gedacht. Gerade als sie die Gelegenheit bekommen haben, sich endlich kennenzulernen, muß Nadine den Schmerz ertragen, ihr einziges Kind zu verlieren. Das Leben ...« Die Stimme versagte ihr.

Als das Auto nach Süden auf den Henry Hudson Parkway abbog, kurbelte Farrell ihr Fenster ein Stückchen herunter, um die Frühlingsbrise hineinzulassen. Wie kühl und wohltuend sie sich auf dem Gesicht anfühlte! Frühling. Ein neuer Anfang. Jack nahm ihre Hand und hielt sie auf dem Sitz zwischen ihnen fest. Farrell wußte die Geste zu schätzen, aber sie konnte sie nicht richtig genießen. Im Geiste war sie schon ganz woanders und dachte über ihre anstehenden Aufgaben nach. Wie würde sie ohne das Mondei als Beweis den *KEYhole*-Beitrag konstruieren?

Sie mußte Tim Kavanagh noch einmal anrufen.

Die Argumente der *KEY News*-Producerin waren einleuchtend, dachte Clifford Montgomery, als er den Hörer auflegte. Obwohl er den Gedanken verabscheute – nachdem er die ganze Woche beinahe an nichts anderes gedacht hatte, wußte er, daß es das Richtige war, Farrell Slater nach alledem, was bei Churchill's vorgefallen war, ein Interview zu gewähren.

»Okay, kommen Sie her, und ich werde mit Ihnen reden. Aber keine Kamera. Ich liefere Ihnen eine Stellungnahme.«

Wenn er nicht redete, würde es so aussehen, als hätte er etwas zu verbergen. Er wußte, daß die Mitglieder des Aufsichtsrates von Churchill's genau wie Millionen anderer Amerikaner Farrells Story sehen würden. Es würde einen schlechten Eindruck machen, wenn der Präsident des Auktionshauses nichts zu sagen hatte.

Also hatte er dem Interview zugestimmt.

»Innerhalb der nächsten Stunde wird Farrell Slater von *KEY News* hier sein. Ihr Beitrag ist beinahe fertig, und sie beharrt darauf, daß es zu meinem Vorteil ist, wenn ich einen Kommentar abgebe«, sagte Clifford dem Gast, der entspannt in dem Lesersessel auf der anderen Seite des Präsidentenschreibtisches saß.

»Was macht das schon, wo wir doch jetzt das echte Mondei haben?«

127

Auf dem Weg hinaus beschloß Farrell, Tim Kavanagh noch einmal anzurufen. Nachdem sie so oft nur seinen Anrufbeantworter am Apparat gehabt hatte, war sie überrascht, daß der Professor selbst abhob.

»Oh, hallo Farrell. Es tut mir leid, daß ich Sie nicht zurückgerufen habe«, entschuldigte Tim sich, »aber in den letzten Tagen vor den Frühjahrsferien geht es immer recht hektisch zu. Ich bin einfach nicht dazu gekommen.«

Ich habe Ihnen mindestens ein halbes Dutzend Nachrichten hinterlassen, dachte Farrell. *Es wäre ja wohl nicht zuviel verlangt gewesen, nur ein paar Minuten von dem engen Terminplan abzuzwacken und mich zurückzurufen!* Sie bemühte sich, nicht ärgerlich zu klingen, als sie erklärte, wieso sie anrief.

Am anderen Ende der Leitung herrschte Schweigen, und einen Augenblick lang dachte Farrell, daß die Leitung vielleicht unterbrochen worden war. Doch dann sprach Tim.

»Hören Sie, Farrell, ich will Ihnen die Wahrheit sagen. Ich habe in Olgas Kaviar tatsächlich das Mondei gefunden.«

Heureka! Noch vierundzwanzig Stunden bis zu ihrem *KEYhole*-Beitrag, und das Mondei war aufgetaucht! Der Beweis, den sie brauchte, um über den Skandal der sechs Millionen Dollar schweren Fälschung zu berichten! Sie und B. J. konnten auf der Stelle raus nach New Jersey fahren und es filmen. Sie war gerettet!

»Ich komme sofort raus«, sagte sie aufgeregt zu Tim. Sie würde ihren Interviewtermin mit Clifford Montgomery auf den Nachmittag verschieben, wenn sie ihren Beweis schon in den zitternden kleinen Händen haben würde.

»Farrell, ich habe das Ei nicht mehr.«

»Was?« keuchte sie ungläubig.

»Ich habe es nicht mehr.«

»Wo ist es?« wollte sie wissen.

»Ich habe es ausgehändigt.«

»An *wen*?«

»An Clifford Montgomery von Churchill's. Pat und ich hatten beschlossen, das würde das beste sein.«

Pat? Warum hatte Pat ihr nichts davon gesagt? fragte Farrell sich sofort. Aber Pat hatte ja keine Ahnung, daß Farrell an der Story über das Mondei arbeitete. Zum xten Mal verfluchte Farrell das verdammte Versprechen, das sie Peter gegeben hatte.

Sie beendete ihr Gespräch mit Tim und rief sofort beim FBI an. Jack war nicht im Büro.

Mal wieder!

»Könnten Sie ihm bitte ausrichten, daß Farrell angerufen hat? Sagen Sie ihm, daß ich gefunden habe, wonach wir suchen, und daß ich auf dem Weg zu Churchill's bin.«

128

Der Wachmann rief in Montgomerys Büro an und teilte mit, daß Farrell Slater von *KEY News* in der Eingangshalle sei.

»Schicken Sie sie hoch.«

»Was auch immer diese neugierige Farrell Slater vorbringt, Sie werden schon mit ihr fertig«, beruhigte der Gast Clifford. »Über die Mordfälle hier bei Churchill's wissen Sie nur das, was die Polizei Ihnen mitgeteilt hat.«

»Und wenn sie wieder mit ihren Verdächtigungen wegen des Eis kommt?«

»Einfach leugnen, leugnen, leugnen. Sie hat keinen Beweis, das wissen Sie doch.«

Der Gast schlüpfte in Cliffords Garderobe und zog die Tür beinahe zu.

Clifford öffnete die Tür zu seinem Büro, als Farrell in das Vorzimmer kam, Meryls altes Reich.

»Treten Sie ein, Ms. Slater. Treten Sie ein.«

129

B. J. saß in dem Firmenwagen, der auf der Madison Avenue parkte. Die »NYP«-Endung des Wagens, die Nummernschilder der New Yorker Presse, die einem mehr Möglichkeiten einräumten, das Auto zu parken, als dem Normalbürger, waren heute nicht nötig. Da gleichzeitig Gründonnerstag *und* Passahfest war, waren die Vorschriften, daß nur auf einer Straßenseite geparkt werden durfte, in allen fünf Bezirken der Stadt aufgehoben.

Er starrte zu Churchill's auf der anderen Straßenseite hinüber, und es schnürte ihm die Brust zu. Meryl.

Als Farrell ihn gebeten hatte, sie zu begleiten, hatte B. J. nur zugestimmt, weil es Farrell war. Er wollte nicht hiersein, wollte nicht dort hinein, wo Meryl so viel Zeit verbracht hatte. Der Ort, an dem er sie zum letztenmal gesehen hatte.

Aber Farrell brauchte ihn in der Nähe, falls Montgomery es sich anders überlegen sollte und doch vor der *KEY News*-Kamera sprechen würde. Wenn sie den Präsidenten des Auktionshauses überreden konnte, würde Farrell B. J. auf dem Autotelefon anrufen. Er konnte in wenigen Minuten oben sein, alles aufbauen und losfilmen.

Er wollte, daß Farrell bekam, was sie für ihre Story brauchte, aber er würde nicht enttäuscht sein, wenn sie ihn nicht aus dem Büro des Präsidenten anrufen würde. Es wäre ihm nur recht, wenn er niemals wieder einen Fuß zu Churchill's hinein setzen müßte.

130

»Mr. Montgomery, ich weiß, daß Sie sehr beschäftigt sind, daher werde ich keine Zeit damit verschwenden, um den heißen Brei herumzureden«, begann Farrell. »Der Teil der Story, für den ich mich am meisten interessiere, ist die Versteigerung des gefälschten Eis.«

»Ich dachte, Sie wollten über den Tod von Meryl Quan und Victor Paradise sprechen.«

»Nun, wenn Sie möchten, können wir zuerst darüber reden. Was wissen Sie darüber?«

»Nur, was ich von der Polizei erfahren habe.«

»Okay, damit hätten wir das abgehakt«, sagte Farrell, die erpicht darauf war, weiterzukommen. »Ich weiß auch, was die Polizei über die Mordfälle sagt. Aber die Polizei sagt mir nicht, was ich über diesen bemerkenswerten Fall von Fabergé-Fälschung wissen will. Das Publikum von *KEY News* wird nur vorübergehendes Interesse für den Mord an zwei Menschen zeigen, die ihm absolut unbekannt waren. Der Verkauf einer sechs Millionen Dollar teuren Fälschung, der in einem der berühmtesten Auktionshäuser der Welt stattfand, wird es jedoch faszinieren. Mr. Montgomery, was wissen Sie über das Mondei?«

»Ms. Slater, wir haben das alles doch schon abgehakt«, stöhnte Montgomery gereizt.

»Ja, aber damals wußte ich noch nicht, daß Ihnen das echte Fabergé-Mondei ausgehändigt worden ist.«

Clifford starrte seine Anklägerin an, als sich die Garderobentür hinter Farrell leise öffnete.

131

Soll ich wohl raufgehen? fragte sich B. J. Er saß bei laufendem Motor im Auto und überlegte, ob er ihren Anruf abwarten sollte.

Sie war jetzt schon beinahe zwanzig Minuten da drin. So wie er Farrell kannte, war das mit Sicherheit genug Zeit, um Montgomery kleinzukriegen und ihn dazu zu bringen, sich vor der Kamera interviewen zu lassen. Wenn B. J. jetzt raufging, konnte er ihr vielleicht helfen, alles klarzumachen. *Bitte, Mr. Montgomery. Sie sollten diese Gelegenheit, für Churchill's zu sprechen, unbedingt wahrnehmen, Mr. Montgomery. Es geht auch ganz schnell, Sir.*

Aber er wollte da nicht rein.

B. J. warf einen Blick auf die Uhr. Er würde Farrell noch ein paar Minuten geben.

132

Farrell spürte etwas Kaltes, Hartes an ihrem Hinterkopf. Sie spürte ihren hämmernden Puls im Nacken. Clifford starrte die beiden Frauen vor sich entsetzt an.

»Haben Sie den Verstand verloren, Stacey?« zischte er mit zusammengepreßten Zähnen.

»Ich bin nicht soweit gekommen, um mir jetzt alles ruinieren zu lassen«, fauchte Stacey.

Clifford erhob sich aus dem Stuhl hinter seinem Schreibtisch und ging auf sie zu. »Es ist zu spät, Stacey. *KEY News* ist drauf und dran, die Story zu bringen.«

»Sie haben nur die Morde. Nur unsere Super-Producerin hier versucht, Sie mit der Fälschung des Mondeis in Verbindung zu bringen.«

»Mit noch einem Mord werden Sie nicht durchkommen«, erklärte Clifford verzweifelt.

Stacey lächelte gehässig. »Was soll das heißen, noch ein Mord? Ich habe *niemanden* ermordet. Bis jetzt jedenfalls. Victor Paradise hat Meryl Quan getötet. Und den Juwelier auch. Victor hat versucht, die alte Dame zu töten, indem er ihre armselige kleine Wohnung in Brand gesteckt hat. Wenn er doch nur gründlicher gewesen wäre! Jetzt wird seine Mutter Olga alles vererben. Und ich habe keine Chance mehr, an Nadines Vermögen zu kommen. Zum Glück hatte ich noch einen Alternativplan. Meinen exquisiten, brillanten Plan. Wer hätte es schon gewagt, einen Schwindel von diesem Ausmaß zu riskieren? Ich muß schon sagen, ich bin stolz auf mich.«

»Hören Sie auf, Stacey, hören Sie auf. Kein Wort mehr!« verlangte Clifford. »Es ist vorbei.«

»Sag mir nicht, was ich zu tun habe, Clifford. Ich bin

nicht mehr deine fleißige Schülerin. Jetzt habe *ich* hier das Sagen.«

Stacey drückte den Revolver fester gegen Farrells Schädel. »Und Sie, meine Dame, werden mir nicht in die Quere kommen.«

133

B. J. sah, wie ein blauer Crown Victoria vorfuhr. FBI-Wagen. Die Hüter des Gesetzes standen auf diese Riesenschiffe. Glaubten wahrscheinlich, die Größe würde einschüchternd wirken.

Jack McCord stieg aus dem dunkelblauen Schiff.

»Hallo, Jack!« rief B. J. aus dem geöffneten Fenster.

Der FBI-Mann kam zum Auto marschiert, sein Regenmantel wehte hinter ihm.

»Wo ist Farrell?« wollte er wissen.

»Oben, bei Clifford Montgomery.« B. J. wies mit dem Daumen hinauf.

»Wie lange ist sie schon da?«

»Knapp eine halbe Stunde«, antwortete B. J. nach einem Blick auf die Uhr.

»Komm mit!« rief Jack, als er auf die schweren Eingangstüren von Churchill's zusprintete.

B. J. packte seine Kamera und folgte ihm.

134

Farrell versuchte, nicht zu sehr zu zittern. *Ganz ruhig,* ermahnte sie sich. *Ganz ruhig. Warte auf deine Chance.*

»Stacey, jetzt kann ich es wiedergutmachen«, flehte Clifford beruhigend. »Ich kann es austauschen. Das echte Ei für das falsche. Niemand wird es bemerken.«

»Und wie willst du das machen?« wollte Stacey wütend wissen.

»Stacey, Sie vergessen etwas. Das Ei ist noch nicht bezahlt worden. Keine Ware ohne Geld. Der Käufer hat das Ei noch nicht. Es ist noch hier. Warten Sie, ich zeige es Ihnen.«

Clifford ging hinüber zur Wand und schob ein Ölgemälde zur Seite, hinter dem ein Safe zum Vorschein kam. Rasch tippte er die Kombination ein. Die Metalltür öffnete sich und gab die Sicht auf zwei atemberaubend schöne Mondeier frei. Sie waren identisch.

Farrell bemerkte, daß Stacey Spinner momentan verwirrt war, als ihr Blick auf die einträchtig nebeneinanderstehenden Schätze fiel. Jetzt war der richtige Augenblick! Jetzt, wo sie abgelenkt war!

Farrell fuhr herum und packte den Revolver, den Stacey auf ihren Kopf gerichtet hatte. Sie ergriff Staceys Handgelenk, um zu verhindern, daß sie zielen konnte. Farrell setzte ihren Kopf als Rammbock ein, stieß ihn gegen Staceys Brust und schubste sie zurück. Stacey stürzte gegen die Wand, konnte jedoch einen Schuß abfeuern.

135

Jack und B. J. hörten einen dröhnenden Schuß, als sie um die Ecke des Korridors vor Clifford Montgomerys Büro bogen. Jack zog seinen Revolver und bedeutete B. J. durch eine Handbewegung, zurückzubleiben. Er stellte sich vor die Tür des Präsidenten, hob das rechte Bein und trat mit aller Kraft zu. Die Holzplatte brach aus dem Rahmen, und Jack betrat den Raum, als ein zweiter Schuß ertönte.

»Jack! Vorsicht!« schrie Farrell.

136

B. J. filmte, was das Zeug hielt. Jack, der die überrumpelte Stacey zu Fall brachte, sie auf dem Boden niederrang und ihr gekonnt die Hände mit Handschellen auf den Rücken fesselte. Farrell, die sich in Schmerzen wand und ihre linke Schulter umklammerte. Blut, das den Boden bedeckte. Clifford Montgomery, der reglos vor seinem Schreibtisch lag. Die Mondeier, die auf ihren Sockeln aus blauem Stein in dem geöffneten Wandsafe majestätisch nebeneinander thronten.

Farrell stellte sich vor, wie knapp Staceys Kugel ihr Herz verfehlt hatte, und war dankbar. *Vielen Dank, lieber Gott, vielen Dank,* betete sie. Genauso groß wie ihre Dankbarkeit war jedoch die pure Freude darüber, zu wissen, daß sie die Bilder für die fesselndste Story ihrer Karriere im Kasten hatte.

137 *Karfreitag*

Russische Bauernweisheit

†

»Wer an diesem Freitag fastet,
wird von Räubern verschont bleiben.«

Farrell nahm all ihre geistige und ihre geschmälerte körperliche Kraft zusammen, um einarmig ihr Skript in den Computer zu tippen. Der Magen knurrte ihr, aber sie hatte keine Zeit zum Essen. Ärgerlich wegen der Unterbrechung, nahm sie den Hörer des klingelnden Telefons ab.

»Farrell Slater.«

»Ich bin's.«

»Hallo, Robbie, was ist los?«

»Was ist mit *dir* los? Ich habe seit Tagen nichts von dir gehört.«

»Ich habe eine Frist einzuhalten, Rob. Ich erzähle dir später davon. Aber ich freue mich, daß du angerufen hast. Kannst du mir ein paar alte Schwarzweißaufnahmen von den Romanows beschaffen? Ich brauche sie für diesen Beitrag.«

»Okay. Klar. Worum geht's in dem Beitrag?«

Farrell opferte nur ungern ihre Zeit, wollte ihren Bruder aber nicht abwimmeln, also las sie Robbie das Skript vor, an dem sie arbeitete.

»Was hältst du davon?« fragte sie, als sie fertig war.

»Große Schwester, ich habe da etwas für dich!«

138

Am Freitag abend saß Farrell auf Ranges Einladung hin im Goldfischglas, um die *Abendnachrichten* zu sehen. Ihre Schulter war verbunden, der Arm ruhte in einer weißen Schlinge und schmerzte heftig. Ihre braunen Augen waren gerötet und müde. Aber sie saß majestätisch da, mit hocherhobenem Kopf.

Zweieinhalb angespannte Minuten lang waren Farrells Augen und die der *KEY-News*-Mitarbeiter – und, wie sie später erfahren würde, die Augen von neun Millionen amerikanischen Zuschauern – auf die Fernsehbildschirme gerichtet.

Zum x-ten Mal sah Farrell den Beitrag, den sie in den letzten vierundzwanzig Stunden zusammengestellt hatte. Eliza Blake berichtete mit ihrer geschulten, wohlklingenden Stimme.

»Wie *KEY News* in Erfahrung gebracht hat, war das Fabergé-Osterei des Zaren, das letzten Monat für sechs Millionen Dollar im Auktionshaus Churchill's versteigert wurde, eine Fälschung.«

Es folgte das Statement eines Sprechers des Metropolitan Museum of Art. »Kunstfälschung kommt viel häufiger vor, als den meisten Menschen klar ist«, sagte er.

Eliza erschien wieder auf dem Bildschirm, in einer Aufnahme, die früher am Tag vor Churchill's gefilmt worden war. »Dies ist eine Geschichte, die die Kunstwelt erschüttern wird, eine Geschichte, die im St. Petersburg des zaristischen Rußlands ihren Anfang nahm, sich über die ganze Welt gezogen hat und schließlich bei Churchill's, New Yorks berühmtem Auktionshaus, endete. Eine Geschichte, in der – menschlich, allzu menschlich – Neid und Angst, Täuschung und Mord eine Rolle spielen.

KEY-News-Producerin Farrell Slater kam diesem Ereignis letzten Monat auf die Spur, als Churchill's ein Emaille-Ei versteigerte, angeblich das letzte Osterei, das Zar Nikolaus II. kurz vor seinem Sturz durch die russische Revolution bei dem berühmten Juwelier Carl Fabergé in Auftrag gegeben hatte. Dieses Ei, das als Mondei bekannt ist, wurde dem Zaren und seiner Frau Alexandra, die später gemeinsam mit ihren fünf Kindern von den Revolutionären hingerichtet wurden, niemals mehr ausgehändigt.«

Farrell hatte einige Schwarzweißaufnahmen von den Romanows ausgesucht, die Robbie ihr aus dem Archiv besorgt hatte, und sie mit dem Material durchsetzt, das B. J. bei der Rußland-Ausstellung gefilmt hatte. Die großen Gemälde von Zar und Zarin kamen hier gut zur Geltung.

»Im Chaos der Revolution wurde vieles aus dem St. Petersburger Fabergé-Haus von der neuen Regierung beschlagnahmt, die die Schätze einfach für den Preis der kostbaren Metalle und Edelsteine verkaufte, ohne sich um den künstlerischen Wert zu scheren oder ihn beurteilen zu können. Einige Stücke wurden außer Landes geschmuggelt. Viele Schätze gingen verloren. Einige sind im Laufe der Jahre hier und da wiederaufgetaucht.«

Die Bilder von den Fabergé-Stücken im Metropolitan Museum paßten hier genau.

»Dies war angeblich auch der Fall mit dem Ei, das bei Churchill's versteigert wurde. Es hieß, es sei auf einem Flohmarkt in New York City entdeckt worden. Churchill's bürgte für die Echtheit des Eis.«

Filmaufnahmen von der Auktion wurden gezeigt, die den Übergang zu einem Auszug aus Clifford Montgomerys einleitenden Worten von diesem Tag bildeten.

»Wir hatten im Laufe der Jahre mehrfach die Ehre, viele

schöne Fabergé-Stücke zu versteigern«, sagte der Präsident von Churchill's, »aber keines von ihnen war so herausragend wie das berühmte Mondei.«

Eliza berichtete weiter. »An der Wall Street stiegen die Aktion von Churchill's infolge der zunehmenden Publicity und des Rekordgebots eines anonymen Käufers. Aber *KEY News* hat erfahren, daß das Ei, das bei Churchill's versteigert wurde, eine Fälschung war und daß sich das echte Fabergé-Mondei im Besitz der Tochter eines Fabergé-Werkmeisters befand, der das Ei im Jahre 1917 tatsächlich im Fabergé-Studio angefertigt hat.«

Alle im Goldfischglas hörten aufmerksam zu, als die Aufnahmen über den Bildschirm flackerten, die B. J. an dem Tag, der nun schon so lange her zu sein schien, in Olgas Wohnung gemacht hatte. Was für ein Segen, daß Robbie das Video gefunden hatte. Farrell nahm sich im stillen vor, Jack die Hülle der Videokassette zu geben und ihn zu bitten, sie auf Fingerabdrücke zu untersuchen. *Dean, mein Lieber, du bist noch nicht aus dem Schneider.*

Ihrem Versprechen getreu hatte Farrell nur die Ausschnitte verwendet, auf denen die Hände der alten Frau das Mondei hielten. Olgas Gesicht zeigte sie nicht.

»Und in diesem Zusammenhang ermittelt die Polizei in den Mordfällen an Churchill's Angestellter Meryl Quan und an Misha Grinkov, einem russischen Emigranten und Juwelier aus dem New Yorker Stadtteil Brighton Beach. Die Ermittler sind mittlerweile der Ansicht, daß Grinkov das gefälschte Mondei hergestellt hat und daß beide Morde von Victor Paradise, dem Sohn der Ballettlegende Nadine Paradise, begangen wurden. Doch Victor Paradise steht für Vernehmungen nicht mehr zur Verfügung: Er wurde von einem Portier von Churchill's in Notwehr getötet, nachdem Paradise ihn angegriffen hatte. Stacey Spinner, eine Raumausstatterin aus Saddle River, New Jersey, befindet sich in Untersuchungshaft. Die ermittelnden Behörden gehen davon aus, daß Spinner die Fälschung und die Morde in Auftrag gegeben hat und daß Clifford Montgomery, der Präsident von Churchill's, das gefälschte Mondei wissentlich für echt erklärt hat. Auch Montgomery befindet sich in Polizeigewahrsam im New York Hospital, wo er wegen einer Schußverletzung behandelt wird.

Churchill's hat heute eine Notstandssitzung des Aufsichtsrates abgehalten, da der Wert der Churchill's-Aktie an der New Yorker Börse einen Tiefstand erreicht hat.

Eliza Blake, *KEY News*, New York.«

Als der Abspann am Ende der Sendung lief, erhob sich Range von seinem Platz.

»Gute Arbeit, Farrell. Dafür gibt es einen Preis, ganz bestimmt. Vielen Dank.«

139 *Ostersonntag*

Farrell schob sich einen weiteren der kleinen Schokoladenosterhasen in den Mund.

»Mach nur so weiter«, warnte Jack sie, »dann hast du gleich keinen Appetit mehr auf Pats Essen.«

Farrell streckte ihm ausgelassen die Zunge heraus. »Laß mich bloß in Ruhe. Ich habe in den letzten beiden Tagen kaum was gegessen, und ich sterbe vor Hunger.«

»Hier. Wenn du mal was Göttliches essen willst, probier eine von diesen«, bot Tim Kavanagh an. »Ich habe diese belgischen Pralinen in einem kleinen Laden in der Nähe des

UNO-Gebäudes besorgt, als ich letzte Woche mit meinem Kurs in der Stadt war.«

Farrell wählte eine der üppigen Süßigkeiten aus der goldenen Schachtel und biß genüßlich hinein.

»Essen ist fertig«, rief Pat, die einen großen Honigschinken auf den Eßzimmertisch brachte. Zur Feier des Tages trug sie den wunderbaren Seidenschal, den Nadine Paradise ihr geschenkt hatte. Emily folgte ihrem Frauchen, in der Hoffnung auf Schinkenreste, die für sie abfallen könnten.

Farrell setzte sich auf die Ecke, damit ihr verletzter Arm nach außen zeigte und so nicht Gefahr lief, von einem Tischgefährten angestoßen zu werden. Jack setzte sich neben sie. Ihnen gegenüber beäugten Tim Kavanagh und Choo-Choo Charlie einander abschätzend. Farrell hatte das Gefühl, daß Pat es genoß, die beiden Männer versammelt zu haben, die um ihre Gunst wetteiferten. Auf Drängen seiner Mutter setzte Peter sich an den Kopf des Tisches, und Pat nahm am anderen Ende Platz, nahe der Küchentür.

»Das sieht wunderbar aus, Pat«, sagte Farrell mit einem Blick auf das Festmahl, das vor ihnen aufgetischt war.

Peter sprach das Tischgebet. Und er nutzte die Gelegenheit, Gott dafür zu danken, daß seine Ersatzgroßmutter sich so gut erholt hatte.

»Haut alle ordentlich rein. Aber laßt euch noch etwas Platz. Als Nachtisch gibt es einen großen Erdbeerkuchen. Ich dachte, nach dem Essen könnten wir alle zu Nadine rausfahren und ihn mit den beiden teilen. Olga ist nämlich gestern aus dem Krankenhaus entlassen worden.«

Farrell hatte den Eindruck, daß alle eifrig darauf bedacht waren, die Tischgespräche nicht zu tiefschürfend werden zu lassen. Als sie mit dem Essen fertig waren, begaben sie sich ins Wohnzimmer, und Peter schaltete den Fernseher an, als die

Titelmusik der Sonntagsausgabe der *KEY Abendnachrichten* ertönte.

»Ich komme einfach nicht davon los«, bemerkte Farrell, als sie sich setzte, um dem Wochenendmoderator zuzuhören. »Der Kreml hat heute verkündet, daß das letzte Fabergé-Osterei, das für den dem Tode geweihten russischen Zar Nikolaus II. geschaffen wurde, nach St. Petersburg zurückkehren wird, in die Stadt, in der es vor über achtzig Jahren geschaffen wurde. Rußland hat das Mondei im letzten Monat anonym für sechs Millionen Dollar ersteigert, die Bekanntgabe des Erwerbs jedoch bis Ostern, traditionell höchster Feiertag des Landes, noch zurückhalten wollen.«

»Die haben es also gekauft!« rief Farrell aus. »Aber was ist mit Olga? Das Mondei gehört doch ihr!«

Peter lächelte. »Als Mom und ich Olga gestern zu Mrs. Paradise gefahren haben, hat Olga mir erzählt, daß ein netter FBI-Agent bei ihr gewesen ist. Sie hat ihm gesagt, daß sie keinen Anspruch auf das Ei erheben will. Sie sagt, daß es das Richtige für das Mondei ist, nach Rußland zurückzukehren. Übrigens, was für ein Zufall, daß ausgerechnet dieses Jahr das orthodoxe und unser Osterfest zusammenfallen.«

Farrell wandte sich zu Jack um. »Hast du diese ganze Sache mit Rußland gewußt?«

Jack nickte lächelnd.

»Und die sechs Millionen Dollar? Wer kriegt die?« fragte Farrell.

»Niemand«, sagte Jack. »Rußland wird für das Ei nichts bezahlen müssen, was angesichts der finanziellen Misere, in der das Land steckt, eine gute Sache ist. Olga sagt, daß sie das Geld nicht will. Und der Aufsichtsrat von Churchill's verzichtet auf jegliche Provision, die er hätte verdienen können.

Guter Schachzug, wenn sie wollen, daß ihr Auktionshaus noch irgendeine Zukunft hat.«

»Kommt«, rief Pat, die sich ihren Blazer anzog und eine abgedeckte Tortenplatte trug. »Laßt uns zu Nadine und Olga fahren.«

Als sich die Gruppe zum Gehen erhob, nahm Farrell Jacks Hand und zog ihn auf die Seite.

»Ich habe auch eine Überraschung«, flüsterte sie.

Jack wartete gespannt.

»Range hat mir gesagt, er habe einen Fehler gemacht. Einen Fehler, so sagt er, den er wiedergutmachen will. Er hat mich gefragt, ob ich meinen Job wiederhaben möchte.« Farrell versuchte ohne Erfolg, ihr selbstzufriedenes Lächeln zu unterdrücken. Es war eine solche Genugtuung gewesen, zu sehen und zu hören, wie der Chefproducer seinen Irrtum eingestanden hatte.

Jacks blaue Augen legten sich an den Winkeln in Falten, als er auf sie hinabgrinste.

»Spann mich nicht auf die Folter, Farrell«, drängte er. »Was für eine Antwort hast du ihm gegeben?«

Sie zuckte die Schultern und spielte die Gleichgültige. Aber in ihr sah es ganz anders aus. Trotz all der Argumente, die sie sich dagegen zurechtgelegt hatte, wußte sie, daß sie noch nicht soweit war, *KEY News* und die Nachrichtenwelt hinter sich lassen zu können. Sie war erleichtert, dankbar und selig, daß sie ihren Job wiederhatte. Gleichzeitig hatte sie jedoch nicht die Absicht, Range glauben zu lassen, sie habe keine andere Wahl. Sollte er ruhig noch etwas schmoren.

»Komm schon, Starreporterin«, beharrte Jack. »Was für eine Antwort hast du ihm gegeben?«

»Ich habe ihm gesagt, ich würde es mir überlegen und ihm dann Bescheid sagen.«